삼국지 4

1판 1쇄 인쇄 2009년 1월 25일
1판 1쇄 발행 2009년 1월 30일

옮긴이 박종화 **펴낸이** 김영곤 **펴낸곳** 달궁
전략영업본부장 이양종 **영업** 최창규 이종률 서재필
출판등록 2000년 4월 10일 제16-1646호
주소 (우413-756) 경기도 파주시 교하읍 문발리 파주출판단지 518-3
대표전화 031-955-2100 **팩스** 031-955-2151
이메일 eclio@book21.co.kr **홈페이지** http://www.eclio.co.kr

값 10,000원
ISBN 978-89-5877-306-1 04820
(세트) 978-89-5877-302-3 04820

나관중 원작

월탄 박종화

삼국지

4
삼국의 개국, 공명을 얻어 천하를 삼분하다

달궁

三國志 차례 | ❹

원가 형제의 주권 싸움

원담의 사신이 기주로 가서 동생 원상한테 구원병을 청하니 원상은 심배와 의논하고 겨우 5천 군사를 조발시켜 돕게 했다.

조조는 구원병이 출발한 것을 탐지하고 악진, 이전에게 군사를 주어 미리 중도에 함정을 파고 기다리고 있다가 원상의 5천 병마가 오자 양편으로 습격하여 고스란히 함정 속으로 몰아 전몰시켜 버렸다.

원담은 크게 노했다. 봉기를 꾸짖었다.

"상尙이는 겨우 구원병이라고 오천 명을 보내서 그나마 계획도 없이 진군을 해 가지고 군사를 함정 속에 몰살시켰으니 이것이 형을 대접하는 도리냐?"

"소인이 글월을 주공한테 보내서 구원을 청하오리다."

봉기는 편지를 써서 기주에 있는 원상한테 보냈다.

원상은 봉기의 편지를 받고 심배한테 물었다.

"어찌하면 좋겠소?"

"곽도는 꾀가 많은 사람이올시다. 전자에 다투지 아니하고 간 것은 조조의 군사가 있는 때문입니다. 지금 만약 조조를 파한다면 반드시 이곳으로 와서 기주를 내놓으라 할 것입니다. 이러하니 구원병을 내지 마시고 조조의 힘을 빌려서 담譚을 제거시키시오."

원상은 심배의 말을 듣고 구원병을 내주지 아니했다.

사자는 하는 수 없이 허탕을 치고 돌아갔다.

원담은 대로했다.

곧 봉기의 목을 벤 후에 조조한테 항복할 것을 결정했다.

이 소식은 곧장 원상한테로 들어갔다.

원상은 급히 심배하고 의논했다.

"형님이 조조한테 항복한 후에 곧 기주를 친다면 큰일 아니겠소? 급히 구원병을 보내야 하겠소."

원상은 모사 심배와 대장 소유蘇由로 기주를 지키게 하고 스스로 대군을 거느려 여양으로 나가 원담을 구원할 것을 결정했다.

원상은 군중에 영을 내려 누가 전부前部 대장隊將이 되려 하느냐 물어보니 여광呂曠, 여상呂翔 형제가 자원 출전했다.

원상은 군사 3만 명을 점고하여 여광 형제에게 주어 여양으로 나가게 하니 원담은 아우 원상이 친히 대군을 거느려 구원하러 온다는 말을 듣고 크게 기뻤다. 조조한테 항복할 것을 중지했다.

원담의 군사는 여양성 안에 진을 치고 있고, 원상의 군사는 성 밖에 진을 쳐서 쇠뿔 형세를 이루고 있었다.

얼마 아니 되어 원소의 둘째 아들 원희袁熙와 생질 고간高幹도 군사를 이끌고 와서 성 밖에 진을 쳤다. 세 곳 군사는 날마다 조조의 군사와 싸웠다.

그러나 조조의 군사는 번번이 이기고 원 씨네 군사는 자주 패했다.

건안 8년 봄 2월이 되었다. 조조는 크게 결전을 할 것을 작정하고 네 길로 군사를 내어 원담, 원희, 원상, 고간을 공격하니, 원 씨네 군대는 모두 다 대패해서 여양을 버리고 기주로 달아났다.

조조는 기주까지 쫓아 들어갔다. 원담과 원상은 성안으로 들어가 문을 굳게 닫아 지키고, 원희와 고간은 40리 밖에 진을 쳐 허장성세虛張聲勢하고 있었다.

조조는 매일 군대를 출동시켜서 기주성을 공격했으나 함락이 되지 아니했다.

모사 곽가郭嘉는 조조한테 건의했다.

"원 씨네가 장자長子를 폐하고 어린 아들을 세워서 형제 싸움이 극렬하게 되었습니다. 우리의 공격이 급하면 서로들 구원하지만 조금 늦추어 주면 서로들 다투고 있습니다. 형세가 이쯤 되었으니 우리는 군사를 거느리고 형주로 향하여 유표를 공격하면서 원 씨네 변이 일어난 후에 단번에 무찌른다면 한 번 싸움에 천하를 정할 것입니다."

조조는 곽가의 말이 옳다고 생각했다.

곧 가후로 태수太守를 삼아 여양黎陽을 지키게 하고 조홍으로는 관도官渡를 지키게 한 후에 조조는 큰 군사를 거느리고 형주로 향하여 진군했다.

기주성 안에 있는 원담과 원상은 조조의 군사가 저절로 물러가는 것을 보자 서로들 경사가 났다고 축하 배를 들었다. 이윽고 원희와 고간도 군사를 거느리고 제 곳으로 돌아갔다.

원소의 큰아들 원담은 심복 모사 곽도, 신평과 의논하였다.

"나는 장자면서도 부업父業을 계승하지 못하고 상尙이는 계모의 소생이건만 도리어 주인 노릇을 하게 되었으니 마음에 실상 달갑지 아니하오."

원담의 불평하는 말을 듣는 곽도는 가만히 말했다.

"귀공께서는 청주로 돌아가신다고 성언하신 후에 군사를 거느리고 성 밖으로 나가시어 작별하는 술을 마시자고 상이와 심배를 청하십시오. 저 것들은 주공께서 가신다면 무한 좋아서 청하는 대로 나올 것이니, 이때 우리는 도부수刀斧手를 매복시켰다가 놈들을 모조리 죽여 버린다면 대사

大事가 정해질 것입니다."

원담은 곽도의 계책대로 실행하려 할 때 마침 별가別駕 왕수王修가 청주서 왔다.

원담은 곽도의 계책을 말하니 왕수는 고개를 가로흔들었다.

"형제란 좌우편 수족과 같은 것입니다. 이제 타인과 싸우면서 자기의 손발을 끊고 어찌 이기기를 바라십니까? 도대체 형제를 버리고 다시 천하에 어떤 사람을 친하려 하시오. 골육을 이간질 쳐서 하루아침에 이를 구하려는 자들의 참소하는 말을 듣지 마시고 귀를 막으십시오."

왕수의 말은 바른말이었으나 원담은 원상을 위해서 하는 소리라 생각했다.

"듣기 싫소!"

원담은 격노했다. 왕수를 꾸짖어 물리치고 군사를 거느려 성 밖으로 나간 후에 사람을 보내서 원상과 심배를 청했다.

원상이 심배와 의논하니 심배는 잠깐 생각하다가 대답했다.

"이것은 곽도의 계교올시다. 주인어른께서 만약 가시기만 하면 반드시 화를 당하실 것입니다. 기회를 놓치지 마시고 이편에서 먼저 공세를 취하시는 것이 상책이올시다."

원상은 곧 갑옷 입고 투구 쓰고 말에 올라 5만 군사를 거느리고 성 밖으로 나갔다.

원담은 원상이 군사를 이끌고 오는 것을 보자 일이 탄로 난 것을 알았다.

곧 갑옷 입고 투구 쓰고 말을 달려 나왔다.

원상은 형을 향하여 꾸짖었다.

"속임수로 아우를 꾀어내어 해치려 하니 형제의 의리는 끊어지고 말았소. 쾌하게 내 칼을 받으오."

원담도 부화가 터져 아우를 꾸짖었다.

"이놈, 너는 아버지를 약 먹여 죽여서 작위를 찬탈한 놈이 그래도 부족해서 또 형을 죽이러 왔느냐?"

형제는 말을 달려 칼을 두르며 서로 어우러져 싸웠다.

그러나 원담은 아우 원상의 무예를 당해 낼 수 없었다.

원담은 말 머리를 돌려 달아났다.

원상은 담의 군사를 추격하여 시살하며 뒤를 쫓았다.

원담은 패잔병을 이끌고 제남부濟南府 평원현平原縣으로 달아났다.

원상은 형이 멀리 달아나니 군사를 거두어 돌아갔다.

원담은 아우한테 일진을 대패한 후에 분함을 참을 수 없었다.

원담은 곽도와 의논하고 잠벽岑璧으로 대장을 삼아서 다시 원상을 치러 기주로 향했다.

원상도 군사를 이끌고 기주성 밖에 나와서 원담과 대결했다.

납함 소리는 천지를 진동하고 기주성 밖은 형제 싸움으로 티끌이 자욱했다.

원상이 친히 잠벽을 대항하려 하니 여광呂曠이 소리치며 뛰어나왔다.

"주공께서는 아직 계십시오. 소장이 잠벽을 맡겠습니다."

말을 마치자 장창을 비껴들고 싸운 지 두어 합에 여광은 잠벽을 찔러 말 아래 떨어뜨렸다.

잠벽의 죽는 것을 보자 원담의 군사는 싸울 뜻을 잃고 뿔뿔이 목숨을 구하여 달아났다.

원상은 원담의 패잔병을 무찌르며 평원까지 쫓아 들어갔다.

원담은 성문을 굳게 닫고 나오지 아니했다. 아우 원상은 삼면으로 성을 에워싸고 평원을 두들겨 부수었다.

모사 곽도는 꾀를 내어 원담한테 건의했다.

"상의 군사는 강한데 우리는 성중에 양식마저 얄팍얄팍해 갑니다. 제 생각에는 조조한테 사람을 보내서 항복하여 조조로 하여금 기주성을 치게 하면 상이는 기주를 구하러 급히 갈 것입니다. 이때 가서 우리가 협공挾攻을 한다면 상이를 곧 사로잡을 것입니다. 뿐만 아니라 우리는 조조를 이용한 후에 기주 군사로 조조를 대항한다면 조조의 군사는 멀리 온 군사라 양식만 떨어지면 저절로 물러갈 테니 이리된다면 기주는 우리 것이 됩니다."

"그럼 누구를 조조한테 보내면 좋겠소?"

"신평辛評의 아우 신비辛毗는 평원령平原令입니다. 이 사람이 말재주가 있으니 사신으로 보냄 직합니다."

원담은 곧 신비를 부르니 신비는 흔연히 찾아왔다.

원담은 신비에게 3천 군사를 주어 조조한테로 가서 항복하는 글을 바치게 했다.

이때 조조는 유표를 치기 위하여 여남 서평현西平縣에 진을 치고 있었다.

유표는 현덕에게 군사를 주어 선봉이 되어 조조를 대항케 했다.

두 편 군사는 아직 교봉交鋒을 채 하지 않고 있을 때, 신비는 조조에게 원담의 항복하는 편지를 올렸다.

조조는 원담의 항서降書를 읽은 후에 신비를 군중에 머물러 두게 하고 문무백관들을 불러 의향을 물었다.

"어찌하면 좋을꼬?"

모사 정욱이 나와서 간하였다.

"원담은 제 아우의 공격이 너무 급하므로 부득이해서 항복하는 것이니 준신準信할 수 없습니다."

여건呂虔, 만총滿寵도 반대했다.

"승상께서 친히 군사를 거느려 이곳까지 오셨는데 유표를 놓아두시고 원담을 도와주실 까닭은 없다고 생각합니다."

순유가 나와서 말했다.

"세 분 말씀은 틀립니다. 나의 어리석은 생각에는 유표란 보잘것없는 오물입니다. 지금 천하의 일이 많은 이때, 유표는 강한江漢만 보존하고 앉아서 감히 발을 펴지 못하니 천하 사방을 취할 만한 패기覇氣가 없는 것을 짐작할 수 있습니다. 그러나 원 씨네는 호대한 네 골을 차지하고 있을 뿐 아니라 거느린 군사가 수십만 명이올시다. 만약 두 아들이 서로 화목하여 함께 수성守成을 한다면 천하 일이 어찌 변할지 모를 것입니다. 이제 형제가 서로 다투는 이 틈을 타서 먼저 원상을 제거시키고 다음 형편을 보아서 원담을 멸한다면 천하는 안정될 것입니다. 이 기회를 잃지 마십시오."

조조는 순유의 말을 듣자 크게 기뻐했다.

원담의 사자 신비를 청하여 술을 마시며 말했다.

"원담의 항복하는 글이 거짓인가? 참말인가? 그리고 원상이 꼭 원담을 이기겠는가?"

조조의 묻는 말을 듣자 신비가 대답했다.

"명공께서는 참과 거짓을 물으실 것이 아니라 대세大勢를 살피시고 말씀하십시오. 원 씨는 해마다 패해서 군사는 밖에서 피곤하고 모사들은 안에서 형제를 이간시켜서 나라는 두 조각으로 난 형편이올시다. 여기다가 흉년은 해마다 들어서 백성들은 기근 속에 빠져 있습니다. 이같이 천재天災, 인변人變이 일어나니 슬기로운 사람이나 어리석은 사람이나 모두 다 원 씨는 토붕와해土崩瓦解될 것을 알고 있습니다. 이것은 곧 하늘이 원 씨네를 망하게 하는 때입니다. 이제 명공이 군사를 거느려 업鄴 땅을 치신다면 원상은 자기의 소혈巢穴을 아니 구할 수 없고, 원상이 업 땅을 구하러 간다면 원담은 그 뒤를 습격할 것입니다. 이때를 타서 명공의 위세 좋은 군사로 피곤한 원 씨의 군사를 치신다면, 마치 빠른 바람이 떨어지는 가을 잎을 쓰는 것이나 매일반일 것입니다. 이러한 좋은 일을 하지 아니하시고 형주의 유표를 치신다면 형주는 풍부하고 넉넉한 땅이라, 나라는 화평하고 민심은 순후하니 얼른 동요가 되지 아니할 것입니다. 그리고 천하의 근심은 하북에 있습니다. 하북이 평정되면 패업覇業이 달성되실 것입니다.”

원담의 사신 신비는 원담을 도와서 말하지 아니하고 도리어 조조를 위하는 말을 했다.

조조는 크게 기뻐서 신비의 손을 잡았다.

“내가 신형을 만난 것이 너무 늦었구려!”

조조의 입은 벙글 벌어졌다.

곧 당일로 군사를 동원하여 원상의 기주冀州를 치게 했다.

한편으로 유현덕은 조조가 형주를 치려던 군사를 돌려서 원상을 치는 것을 보자 혹시 협사挾詐가 있을까 하여 조조를 치지 아니하고 군사를 거느려 형주로 돌아갔다.

한편 원상은 조조의 군사가 강을 건너 기주로 향한다는 소식을 탐지하자 급히 군사를 거느려 업도로 향해 가면서 여광과 여상으로 뒤에 오는 원담과 조조의 군사를 막으라 했다.

원담은 아우 원상이 군사를 물리는 것을 보자 크게 평원平原 군사를 일으켜 그의 뒤를 습격하게 했다.

담의 군사가 수십 리를 가지 못했을 때 산골에서는 돌연 일성 포향이 일어나면서 양편에서 복병이 쏟아져 나왔다.

원담이 바라보니 좌편의 복병 대장은 여광이요, 우편 대장은 여상이었다.

형제 두 사람이 원담의 가는 길을 끊었다. 원담은 말을 멈추고 두 장수를 향하여 말했다.

"내 아버지께서 생존해 계실 때 나는 두 분 형제분을 박대한 일이 없는데 두 분은 어찌해서 아우만 도와주고 나를 이같이 핍박하시오?"

원담은 눈물을 흘리며 말했다. 두 장수는 말에 내려 항복했다.

"사세가 그쯤 되었습니다. 이제는 큰 분을 따르겠습니다."

"항복할 것까지는 없소이다. 나는 이제 조 승상한테 항복하기로 작정했소. 장군들이 나를 따르려면 행동을 함께하기로 합시다."

두 장수는 응낙하고 함께 영문으로 들어갔다.

이윽고 조조의 대군이 들어오니 원담은 여광, 여상 두 사람을 거느리고 조조한테 뵈었다.

"원담은 여광, 여상 두 장수와 함께 승상의 휘하로 돌아왔소이다."

조조는 기뻤다.

"나에게 한 딸이 있는데 대단 예쁘오. 여 장군 형제분은 중매가 되어 원 장군과 백년가약을 맺도록 해 주오."

조조 간웅奸雄은 슬며시 정책 결혼을 하려는 수작이었다.

원담은 사양할 까닭이 없었다. 날짜를 가려서 조조의 딸과 결혼 예식을 거행했다.

조조는 장인이 되고 원담은 사위가 되었다.

원담은 아우 하나를 잃은 대신에 아내 하나를 더 얻었고 아버지 원소를 잃은 후에 장인 조조가 생긴 셈이었다.

원담은 조조한테 청했다.

"상尚이 없는 기주를 빨리 공격해 주십시오."

원담은 어서 하루바삐 아우 원상을 멸하고 싶었다.

조조는 원담이 생각한 대로 원상을 급하게 치고 싶지 아니했다.

"지금 양식이 잘 조달되지 아니하고 운반이 불편하니 제하濟河에서 기수淇水를 막아서 백구白溝로 물을 돌려 양식을 운반하는 수로水路를 통하게 한 후에 진군하는 것이 좋겠네. 자네는 평원으로 돌아가 있게. 나는 여양으로 군사를 물려서 둔병을 하고 있겠네."

조조는 이같이 대답하고 여양으로 군사를 물려 진을 친 후에 여광呂曠과 여상呂翔에게는 벼슬을 높여 열후列侯를 봉했다.

원담의 두 장수를 이용하자는 것이었다.

원담의 모사 곽도는 원담에게 고했다.

"조조가 따님을 주공께 보내서 사위를 삼았습니다마는 이것이 참뜻이 아닌가 봅니다. 그뿐 아니라 여광, 여상 두 사람을 후하게 대접하여 자기 진중으로 데려갔으니 이것은 하북河北의 인심을 얻어서 자기의 터전을 굳게 한 후에 주공을 해치려 하는 꾀올시다. 주공께서 여광과 여상한테 장군을 봉하는 인장 두 개를 새겨서 비밀히 보내시어 내응內應이 되도록 하십시오. 그리해서 먼저 조조를 파한 후에 상이를 친다면 모든 일이 해결될 것입니다."

원담은 미욱한 위인이었다. 곽도의 말을 듣고 장군 도장을 두 개 새겨서 여광, 여상한테 가만히 보내고 조조를 치는데 내응이 되라 일렀다.

여광, 여상 두 사람은 서로 의논한 후에 원담이 보낸 인장을 가지고 조조한테 가서 사실을 고했다.

조조는 껄껄 웃으며 두 사람을 향하여 말했다.

"담이 그대들한테 가만히 대장인을 보낸 것은 그대들보고 내응이 되어

서 나를 해치게 하려는 뜻일세. 그대들은 아직 도장을 받아 두게나. 내가 따로 주장이 있을 텔세.”

간특하게 깔깔 웃는 조조의 마음속에는 이미 원담을 죽일 것을 결정했다.

한편 기주에 있는 원상은 심배하고 의논하였다.

“지금 조조는 군량미를 백구白溝로 운반해 들여가니 반드시 기주를 공격할 것이 분명하오. 어찌하면 좋겠소?”

“먼저 격문을 무안장武安長 윤해尹楷한테 보내서 모성毛城을 지키게 한 후에 상당上黨의 곡식 운반하는 길을 통하게 하고 한편으로 저수沮授의 아들 저혹沮鵠으로 한단邯鄲 땅을 지켜서 멀리 성원聲援하게 한 후에 주공께서는 평원으로 군사를 내시어 원담을 치십시오. 먼저 원담을 치고 다음에 조조와 싸우는 것이 상책입니다.”

원상은 심배의 말에 좇았다.

심배와 진림陳琳으로 기주를 지키게 하고 마연馬延, 장의張顗 두 장수로 선봉대장을 삼은 후에 밤을 도와 행군하여 평원에 진 치고 있는 원담을 쳐들어갔다.

원담은 급했다. 당황하여 조조한테 들어가 사유를 고했다.

“이번에 내가 기주를 얻게 되나 보다!”

조조가 말하고 있을 때, 마침 허유許攸는 허도許都에서 왔다가 원상이 원담을 친다는 말을 듣고 조조한테 들어가 뵈었다.

“승상께서는 하늘이 벼락을 쳐서 두 원 씨 죽일 것을 앉아서 기다리고만 계십니까?”

“내 요량이 이미 정해 있소.”

조조는 빙긋 웃고 대답했다.

말이 떨어지자 조조는 곧 조홍曹洪에게 영을 내려 먼저 업 땅을 치라 이르고 조조는 스스로 일지 병마를 거느려 윤해尹楷를 치러 나갔다.

조조의 군사가 윤해의 지경으로 쳐들어가니 윤해도 군사를 내어 응전했다.

조조는 허저를 불렀다.

"허저는 어디 있느냐?"

큰소리로 부르니, 허저는

"네, 여기 있습니다."

큰소리로 마주 대답하면서 말을 달려 뛰어나왔다.

천하장사 허저는 칼을 두르며 곧 윤해를 취하니, 윤해는 미처 손을 놀릴 사이도 없이 허저의 칼을 받아 말 아래 가로 떨어졌다. 윤해의 군사들은 풍비박산이 되었다.

모두 칼과 창을 버리고 항복했다.

조조는 윤해의 군사를 항복 받은 후에, 곧 군사를 이끌고 한단으로 쳐들어갔다.

저수의 아들 저혹이 군사를 거느려 대항하러 나왔다.

이번엔 장요가 말을 달려 나왔다. 저혹은 장요의 용맹을 당해 낼 수가 없었다. 칼을 겨누어 싸운 지 3합이 채 못되어 저혹은 대패해서 달아났다. 장요는 급히 뒤를 쫓았다.

두 편 말이 점점 가까웠을 때 장요는 급히 활을 당겨 저혹을 쏘았다.

활시위 소리가 쌩 하고 일어나면서, 저혹은 살에 맞아 말 아래 떨어졌다. 조조는 저혹의 군사를 완전히 물리친 후에 대군을 휘동하여 기주로 쳐들어갔다.

이때 선봉대장 조홍의 군사는 벌써 성 아래 육박했다.

조조는 삼군에 영을 내려 성을 에워싸고 토산土山을 쌓고 땅 속으로 굴을 파서 들어갔다.

원상의 모사 심배는 계획을 세워서 성을 굳게 지키고 군령이 추상같이 엄숙했다.

이때 동문을 지키던 수문장 풍례馮禮는 술에 취하여 순경하고 말썽이 생겼다.

심배는 아프도록 매를 때렸다.

풍례는 앙심을 먹고 가만히 성 밖으로 나가서 조조한테 항복했다.

조조는 풍례를 너그럽게 대접한 후에,

"어떻게 하면 성을 빨리 깨치겠소?"

상냥하게 물었다.

"돌문突門 안에 흙이 두껍습니다. 굴을 파고 들어가면 될 것입니다."

풍례는 성안의 비밀을 일러 주었다.

조조는 원상의 항복한 장수 풍례에게 3백 명 장수를 주어 깊은 밤에 굴을 파고 성안으로 들어가게 했다.

이때 심배는 풍례가 조조의 진으로 항복해 나간 후에 날마다 성에 올라 친히 군마軍馬를 점검하고 있었다.

이날 밤에도 돌문 문루 위에서 성 밖을 바라보니 적진에는 캄캄칠야에 등불 한 점 보이지 않았다.

심배는 마음속으로 요량했다.

"풍례란 놈이 반드시 땅속을 뚫고 들어오기 십상팔구다!"

혼잣말하고 곧 정병 수천을 동원하여 성안에서 땅을 파고 돌을 운반하여 갑문閘門을 만들고 파 들어오는 지도地道를 큰 돌로 막아 버렸다.

풍례와 3백 장수는 모두 다 갱 안에서 죽어 버렸다.

조조는 땅 속으로 공격하는 일을 중지하고 군사를 원수洹水 상류로 물린 후에 원상의 군사 오기를 기다렸다.

원상은 평원에서 원담을 공격하고 있을 때 조조가 벌써 윤해尹楷와 저혹을 깨치고 대군이 기주성을 포위했다는 기별을 듣자 평원 공격을 중지하고 군사를 이끌어 기주로 돌아가려 했다.

부장 마연馬延이 고했다.

"큰길로 가시면 반드시 조조의 복병이 있을 것입니다. 지름길로 서산西山을 거쳐 부수구滏水口로 가서 조조의 영문을 습격한다면 포위된 기주성이 풀릴 것입니다."

원상은 마연의 말을 들어 스스로 큰 군사를 거느려 먼저 나가고 마연과 장의로 원담의 추격하는 뒷길을 끊게 했다.

조조의 정탐하는 군사는 재빨리 원상의 군사 행동을 조조한테 고했다.

조조는 큰소리로 군중에서 말했다.

"원상이란 놈이 큰길로 온다면 나는 마땅히 피하겠지만 지름길로 온다면 한 번에 사로잡으리라. 내 생각에는 원상이 반드시 불로 군호를 하여 성안에 있는 저희 편 군사와 연락을 취할 것이다. 우리 편에서는 양편으로 군사를 나누어 공격하면 될 것이다."

조조는 말을 마친 후에 곧 군사를 요소요소에 배치시켰다.

한편 기주로 향해 오는 원상은 부수滏水 앞을 돌아 동으로 양평에 당도하자 부수를 등지고 양평정에 진을 쳤다. 기주성과의 거리는 겨우 70리밖에 아니 되었다.

원상은 군사들에게 명하여 마른 섶나무를 태산같이 쌓아 놓은 후에 밤에 불을 질러 기주성과 호응하는 군호를 삼게 하고 주부主簿 이부李孚를 성안으로 들여보내기로 결정했다.

이부는 조조의 대장으로 옷을 변장해 입은 후에 기주성 아래 당도하여 큰소리로 외쳤다.

"이놈들, 어서 항복을 해라. 빨리 문을 열어라!"

심배가 성안에서 살펴보니 바로 이부였다.

얼른 문을 열어 이부를 맞아들였다.

이부는 심배한테 원상이 양평정에 진을 치고 있으니 성안에서 호응할 때는 불을 들어 군호를 하라 일렀다.

심배는 이부의 말대로 성중에 나무를 쌓아 놓고 불을 놓아 군호하기로 정했다.

이부는 다시 심배한테 말했다.

"성안에 양식이 없는 것은 적병들도 잘 알고 있을 테니 늙고 약한 군사와 부녀자들을 성 밖으로 내보내서 항복한다 한 후에 우리는 뒤를 이어 정병을 내어 돌격한다면 적병은 뜻밖의 일이라 낭패하여 패할 것이 분명하오. 이 계교를 써 봅시다."

"좋은 꾀요."

심배는 찬성한 후에 다음 날 성 위에 흰 기를 꽂아 기주 백성들이 항복한다고 크게 글씨를 써서 바람에 휘날렸다.

조조는 보통 사람이 아니라 간웅이었다. 벌써 눈치를 채었다.

"기주성 안에 양식이 없는 것은 사실이다. 그러나 저들은 일부러 백성들이 항복한다고 하여 우리 마음을 흔들어 논 후에 뒤에 군사를 내어 우리를 공격하려는 얕은꾀다. 우리는 여기 대하여 준비를 해야 한다."

조조는 말을 마치자 장요張遼, 서황徐晃에게 각각 3천 군마를 거느려 양편으로 매복하게 하고 조조는 친히 말에 올라 정승의 일산日傘 받고 성 아래 당도했다.

과연 성문이 열리면서 늙고 약한 백성들은 어린애를 업고 안고 손에 흰 기를 흔들며 나왔다.

백성들이 거지반 나왔을 때, 돌연 성안에서는 군사들이 뒤를 이어 쏟아져 나왔다.

조조는 급히 옆에 모시어 서 있는 장수에게 명을 내렸다.

"붉은 기를 번쩍 들어라!"

장수는 소매 속에서 붉은 기를 내어 급히 휘둘렀다.

붉은 기가 흔들리자 장요, 서황 두 대장은 군사를 거느려 양편에서 쏟아져 나왔다. 함성은 천지를 진동하면서 죽고 상하는 자가 무수했다. 기주 군사들은 창황히 성안으로 되돌아갔다.

조조는 친히 말을 타고 군사를 지휘하여 적교弔橋까지 당도했다.

성안에서는 쇠뇌와 살이 비 오듯 쏟아졌다. 쌩 하며, 소리쳐 날아드는 화살 한 대가 조조의 투구를 맞히었다. 화살은 투구를 꿰뚫었다. 하마터면 조조의 이마빼기가 뚫어질 뻔했다.

모든 장수들은 급히 조조를 구하여 부축해 진으로 돌아갔다.

조조는 옷을 바꾸어 입고 말을 갈아탄 후에 장수와 군사를 휘동하여 기주성 밖에 있는 원상의 진을 공격하기 시작했다.

원상도 친히 말 타고 나와 조조를 대항했다.

조조의 군사는 세 길로 쳐들어가니 원상은 당해 낼 수가 없었다. 군사를 거느려 서산으로 패해 달아났다.

원상은 패잔병을 수습하여 서산에 진을 친 후에, 원담의 쫓는 길을 끊고 있는 마연과 장의를 불렀다.

그러나 이때 조조는 원 씨한테서 항복해 온 장수 여광과 여상을 시켜서 마연, 장의를 초안招安하여 열후列侯를 봉한 뒤였다.

원상은 발을 굴러 탄식했다.

조조는 당일로 진군하여 서산을 공격하고 일변 항복한 장수 여광, 여상, 마연, 장의 네 사람을 시켜서 원상의 양식 실어 오는 길을 끊어 버리게 했다.

원상은 서천西川을 지키지 못할 것을 짐작했다.

밤에 남구濫口로 달아났다. 그러나 채 영채를 세우기 전에 사면팔방에서 화광이 충천하면서 복병이 고함치며 물밀듯 쏟아져 쫓았다.

군사들은 갑옷 입을 틈이 없고 말에 안장 얹을 사이도 없었다. 홍수에 쓸리듯 밀려 나가면서 50리 밖으로 피해 달아났다.

원상은 세궁역진勢窮力盡이 되었다. 하는 수 없이 예주 자사 음기陰夔를 조조한테로 보내면서 항복하기를 청했다.

조조는 거짓 허락한 후에 이날 밤에 장요, 서황 두 맹장을 보내서 원상의 진을 두들겨 부수었다.

원상은 항복한 후에 안심을 했다가 별안간 야습을 당하니 조수족措手足할 틈이 없었다.

인뒤웅이와 절월節鉞과 갑옷이며 짐짝들을 모조리 버리고 중산中山 땅을 바라보고 달아났다.

조조는 그제야 군사를 돌려 원 씨네의 본거지인 기주성으로 짓쳐 들어갔다.

이때 모사 허유가 계교를 드렸다.

"왜 장하漳河 물을 터서 성중에 들이대지 아니하십니까? 삽시간에 함락이 될 것입니다."

"아차, 자네 말이 옳으이!"

조조는 손뼉을 치며 탄복했다.

곧 군사를 기주성 밖으로 보내서 호壕를 파기 시작했다. 둘레가 40리나 되었다.

기주를 지키던 원상의 모사 심배가 성 위에서 가만히 바라보니 조조가 군사를 시켜서 성 밖에 참호를 파는데 너무나 얕게 팠다. 깊이가 불과 몇 자밖에 아니 됐다.

심배는 가만히 웃으며 혼자 요량했다.

"아차, 이놈 조조가 장하 물을 끊어서 성안으로 대려는 것이로구나! 그렇지만 저렇게 얕게 파서 무슨 물을 댄단 말이냐."

심배는 혼자서 조조를 비웃고 방심한 채 아무런 대책도 세우지 아니했다.

이날 깊은 야밤중에 조조는 가만히 열 배 되는 군사를 보내서 참호 깊이를 다시 두 길씩이나 파 버렸다.

낮에 얕게 판 것은 잠깐 심배를 속여 넘어뜨린 것이었다.

기주성 안은 조용하게 새벽잠 속에 들어 있을 때, 조조는 군사를 시켜 장하 둑을 끊고 두 길이 넘는 참호로 물을 대었다.

성안은 삽시간에 바다로 화했다.

"홍수가 터졌다!"

"물이야!"

"웬일이냐?"

"야단났다!"

기주성 안은 잠 속에 들었다가 군대와 백성도 말할 것 없이 발끈 뒤집혀 수라장을 이루었다.

집집마다 침수가 되고 군대들의 곡식은 모두 다 결딴이 났다.

강물은 계속해서 넘쳐 들어갔다.

백성들은 호곡號哭하고 군대들은 굶어서 싸울 힘이 없게 되었다.

밖에서 양식을 실어 올 도리도 없었다. 기주성은 완전히 고립이 되어 버렸다.

조조는 원 씨네 항장降將 신비를 시켜서 원상이 버리고 달아난 인수印綬와 의복을 길고 긴 창끝에 꿰어 들고 성안으로 향하여 휘두르며 군사와 백성들에게 외쳤다.

"기주성 안의 군사와 백성들은 물속에 들어 성을 지켜도 소용이 없다. 주인께서는 벌써 패해 달아나셨다. 창끝에 달려 있는 인뒤웅이와 의복을 보라, 주인 원상의 인과 옷이다!"

성안에서 물난리를 만난 백성과 군사들은 더욱 마음이 산란하고 흔들렸다.

성 지키던 심배는 크게 노했다. 신비의 가족, 늙고 젊은이를 말할 것 없이 모조리 잡아다가 처참해 버리고 신비더러 보라고 죽은 머리를 성 밖으로 던졌다.

신비가 보니 아버지와 어머니와 아내와 아들과 딸들의 머리였다.

신비는 기막혔다. 땅을 쳐 통곡하며 이를 갈아붙였다.

심배審配의 조카 심영審榮은 신비의 가까운 친구였다. 자기 삼촌이 신비의 집안 식구를 몰살시키는 것을 보자 마음으로 분함을 이기지 못했다.

가만히 내통하겠다는 글을 써서 살 끝에 맨 후에, 성 위에서 활을 쏘아 성 밖으로 보냈다.

군사들이 화살을 주워 신비한테 바쳤다.

신비가 보니 심영이 서문을 열어 주겠다는 밀서였다.

기쁨을 이기지 못했다. 곧 조조한테 화살에 매어 온 심영의 밀서를 올렸다.

조조는 모든 대장에게 영을 내렸다.

"만약 기주성 문이 열리거든 군사들은 일제히 행동을 개시하여 입성하라. 그러나 한 사람의 백성이라도 해쳐서는 아니 된다."

다음 날이 되었다. 과연 새벽녘에 심영은 기주성의 서문을 크게 열어 놓았다.

신비는 말을 채쳐 먼저 들어가고 군사들은 살기를 띠어 뒤를 쫓았다.

이때 심배는 동남편 성문 위에 있다가 이 변을 당했다.

어느 놈이 내통이 되어 서문이 열린 것을 알았다.

급히 성에서 내려 수십 기를 거느리고 조조의 군사를 막았다.

조조의 대장 서황은 막는 장수가 심배인 것을 알았다. 죽여서는 아니 되겠다고 생각했다.

요구창을 들어 심배의 타고 있는 말 다리를 쓰러뜨렸다.

심배는 모사요, 장수가 아니었다.

곧장 서황한테 잡혀 결박을 당했다.

이때 신비가 뛰어들었다.

신비는 심배를 바라보자 눈에 불이 펄펄 일었다. 어금니를 부드득 갈며 심배의 머리를 채찍으로 갈겼다.

"이놈, 무슨 까닭에 내 가족 팔십여 명을 죽였느냐? 오늘 나는 원수를 갚고야 말겠다!"

심배는 눈을 부릅떠 신비를 꾸짖었다.

"이놈, 이 더러운 놈아. 조조한테 항복한 이 더러운 놈아. 그래, 네 손으로 상이의 버리고 간 옷과 창을 꿰어 들고, 백성들더러 항복하라 하느냐? 이 의리부동한 놈아. 내 손으로 네 목을 못 베는 게 한스럽다!"

서황은 신비를 꾸짖는 심배의 결박을 풀어 조조한테 보였다.

"기주를 지키던 원상의 모사 심배올시다."

조조는 시치미를 떼고 부러 심배를 향하여 물었다.

"네가 서문을 열어 나를 영접해 들인 사람이냐?"

"나는 그런 일이 없다."

심배는 정색하고 오만하게 대답했다.

"그렇다면 네 조카 심영審榮이 나를 환영한 것이로구나?"

"한탄한들 소용이 있느냐. 내가 자식을 잘못 가르쳐서 이 꼴이 되었느니라."

"내 어제 성 아래 와 보니, 화살이 무지무지하게 빗발치듯 쏟아지는데 과연 놀랐다. 어쩌면 그같이 성안에 화살을 많이 준비해 두었더냐?"

"더 많지 못한 것이 한스러웠다!"

심배는 꼬장꼬장 굽히지 아니하고 대답했다.

"그대는 원 씨한테 충성을 다했건만 원 씨는 그대의 말을 듣지 아니하여 이 꼴이 되었으니 나한테 항복해 돌아오는 것이 어떠하냐?"

조조는 만면에 미소를 띠고 부드럽게 물었다.

"천만의 말이다. 결단코 너한테 항복하지 않는다!"

심배는 딱 끊어 대답했다. 얼굴에는 차가운 서리가 싸늘하게 날렸다.

신비가 옆에 섰다가 조조한테 울면서 고했다.

"저의 가족 팔십여 명이 이놈의 손에 모조리 죽었습니다. 원컨대 승상께서는 이놈을 육시 처참하시어 저의 한을 풀어 주십시오."

심배는 조조한테 청하는 신비의 말을 듣자 얼굴을 붉혀 신비를 꾸짖었다.

"나는 살아서도 원 씨의 신하요, 죽어서도 원 씨네 귀신이 될 것이다. 너 같은 요리 붙고 조리 붙고 아첨하고 참소하는 도적놈은 되지 않을 것이다. 빨리 내 목을 잘라라!"

심배는 호령이 추상같았다.

"심배를 행형장으로 끌어내리라!"

마침내 조조는 심배가 굽히지 않을 것을 알았다. 죽이라는 최후의 영을 내렸다.

심배는 행형장으로 끌려 나갔다.

망나니는 칼을 춤추어 심배의 목을 겨누었다.

심배는 형리한테 말했다.

"내 주인이 북에 있으니, 북편으로 향하여 절 한 번을 하고 죽으리라!"

심배는 말을 마치자 하북河北으로 향하여 네 번 절한 후에 망나니의 칼을 받았다.

당시의 시인은 심배의 충과 의에 감복하여 시 한 수를 지어 세상에 전했다.

河北多名士　誰如審正南
命因昏主喪　心與古人參
忠直言無隱　廉能志不貪
臨亡猶北面　降者盡羞慚

하북 땅에 명사들 많건만,
심정남 같은 이 몇이나 되나.
못난 주인일래 목숨이 상하건만,
마음과 행실, 옛적 어진 이구려.
충성하고 곧아 바른말 숨기지 아니했고,

청렴하고 깨끗하여 탐하지 아니했네.

죽음을 당했건만,

옛 주인 잊지 않고 북향 사배 하직하네.

여보소, 절개 굽혀 항복한 사람들,

모두 다 얼굴이 벌겋구려.

심배가 이미 죽으니 조조는 그래도 정이 있는 남자였다.

그의 충의를 가련하게 생각해서 기주성 북망산에 편안히 장사를 지내 주고 모든 장수를 거느려 기주성 안으로 들어갔다.

막 성안으로 들어가려 할 때 도부수刀斧手들이 한 사람 선비를 잡아 가지고 옹위해 왔다. 조조가 보니 다른 사람이 아니라 바로 진림陳琳이었다.

조조는 진림을 꾸짖었다.

"너는 전에 원본초袁本初를 위하여 격문을 지었을 때, 욕을 하려면 나나 욕할 것이지 나의 조부까지 들추어서 욕을 했으니 너무나 과한 짓이 아니냐?"

진림은 빙긋 웃으며 대답했다.

"활을 쏘자면 살(箭)을 시위(弦)에 걸어야 비로소 살이 날지 아니하오?"

대담하고 재치 있는 대답이었다.

"저놈, 못된 놈이올시다. 죽이십시오."

좌우에 모인 사람들이 진림을 죽이라 권했다.

조조는 진림의 재주를 아깝게 생각했다.

"너에게 종사從事 벼슬을 줄 테니 받겠느냐?"

"좋습니다."

진림은 간단히 대답했다.

조조는 진림에게 종사를 제수하여 자기 앞에서 일을 보게 했다.

이때 조조는 장자長子가 있었는데 성명은 조비曹丕요, 자는 자환子桓인데 방년이 18세였다.

조비가 처음 그 어머니 뱃속에서 나올 때, 한 조각 푸르고 붉은 구름 같은 기운이 수레 위에 떠 있는 일산日傘 형국이 되어 온종일 지붕 위에서 스러지지 아니했다.

조조의 문중에 지감知鑑이 있는 사람이 조조를 보고 가만히 말했다.

"저 일산 같기도 하고 구름 같기도 한, 붉고 푸른 기운은 천자기天子氣올시다. 영사令嗣의 귀한 기상은 이루 비교할 데가 없을 것입니다."

조조는 이 말을 듣고 은근히 기쁨을 금할 수 없었다.

조비는 8살 때 벌써 글을 지었고 표일한 재주는 자랄수록 빛났다. 고전에 통달하고 현대 학문에 능숙했다. 글만 잘하는 것이 아니었다. 말도 잘 타고 활도 잘 쏘고 격검도 잘했다.

이때 조조가 원소의 기주성으로 들어가게 되니 조비는 아버지 조조를 따라 군중에 있다가 먼저 수하 군병을 거느리고 성안으로 들어가 원소의 집 앞에 당도했다.

색을 좋아하는 조비

조조의 아들 조비는 원소의 집 대문 앞에서 말에 내리자 칼을 빼어 들고 들어갔다.

조조의 명을 받아 문을 지키고 있던 장수가 들어오는 조비를 가로막았다.

"승상께서 함부로 사람을 들이지 말라고 하셨습니다."

"이놈, 나를 모르느냐!"

조비는 문 지키는 장수를 꾸짖어 물리친 후에 칼을 빼어 들고 후원 별당으로 들어갔다.

별당 안에는 한 사람의 늙은 부인과 한 사람의 젊은 여자가 서로 목을 얼싸안고 통곡을 하고 있었다.

조비는 칼을 빼어 들고 죽이려 했다.

세상일이란 이러한 것이다. 4대를 내려오며 호화롭던 공후公侯의 집은 이미 망해서 한 마당 꿈이 되었고, 한집안 족속들은 또다시 재난을 만나게 되었다.

조비는 칼을 빼어 들고 두 여자를 죽이려 할 때, 젊은 여자의 몸에서 나른한 살 내음이 코에 스쳤다. 매우 고혹적이었다. 향기는 점점 더 강렬하게 퍼졌다.

조비의 칼을 빼어 든 살기가 슬며시 풀어졌다. 손에 맥이 탁 풀렸다.

조비는 정신이 잠깐 황홀했다. 칼을 짚고 큰소리로 물었다.

"너희들은 누구냐?"

낫살 먹은 여자가 벌벌 떨며 대답했다.

"첩은 원 장군의 아내 유劉 씨氏올시다."

투기가 많은 계집이었다. 원소가 죽은 후에 그의 첩들을 모조리 죽이고 그래도 미진해서 원소와 첩들이 저승에서 다시 만날까 보아 첩들의 죽은 시체를 난자질했던 원상의 어미였다.

"저 젊은 계집은 누구냐?"

조비는 젊은 여자를 칼로 가리켰다.

"그 애는 둘째 아들 희熙의 아내 진甄 씨氏올시다. 희는 유주幽州 땅을 지키러 나갔습니다마는 이 애가 멀리 가기 싫다 해서 이곳에 함께 있었습니다."

조비의 코에는 젊은 여인의 몸에서 발산되는 고혹적인 살 내음이 마치 서향瑞香내 모양 아름다웠다.

한 발짝 걸음을 다가섰다. 향 내음은 더한층 고혹적이었다.

조비는 젊은 여인을 이윽히 바라보았다. 눈물을 머금고 다소곳이 고개를 숙이고 있는 여인은 일부러 구름 같은 머리를 흐트러뜨렸고 얼굴엔 엷은 먹물을 칠해서 예쁜 자태를 감추었다.

마치 형산荊山의 백옥이 진토에 묻힌 듯하고 십오야十五夜 밝은 달이 검은 구름장에 가려진 듯했다.

조비는 욕심이 벌컥 일어났다. 자기의 청삼靑衫 소매를 번쩍 들어 땀방울이 송골송골 솟아나는 미인의 뺨과 이마를 닦았다.

기막히지 않은가. 옥 같은 살갗이요, 꽃 같은 모습이었다. 드물게 보는 경국지색傾國之色이었다.

조비의 젊은 눈에는 활활 욕화慾火가 타올랐다.

죽이려던 생각은 천리 만리로 달아났다.

조비는 자기의 신분을 밝혀야만 하겠다고 생각했다. 유 씨를 향하여 말했다.

"나는 조 승상의 장자 조비다. 너희들의 목숨을 살려 줄 테니 안심하고 있으라."

원소의 아내 유 씨는 귀가 번쩍 뜨였다. 죽음을 당할 줄 알았는데 살려 준다 하니 기막히도록 기뻤다.

둘째 며느리를 조비한테 바쳐서 더욱 뒷길을 보장하고 싶은 마음이 슬며시 일어났다.

조비는 다른 장수들의 장난이 있을까 하여 칼을 빼어 들고 당상에 자리 잡고 앉았다.

한편 조조는 여러 장수와 모사를 거느리고 기주성으로 들어왔다. 득의 양양得意揚揚한 행렬이었다.

기치창검은 햇빛을 가리고, 장성들의 드높은 말굽 소리는 기주성 안을 위압시켰다.

조조는 홍포紅袍에 모대帽帶하고 은안백마銀鞍白馬에 높직이 앉아 일산 받고 수자帥字 기旗를 앞에 세워 의젓하게 들어갔다.

원소의 모사로, 조조한테 돌아가서 기주성을 취하도록 꾀를 냈던 허유가 말을 놓아 달리면서 만면에 웃음을 띠고 조조가 탄 은안백마 앞으로 달렸다.

허유는 번쩍 채찍을 들어 마상에서 성문을 가리키며 말했다.

"아만阿瞞아! 내가 아니었다면 네 어찌 이 문으로 들어가겠느냐?"

"그래, 그렇지!"

조조는 소리를 높여 깔깔 웃으며 대인답게 대답했다.

모든 장수들은 허유의 방자하고 오만한 태도에 분이 치밀었다.

"허유란 자는 방자합니다."

"제가 설혹 꾀를 드려 기주성을 수월하게 함락했다 할지라도 어디 승상 앞에 그럴 법이 있습니까? 괘씸하기 짝 없습니다. 그 자를 죽이십시오."

모두들 불평이 대단했다.

조조는 간웅奸雄이었다.

"그대로 내버려 두어라."

조조는 말을 마치고 원소의 부중府中으로 들어갔다.

대문, 중문이 열려 있었다.

조조는 문 지키는 장수를 불러 꾸짖었다.

"함부로 사람을 들이지 말라 했는데 누가 들어갔느냐?"

"세자世子께서 안에 들어 계십니다."

문 지키는 장수가 대답했다.

"세자가? 세자는 내가 들이라 했더냐? 불러 내오너라!"

조조는 화가 꼭두에까지 올랐다.

조비는 아버지가 왔다는 말을 듣고 창황히 나와서 두 손을 마주 잡고 아버지의 앞에 섰다.

"함부로 사람을 들여보내지 말라고 수문장에게 일렀는데, 네 어찌 함부로 들어갔느냐?"

조비는 고개를 숙인 채 잠자코 대답이 없었다.

눈치 빠른 원소의 아내 유 씨가 신을 끌며 안에서 쫓아 나왔다.

유 씨는 조조 앞에 공손히 절을 올렸다.

"원소의 아내 유 씨올시다. 세자世子를 과히 책망하지 마시옵소서. 만약 세자가 아니 오시고 다른 장수들이 먼저 저희 집으로 들어왔더라면 첩의 집안은 생명을 보전하지 못했을 것입니다. 원컨대 며느리 진甄 씨로 세자의 시중을 들게 하겠습니다.”

“어디 며느리를 좀 불러오라.”

조조는 유 씨한테 말을 내렸다.

이윽고 유 씨는 며느리 진 씨를 거느리고 나와 조조한테 절하여 뵈었다.

과연 아름다운 경국의 미인이었다.

조조는 옛날 자기가 장수張繡를 치러 갔을 때 그의 숙모를 취했던 생각이 났다. 마음속으로,

‘부전자전이로구나!’

탄식했다.

아들이 옆에 서 있고 유 씨가 아들한테 제 며느리를 바치겠다 하는데 할 말이 없었다.

“어참, 우리 며느릿감이 될 만하군.”

칭찬한 후에 조비로 아내를 삼게 했다.

이날 밤에 조비는 원소의 둘째 아들 원희의 아내와 신방을 치른 것은 말할 나위도 없었다.

조조는 원소의 기주를 평정한 후에 친히 백관을 거느리고 원소의 무덤으로 찾아가서 크게 제사를 지내고 재배하여 슬프게 울었다.

보통 사람이 따라가지 못할 간웅의 단수 높은 솜씨였다.

원 씨네 집안은 말할 것 없고 기주 땅의 부로父老들은 조조의 후한 덕에 모두 다 감복하였다.

조조는 무덤 앞에 술을 부어 일장통곡한 후에 사람을 향하여 말했다.

“옛날 내가 원본초袁本初와 함께 어지러운 세상을 평정하기 위하여 군

사를 일으켰을 때, 본초가 날 보고 말하기를 '만일 일이 뜻같이 되지 아
니할 때는 어찌할 작정이오?' 하고 묻길래 '본초는 어찌하겠소.' 하고
반문했더니, 그가 말하기를 '나는 남으로 하북河北에 웅거하여 연燕, 대代
와 사막沙漠의 무리를 막아서 남향南向하여 천하를 다스린다면 제세안민
濟世安民을 하리라 생각하오.' 하고 대답하길래 나는 '천하의 어진 사람의
힘과 지혜를 모아서 넓고 넓은 대도大道로 정치를 한다면 아니 되는 일이
없으리라.' 이같이 말한 지가 바로 어제 같은데, 원본초는 벌써 죽어서
이 세상 사람이 아니 되었으니 어찌 눈물이 나오지 아니하겠소!"

조조의 말을 듣는 여러 사람들은 일제히 한숨을 쉬어 탄식했다.

조조는 원소의 아내 유 씨에게 황금과 비단과 쌀을 많이 준 후에 다시
영을 내렸다.

"하북에 사는 백성들은 항상 전쟁에 시달려서 고생이 자심했다. 금년
에 한하여 세금을 탕감한다."

백성들의 환심을 얻자는 조조의 멋진 수단이었다.

백성들은 좋아했다. 모두들 조조를 하늘같이 우러러보았다.

조조는 기주 이긴 것을 조정에 보고하고 스스로 기주목冀州牧이 되었다.

원담의 패망

하루는 허저가 말을 타고 동문으로 들어오는데 마침 허유許攸하고 마주쳤다.

허유는 허저를 보고 까불댔다.

"허저야, 네놈들이 내가 아니었다면 어떻게 이 기주성으로 횡행을 하겠느냐?"

본시 원소의 모사로서 조조한테 돌아와서 꾀를 내어 기주성을 치게 했던 허유는 조조의 장수를 만날 때마다 공치사가 대단했다.

허저는 성이 왈칵 났다.

"이놈아, 우리들이 천신만고해서 죽음을 무릅쓰고 피를 흘려 얻은 성인데 너 혼자 공치사를 하느냐?"

허유는 여전히 까불댔다.

"이놈들아, 너희들은 모두 필부匹夫다. 힘만 가지고 되는 줄 아느냐? 지혜가 있어야 하는 법이다."

허유는 더욱 까불댔다.

허저는 더 참을 수가 없었다.

허리에 찬 칼을 빼어 허유의 목을 탁 잘라 버렸다.

허저는 허유를 죽여 놓고 나니 그대로 있을 수 없었다.

잘라진 목을 들고 조조한테로 갔다.

"허유란 놈이 너무나 무례하므로 목을 베었습니다."

조조도 허유가 까부는 것을 잘 알고 있었다. 또 공치사를 하는 것도 한두 번이 아닌 그를 잘 알고 있었다. 처음 기주성으로 자기가 입성할 때도 위아래 턱이 없이 자기한테 반말지거리로, 입성하게 된 것은 제 공 때문이라고 까불대던 일도 있었다.

그러나 조조는 깜짝 놀랐다.

"허유는 내 친구다. 이런 까닭에 무관하게 희롱을 하는 것인데, 네가 죽인 것은 잘못이다. 사람이 어째 그리 우둔하냐? 아까운 사람을 죽였구나. 이미 죽여 놨으니 살릴 도리는 없다마는 후하게 예를 갖추어 장사 지내 주어라."

조조는 허저를 크게 꾸짖어 허유를 후하게 장사 지내라 한 후에 곧 기주에 영을 내렸다.

"기주 사람으로 높은 선비가 있으면 초빙해 모셔 오도록 하라."

기주 사람들은 기도위騎都尉 최염崔琰을 천거했다.

"기도위 최염은 자를 계규季珪라 하는데 청하淸河 동무성東武城 사람이올시다. 원소한테 좋은 계교를 여러 번 드렸으나 쓰지 아니하니 병을 칭탁하고 집에 누워 있어 나오지 아니했습니다. 훌륭한 사람이올시다."

조조는 기주 백성들의 말을 듣고 곧 사람을 보내서 청한 후에 본주本州 별가종사別駕從事를 삼았다. 최염이 벼슬을 받고 인사하러 들어왔다.

조조는 최염을 향하여 물었다.

"내가 어제 본주의 호적을 살펴보니 총 인구 수가 삼십만 명이나 되니 기주는 큰 골이구려."

최염이 정색하고 대답했다.

"지금 천하는 어지럽고 구주는 갈가리 찢어진 중에 원 씨네 형제들은 골육상쟁을 해서 기주 백성들은 전쟁으로 백골이 들에 가득하오. 승상께서는 급히 풍속을 물어 백성들을 도탄 속에서 구할 생각은 아니하시고 호적부터 살피시니 기주 백성들의 원하는 바가 아닙니다.”

조조는 얼굴빛을 고쳐 사과하고 최염을 상빈으로 대접했다.

조조는 기주를 평정한 후에 사람을 보내서 사위 원담袁譚의 소식을 탐지했다.

이때 원담은 군사를 거느리고 감릉甘陵과 안평安平, 발해渤海, 하간河間 등지로 노략질하며 백성들의 양식을 겁탈하고 지내다가 아우 원상袁尙이 중산中山으로 패해 달아났다는 소식을 듣자 군사를 거느려 공격하기 시작했다.

원상은 싸울 맘이 없었다. 유주幽州로 달아나 둘째 원희袁熙한테 투신해 버렸다.

원담은 원상의 군사를 항복 받은 후에 다시 기주를 도모할 것을 궁리하고 있었다.

조조는 원담의 하는 꼴을 보느라고 사람을 보내서 오라 했다.

원담은 조조가 불러도 가지 아니했다.

조조는 크게 노하여 옹서翁壻간의 의절義絶하는 글을 보내고, 스스로 대군을 영솔하여 평원으로 쳐들어갔다.

원담은 조조의 큰 군사가 움직였다는 말을 듣고 급히 사람을 형주 유표한테로 보내서 구원해 주기를 청했다.

유표는 원담의 구원해 달라는 글월을 받자 곧 유현덕을 청하여 상의했다.

“원소의 아들 원담이 구원을 청하니 어찌하면 좋겠나?”

“지금 조조는 기주를 평정한 후에 군세가 한창 왕성합니다. 원 씨네 형제는 멀지 아니해서 반드시 조조한테 사로잡히고 말 테니 구원해 준다 해도 유익한 일이 없을 것입니다. 더구나 조조는 항상 우리의 형주와 양주 땅을 엿보고 있습니다. 우리는 군사를 교련하여 힘을 기를 것이요, 함부로 움직일 것이 아니라 생각합니다."

"그러면 어떻게 거절하면 되겠나?"

"형제가 서로 화해해서 일을 처리하라고, 완곡하게 글을 보내서 끊는 것이 좋습니다."

유표는 현덕의 말이 옳다고 생각했다. 곧 원담에게 글월을 보냈다.

지각 있는 사람은 난을 만나서 원수의 나라로 가지 않는 것이 원칙이라 합니다. 그대는 전번에 무릎을 꿇고 조조한테 항복했으니, 이것은 선대인先大人의 원수한테 항복한 것이요, 수족手足의 의리와 동맹한 동지를 저버린 치욕의 행동이었소이다. 만약 계씨季氏가 아우 노릇을 아니한다면, 좀 더 참아서 서로 돕다가 천하가 평정된 후에 잘잘못을 가리는 것이 도리가 아니겠습니까? 아무리 해도 남보다 나은 것이 형제올시다. 형제가 다시 합심이 되어 조조를 막게 하시오.

유표는 다시 원상에게로 글월을 보냈다.

백씨는 천성이 조급하여 사물의 곡직曲直을 가릴 줄 모릅니다. 그대는 먼저 조조를 제거하여 선공先公의 한을 씻어 드리고 천하를 안정시킨 후에 형제간의 시비를 가리는 것이 좋으리라 생각하오.

유표는 원담, 원상 두 형제에게 화해하라고 글을 보냈다.

원담은 유표의 글월을 받고 발병發兵할 뜻이 없는 것을 알자 단독으로 조조를 대항하기는 어려웠다.

평원을 버리고 하간 남피현南皮縣으로 달아났다.

조조는 원담의 뒤를 쫓아 남피로 육박해 들어갔다.

때마침 겨울이었다. 날씨는 차고 강물은 얼어서 양식 실은 배가 행동을 할 수 없었다.

조조는 본곳 백성들을 시켜서 얼음을 깨고 배를 끌라 했다.

백성들은 영을 듣고 모두들 도피해 달아났다.

조조는 크게 노했다. 모조리 잡아 죽이라 했다.

백성들은 죽인다는 소문을 듣고 잘못했다고 빌면서 자수했다.

조조는 자수한 백성들한테 일렀다.

"내가 만약 너희들을 살려 준다면 앞으로 나의 호령이 행하지 않게 될 것이요, 만약 너희들을 죽인다면 내 마음이 아파서 차마 죽일 수가 없구나. 이러하니 죽일 수도 없고 살릴 수도 없구나! 너희들은 빨리 산속으로 피해 달아나서 나의 군사들한테 잡히지 않도록 해라."

간웅 조조의 면목이 선연하게 드러난다.

백성들은 눈물을 흘리며 산속으로 피해 숨었다.

조조의 군사가 성 아래 당도하니 원담도 군사를 거느리고 성 밖으로 나와 대진하고 있었다.

조조는 진 앞에 친히 나와 채찍으로 원담을 가리키며 꾸짖었다.

"나는 너를 후대하여 사위까지 삼았는데 너는 어찌하여 딴마음을 품고 나를 배반하느냐?"

원담도 지지 않고 대꾸했다.

"당신은 내 지경을 범하고 내 땅을 뺏으면서 도리어 나보고 반심을 먹는다 하시오?"

원담의 말을 듣자 조조는 대로했다.

앞에 있는 서황한테 명을 내렸다.

"저놈을 단번에 잡아 낚아채라!"

서황이 영을 받고 말을 달려 나가니, 원담 편에서는 팽안彭安이란 장수가 말을 달려 서황을 취하러 나왔다.

두 편 장수는 창과 칼을 비껴들고 말 위에서 싸운 지 두어 합이 채 못되어 서황은 팽안의 허구리를 찔러 말 아래 떨어뜨렸다.

원담은 팽안이 죽는 것을 보자 황급했다. 급히 쟁을 쳐 군사를 거두어 남피성 안으로 들어가 성문을 굳게 닫아걸었다.

조조는 사면팔방으로 대군을 휘동하여 남피성을 포위했다.

원담은 급했다. 신평辛評을 조조한테로 보내서 다시 항복하겠다고 빌었다.

조조는 신평을 향하여 말했다.

"원담은 소자小子가 반복무상反覆無常하니 내 어찌 준신할 수 있겠소? 그대의 아우 신비辛毗를 내가 중용해 쓰고 있으니 그대도 또한 나한테 있는 것이 좋을 듯하오."

조조의 달래는 말을 듣는 신평은 정색하고 말했다.

"승상 말씀이 틀리십니다. 옛사람이 말하기를 주인이 귀히 되면 신하가 영화롭고 임금이 결딴나면 신하가 욕이 된다 합니다. 신평은 오랫동안 원 씨를 섬겼습니다. 어찌 차마 주인을 배반하겠습니까?"

조조는 신평의 뜻을 굽힐 수 없는 것을 알았다.

"정 그렇다면 돌아가시오."

조조는 신평을 원담의 진으로 돌려보냈다.

신평은 원담한테로 가서 조조가 믿을 수 없다고 항복하는 것을 거부했다 말하니 원담은 신평을 꾸짖었다.

"네 아우 신비가 조조한테로 가서 심복 노릇을 하더니 너마저 두 마음을 먹는구나!"

신평은 기가 막혔다. 분함을 이길 수 없었다. 화기가 뻗쳐서 담이 부그르르 끓어올랐다. 그대로 기색이 되어 쓰러져 버렸다.

신평은 이내 병을 얻어 세상을 떠나 버렸다.

신평이 죽은 후에 원담은 무한히 후회했다.

모사 곽도가 원담한테 건의했다.

"내일 고을 백성을 함빡 몰아 앞세우고 다음엔 군대로 뒤를 계속해 나가게 한 후에 조조와 한번 결사전을 해서 판가름을 하는 것이 좋겠습니다."

원담은 곽도의 말에 좇았다. 이날 밤에 성안 백성들에게 창과 칼을 주어 대기하고 있다가, 동이 환하게 터 오자 사대문四大門을 일제히 열고 군사들은 창칼을 든 백성들을 앞에 세운 후에 고함치면서 일제히 조조의 진으로 향하여 쳐들어갔다.

조조의 진에서도 대병이 쏟아져 나왔다. 두 편 군사는 혼전이 되어 무수한 사람이 죽으면서 진시辰時부터 오시午時가 되도록 승부가 나지 아니했다.

조조는 군사를 격려하기 위하여 친히 산으로 올라가 손수 북을 쳐서 사기를 돋우었다. 장수와 군사들은 조조의 북 치는 것을 보자 힘이 몇백 배나 솟구쳤다. 죽음을 각오하고 앞으로 나가 싸웠다.

원담의 군사는 당해 낼 수가 없었다. 더구나 앞에 선 것은 오합지졸 백성들이었다. 죽고 상하는 자가 산과 들에 즐비했다.

조조의 부장 조홍이 힘을 다하여 돌격하다가 적장 원담을 만났다.

맹호같이 덤벼들어 한칼에 원담을 찍어 버렸다.

원담은 마침내 진중에서 운명을 하고 말았다.

원담의 죽는 것을 보자 군사들은 홍수 밀리듯 패해 달아났다.

곽도는 원담이 죽는 것을 보고 급히 말을 달려 성중으로 달아났다.

조조의 부장 악진이 달아나는 곽도를 향하여 활을 쏘아붙였다. 곽도는 살에 맞아 참호 속으로 떨어져 버렸다.

전쟁의 대세는 이미 판가름이 되었다. 조조는 기세 좋게 남피성 안으로 군사를 거느리고 들어가 백성들을 무마했다.

홀연 한 떼 군마가 성 밖으로 달려왔다.

조조가 알아보니 원희의 부장 초촉焦觸과 장남張南이 항복하러 왔다. 조조는 곧 성안으로 불러들이니, 두 장수는 군사들의 무장을 해제한 후 조조한테 항복했다. 조조는 곧 두 장수에게 열후列侯를 봉했다.

뒤를 이어 흑산적 장연張燕이 군사 10만을 끌고 와서 항복했다. 조조는 그에게 평북平北 장군將軍 벼슬을 주었다.

조조는 원담의 죽은 수급首級을 북문 밖에 걸어 놓고 영을 내렸다.

"만약 원담의 죽음을 조상하여 곡哭하는 자가 있다면, 참斬하리라!"

추상같은 호령을 내렸건만 한 사람이 베관을 쓰고 상복을 입고, 매어단 원담의 목 앞에 와서 애끊는 울음을 아프게 울었다.

파수 보던 군사들은 통곡하는 사람을 잡아 가지고 조조한테 끌고 왔다.

조조는 노기가 등등하여 물었다.

"너는 누구관데 감히 영을 어기고 조상을 하느냐?"

"나는 청주 별가 왕수王修란 사람입니다. 항상 원담에게 간해서 형제가 싸우지 말라 했습니다. 이 까닭에 원담은 나를 내쳤소이다. 그러나 오늘 그가 죽었다는 말을 듣고 내 어찌 옛 주인을 조상하지 않겠소? 이러한 까닭에 곡을 한 것입니다."

"너는 내가 영 내린 것을 알았느냐?"

"알았소이다."

왕수는 서슴지 않고 대답했다.

"너는 죽음을 두려워하지 않느냐?"

조조는 청을 가다듬어 꾸짖었다.

"나는 그의 부름을 받아 그의 녹을 먹고 벼슬했는데, 그의 목숨이 망한 후에 조상하지 않는다면 의가 아닙니다. 죽음이 두려워서 의를 잊는다면, 어찌 세상에서 행세를 하겠소? 만약에 나를 죽여서 원담의 시체 옆에 장사 지내 준다면 죽음을 받아도 한이 없겠소이다."

왕수는 태연히 대답했다.

조조는 왕수의 대답하는 말을 듣자 한숨 지어 말했다.

"하북河北에 의로운 선비가 어찌 그리 많은가! 과연 아까운 일이다. 만약 원 씨들이 모두 그들의 말을 들었다면 내 어찌 오늘날 이 땅을 바라볼 수나 있었으랴."

탄식한 후에 원담의 시체를 거두어 예장禮葬을 지내라 하고 왕수를 상빈上賓으로 대접하여 사금司金 중랑장中郎將을 삼은 후에 이내 물었다.

"지금 원상은 그의 둘째 형 원희한테 몸을 던졌는데, 어떤 방책을 쓰면 항복 받겠소?"

왕수는 입을 다물고 대답하지 아니했다.

조조는

"충신이다!"

하고 탄복했다.

요동의 평정

조조는 다시 곽가한테 물었다.

"원소의 큰아들 원담은 패망은 되었으나 아직도 원희, 원상이 있으니 어찌하면 좋겠소?"

"원 씨네 항복한 장수 초촉, 장남 등을 보내서 치도록 하십시오."

조조는 곽가의 말을 좇아 원 씨의 항복한 장수 초촉, 장남, 여광, 여상, 마연, 장의로 본부 군사를 거느려 세 길로 나누어 유주를 치게 하고, 한편으로 심복 장수 이전, 악진은 장연과 함께 병주로 향하여 원소의 생질 고간高幹을 치라 했다.

이때 원상과 원희는 조조의 군사가 온다는 소문을 듣고 당해 내지 못할 것을 짐작했다. 성을 버리고 밤을 도와 요서遼西 오환烏桓으로 달아났다.

유주 자사 오환촉烏丸觸은 원 씨들이 달아나자 모든 군관들을 모아 놓고 원 씨를 등지고 조조한테 항복할 것을 결정한 후에 피를 찍어 맹세했다.

"조 승상은 당세 영웅이시다. 이제 나는 조 승상한테 항복할 것을 결정했다. 거역하는 자는 참하리라. 자아, 피를 찍어 맹세하라."

오환촉의 말이 떨어지니 모든 장수들은 차례로 피를 찍어 맹세했다.

별가別駕 한형韓珩의 맹세하는 차례가 되었다.

한형은 칼을 땅에 던지며 큰소리로 외쳤다.

"나는 원공 부자의 후은厚恩을 많이 입은 사람이다. 오늘날 주인이 망한

이 마당에 지혜로 능히 그를 구하지 못하고 용감하게 싸워서 죽지도 못했으니 의리를 결한 놈이라 할 것이다. 이제 또다시 북으로 향하여 차마 조조한테 항복할 수는 없다!"

모든 사람들은 얼굴빛이 노랗게 변했다.

오환촉은 한형의 의기를 군이 꺾지 아니했다.

"큰일을 결단하는데 한 사람의 의견만으로는 되지 아니한다. 한형의 뜻이 정 그러하다면 스스로 편한 길을 취하라."

한형을 밀어 내친 후에 모든 장수와 함께 성에 나가 삼로군三路軍을 맞아들이고 조조한테 항복했다.

조조는 크게 기뻤다. 오환촉에게 진북鎭北 장군將軍의 칭호를 더해 주었다.

때마침 파발마가 달려왔다.

"악진, 이전, 장연 세 장수가 병주의 고간高幹을 치러 갔으나 호관구壺關口를 굳게 지키므로 함락을 못하고 있습니다."

조조는 친히 대군을 거느려 고간을 공격하러 나갔다.

앞에 나갔던 세 장수는 조조를 영접하여 공격할 일을 의논하였다.

모사 순유荀攸는 꾀를 냈다.

"고간을 격파하자면 거짓 항복하는 계책을 쓰는 수밖에 없습니다."

조조는 순유의 말을 좇아 항장降將 여광, 여상을 불러 귓속말로 계교를 주었다.

조조의 비밀한 계책을 받은 여광과 여상은 군사 10기쯤 거느리고 성문 아래 나가 큰소리로 외쳤다.

"우리들은 원래 원 씨네 옛 장수였습니다. 부득이해서 조조한테 항복했습니다마는 조조의 위인이 너무나 속임수가 많을 뿐 아니라 우리들을 박대하므로 다시 옛 주인을 찾아왔으니 빨리 문을 열어 주시오."

고간은 미덥지 아니했다. 문을 열어 주지 아니하고 사다리를 놓고 문루 위로 올라와 이야기하라 영을 내렸다.

두 장수는 무기와 갑옷을 벗은 후에 누로 올라 고간한테 뵙고 말했다.

"조조의 군사가 새로 와서 아직 질서가 잡히지 아니했습니다. 장군께서는 이 틈을 타서 오늘 밤에 겁채를 하신다면 저희들은 선봉이 되겠습니다."

두 장수의 참다운 태도에 고간의 마음은 움직였다.

"다행히 두 장군이 전비前非를 뉘우치고 앞을 서서 나간다면 야습을 해 보기로 합시다."

고간은 허락을 내렸다. 이날 밤 인적이 고요할 때 고간은 여광, 여상을 앞세우고 스스로 만여 명의 군사를 거느려 조조의 진 친 곳으로 향해 나갔다.

거의 조조의 영채 앞에 당도했을 때 돌연 천지를 진동하면서 복병이 사면에서 일어났다. 모두 다 조조의 군사였다.

고간은 낭패했다. 비로소 여광, 여상의 계교에 떨어진 줄 알았다.

분통이 터져서 발을 굴렀으나, 그러나 어찌하는 수 없었다.

급히 말 머리를 돌려 호관성으로 돌아갔다.

가 보니 기막히지 않은가. 호관성은 벌써 조조의 장수 악진, 이전이 점령하고 있었다.

"네 이놈, 어디로 들어오느냐? 호관성은 우리 땅이다!"

악진, 이전 두 장수는 성문을 굳게 닫고 문루에서 꾸짖었다.

고간은 혼비백산이 되었다. 급히 몸을 피하여 산골 속으로 말을 달렸으나 사고무친, 갈 곳이 없었다.

고간은 황황망망 선우單于의 땅을 향하여 찾아갔다.

조조는 대군을 거느리고 고간의 뒤를 쫓아 선우의 국경까지 육박했다.

고간은 선우한테 들어가 북번北番 좌현왕左賢王을 만나 땅에서 절한 후에 사정을 이야기했다.

"조조가 저희 강토를 강탈한 후에 지금 대왕의 땅까지 침범하려 하니 대왕께서는 힘을 합하여 조조를 막아서 북방을 보존케 하옵소서."

머리를 조아려 간절히 빌었다.

좌현왕은 얼굴빛을 정색하여 고간의 청을 거부했다.

"내 본시 조조와 원수진 일이 없는데 어찌 내 땅을 침범하겠소? 당신은 공연히 나로 하여금 조조와 원수가 되게 하지 마시오."

고간을 꾸짖어 물리쳤다.

고간은 하는 수 없었다. 아무리 생각하나 갈 곳이 없었다. 유표한테 몸을 의지하고 싶은 생각이 들었다.

단기로 말을 달려 형주로 향하고 나갔다.

고간이 형주 유표를 찾아 한참 말을 달려 상로上潞 땅에 당도하니 도위 왕염王琰은 피해 오는 고간의 행색을 보자 군사를 거느려 길을 막고 고간을 죽여 버렸다.

머리를 베어 조조한테 바치니 왕염에게 열후列侯의 벼슬을 주었다.

병주마저 평정이 되니 조조는 모든 장수들을 모아 놓고 원희와 원상이 달아나 있는 오한 칠 것을 상의하였다.

조홍이 앞에 나와 간하였다.

"지금 원희와 원상은 군사가 패하고 장수가 망하여 세궁역진해서 멀리 사막으로 쫓겨갔는데 우리가 천 리 먼 길에 계속해서 육박한다면 이 틈을 타서 유비劉備와 유표劉表는 허도許都를 습격할 테니, 그때 가서는 거리가 멀어서 힘이 미치지 못할 것입니다. 청컨대 군사를 돌리시고 더 나가지 마십시다."

모사 곽가가 옆에 있다가 말했다.

"조홍의 말씀은 틀립니다. 오늘날 승상의 위엄이 천하를 진동하시지만 사막沙漠 사람들은 땅이 먼 것을 믿고 방심하여 방비가 없습니다. 그의 허술한 틈을 타서 별안간 공격한다면 단번에 격파할 수 있습니다. 뿐만 아니라 원소와 오환은 예로부터 서로 은고恩顧가 있는데다가 원희, 원상 두 형제가 있으니 불가불 제거해야 할 것입니다. 또 형주 유표로 말한다면 그는 앉아서 말만 하는 친구입니다. 스스로 자신의 재주가 너무나 부족함을 알므로 유비를 중용하지 아니할 것입니다. 유비를 중하게 쓰지 아니하는 마당에 유비가 어찌 자기 힘을 다 발휘하겠습니까? 허도를 비워 놓고 원정을 한다 해도 아무 근심이 없을 것입니다."

조조는 귀를 기울여 곽가의 말을 듣고 고개를 끄덕였다.

"봉효奉孝의 말씀이 극히 옳소!"

봉효는 곽가의 자였다.

조조는 곧 삼군을 휘동하여 나가니 기치창검은 하늘을 가리고 곡식 실은 수레는 수천 채가 넘었다.

앞으로 앞으로 천 리를 향하여 나가니 다만 누른 티끌은 하늘을 덮어 앞이 보이지 아니하고 광풍은 그칠 사이 없이 사면에서 일어났다. 길은 기구하고 사람과 말은 걸음을 옮길 수 없었다.

조조는 문득 회군할 마음이 생겼다.

이때 곽가는 수토불복水土不服의 병이 들어 수레 속에 누워서 가게 되었다.

조조는 눈물을 흘려 울면서 곽가를 위로했다.

"사막을 평정하려 하다가 그대로 하여금 수토불복이 되어 병이 나게 되었으니 내 마음이 불안하구려."

"승상의 큰 은고를 받은 곽가올시다. 비록 죽는다 하나 은혜의 만분의 일도 갚을 길이 없습니다."

곽가가 대답했다.

"사막 천지의 길이 너무 험하구려. 군사를 돌려 돌아가는 것이 좋을 듯하오."

조조가 말했다.

"군사는 빠른 것이 좋을 것입니다. 이제, 천 리로 진군하는데 짐이 너무 많으니 길 아는 사람을 앞에 세워서 경병輕兵으로 나가는 것이 상책이올시다."

조조는 병든 곽가를 더 데리고 갈 수 없었다. 역주 땅에 머물러 병을 치료케 한 후에 길 잘 아는 향도관鄕導官을 구했다.

한 사람, 원소의 구장舊將 전주田疇란 사람이 사막의 지리를 잘 안다고 천거했다.

조조는 곧 전주를 청하여 물었다.

"공은 선우單于가 사는 오환의 지리에 밝다 하니, 어느 길로 진군을 하면 좋겠소?"

"지금 가시는 길은 여름과 가을엔 물이 많아서 가는 곳마다 곤란하십니다. 뿐만 아니라 강물의 깊이가 고르지 못해서 배를 띄우기도 어렵고 보행하기 곤란합니다. 군사를 돌려서 영평현에 있는 노룡구盧龍口로부터 출병해서 순천부 백단白檀의 험한 곳을 넘고, 황무지인 무인지경을 지난 후에 유성柳城에 당도하여 선우 모돈冒頓을 친다면 한번 싸워서 능히 격파할 수 있습니다."

조조는 전주에게 정북靖北 장군將軍을 제수하여 향도를 삼고 장요로 선봉을 삼아 군사를 돌려 앞으로 나가게 하고, 자기는 후군을 거느려 주야배도 겸행하여 행군했다.

전주는 장요를 인도하여 유주幽州 백랑산白狼山 아래 당도하니 원회와 원상은 선우 모돈과 함께 수만 기를 거느리고 조조의 군사를 향하여 달려왔다.

장요는 나는 듯이 말을 달려 조조한테 적병과 마주친 것을 보했다.

조조는 친히 말을 달려 장요와 함께 높은 산에 올라 모돈의 군사를 바라보니 대열은 정제하지 못하고 군대엔 질서가 없었다.

조조는 장요한테 말했다.

"적병은 질서가 없다. 급히 공격을 개시하라!"

장요는 허저, 우금, 서황 모든 장수들과 함께 네 길로 나누어 산에 내려 돌격했다.

모돈의 군사는 크게 혼란이 되었다. 창과 칼을 버리고 아우성을 치며 달아났다.

장요는 큰 칼을 빼어 적진으로 좌충우돌하면서 선우 모돈을 말 아래 떨어뜨려 목 베어 죽이니 선우의 장수들은 무기를 버리고 다투어 항복하기를 청했다.

원회와 원상은 선우의 군사가 대패하는 것을 보자 싸울 마음이 없었다. 수천 기를 거느리고 요동으로 달아났다.

조조는 군사를 거두어 유성柳城에 든 후에 향도한 전주의 공을 가상하게 생각해서 유정후柳亭侯를 봉하여 유성을 지키라 했다.

전주는 조조의 앞에 나가 울면서 고했다.

"저는 의를 저버리고 도망하여 살던 놈입니다. 이제 승상의 후은을 받는 것은 고마운 일이올시다마는 어찌 노룡채盧龍塞를 판 값으로 상록賞祿을 받겠습니까? 죽어도 공작功爵은 받지 못하겠습니다."

조조는 의롭게 생각했다. 그의 작爵을 거두고 의랑義郎을 삼았다.

조조는 선우의 백성들을 위로하여 무마한 후에 천리준마千里駿馬 1만 필을 얻어 당일로 군대를 회군시켰다.

이때 천기는 혹독하게 차고 날은 가물어 2백 리나 되는 길에 물 한 모금 얻어 마실 수 없었다. 뿐만 아니라 양식마저 떨어졌다.

군사들은 말을 잡아먹고 땅을 30~40길이나 파서 겨우 물을 얻어 마실 수 있었다.

조조는 무척 고생을 했다. 역주로 돌아가 선우를 치지 말라고 간했던 사람들을 불러 상을 준 후에 장수들을 청하여 말했다.

"내가 이번에 선우를 원정해서 요행으로 성공은 했으나 이것은 하늘이 도우신 것이요, 내 힘으로 된 것은 아니라 생각하오. 제군들은 앞으로 이러한 무모한 짓을 절대로 해서는 아니 되오. 이번에 가지 말라고 만류한 분들에게 상을 주는 것은 이러한 뜻에서 주는 것이오."

이때 모사 곽가는 이미 죽어서 공청에 정구停柩하고 있었다.

조조는 정구청停柩廳에 나가 치제致祭하여 방성통곡한 후에 땅을 치며 넋두리했다.

"봉효奉孝가 죽었단 말이냐. 이것이 웬 말이냐! 하늘이 나를 돕지 아니하시는 것이로구나."

애통하게 제를 지낸 후에 모든 장수를 돌아보며 말했다.

"제군들의 연치年齒는 대개 나와 동배同輩이지만 다만 곽봉효만은 가장 젊은 연소한 사람이었다. 나는 이 사람에게 뒷일을 부탁하려 했더니 뜻밖에 중년에 요절하니 나의 심장은 뭉그러지고 찢어지는 듯하구나."

탄식하기를 마지아니했다.

곽가의 수하에 있던 제자들이 조조한테 한 통의 편지를 올리며 말했다.

"이 글은 곽 선생님이 세상을 떠나실 때 친필로 쓰신 유서올시다. 승상께서 돌아오시거든 이 글을 바치라고 하시면서 유서대로 하신다면 요동도 마저 평정하실 것이라 하셨습니다."

조조는 겉봉을 뜯어 읽어 보고 고개를 끄덕여 점두하면서 탄식하기를 마지아니했다.

모든 사람은 유서 속에 무슨 말이 씌어 있는지 알 까닭이 없었다.

다음 날 하후돈이 모든 장수를 거느리고 조조한테 품하였다.

"요동 태수 공손강公孫康은 오랫동안 승상께 복종하지 아니했습니다. 이제 원희와 원상이 그곳으로 갔으니 반드시 후환이 될 것입니다. 아직 저것들이 움직이지 않는 틈을 타서 먼저 친다면 요동 땅을 얻을 것입니다."

조조는 미소하여 대답했다.

"용과 같고 범과 같은 제군들의 위엄을 번거롭게 하지 아니해도 며칠 후에는 공손강이 두 원 씨의 머리를 베어다가 바칠 테니 잠깐 두고 보게나."

장수들은 마음속으로,

'그럴 리가 있나?'

하고 믿지 아니했다.

이때 선우와 합작을 하여 조조를 대항하려던 원희와 원상은 선우가 죽는 것을 보자 세궁역진이 되어 요동을 향하여 달아났다.

요동 태수 공손강은 본시 양평 사람 무위 장군 공손도公孫度의 아들이었다. 원희와 원상이 요동으로 온다는 정보를 듣자 본부의 속관屬官들을 모아 놓고 상의했다.

"원 씨네 형제들이 온다 하니 어찌하면 좋겠나?"

아우 공손공公孫恭이 말했다.

"원소가 살아 있을 때 항상 우리 요동을 먹을 마음을 두었습니다. 지금 그의 아들들이 군사는 패하고 장수들은 망하여 의탁할 곳이 없어 이곳으로 온다 하니, 이것은 마치 까딱 잘못하면 비둘기가 까치집을 뺏는 결과가 되기 쉽습니다. 받아들인 후에 처리하자면 곤란한 점이 많을 것입니다. 성안으로 들어오는 즉시 목을 베어 조조한테 바친다면 조조는 우리를 후대할 것입니다."

공손강은 한동안 생각하다가 대답했다.

"만약 조조가 요동을 먹으려고 군사를 거느려 쳐들어온다면 어찌하느냐? 두 원 씨를 받아들여서 우리와 한편이 되어 대항하는 일이 옳지 않겠느냐?"

형의 말을 듣자 아우 공손공이 대답했다.

"그건 어렵지 않은 일이올시다. 사람을 보내서 조조의 행동을 탐지하면 될 일입니다. 조조가 만약 군사를 거느려 우리를 치러 온다면 원 씨네를 받아들여서 함께 대항하여 싸우고 조조가 군사를 움직이지 아니한다면 원 씨네 형제의 목을 베어 조조한테 보내면 될 것입니다."

공손강은 아우의 말을 들었다. 사람을 보내서 가만히 조조의 동정을 살피라 했다.

원희와 원상은 요동 땅에 당도하자 형제가 밀의密議를 했다.

"요동 공손강의 군사는 수만 명이나 되니 한번 조조와 더불어 대항할 만하오. 이제 우리 형제는 잠시 몸을 의탁했다가 공손강을 죽인 후에 힘을 길러서 중원中原 천지를 대항한다면 하북河北 땅을 다시 회복할 수 있소이다."

원상은 원희한테 말한 후에 요동성으로 들어가 공손강한테 뵙기를 청했다.

공손강은 원 씨 형제를 손님 대접하는 역관에 머물러 있게 한 후에 병이 났다 칭탁하고 당일로 만나 보지 아니했다.

이날 조조의 행동을 살피러 갔던 염탐꾼이 돌아와 아뢰었다.

"조조는 역주에 군대를 주둔한 채 요동을 공격할 뜻이 없습니다."

공손강은 기뻤다. 원 씨네 형제들이 있는 역관으로 사람을 보내서,

"장군의 병환이 조금 차도가 계십니다. 만나러 들어오시기 바랍니다."

원 씨네 형제는 기뻐서 공손강한테로 들어갔다.

이때 공손강은 미리 칼과 도끼를 든 도부수刀斧手들을 벽 앞에 둘러친 방장 뒤에 숨겨 놓고 있었다.

원희와 원상은 마음 놓고 들어와서 공손강한테 뵈었다.

인사가 끝난 후에 공손강은 원 씨 형제를 향하여,

"멀리 오느라고 수고하였소. 편히들 앉으오."

앉기를 명했다.

깊은 겨울이었다. 날이 몹시 추웠다.

원상은 상탑床榻 위에 방석이 깔려 있지 않은 것을 보고 공손강한테 청했다.

"방석을 좀 주셨으면 좋겠습니다."

공손강은 얼굴빛을 고쳐 눈을 부릅뜨고 꾸짖었다.

"너희 두 사람의 목이 장차 만리행萬里行을 할 텐데 방석이 다 무슨 놈의 방석이냐!"

원상과 원희 형제는 깜짝 놀랐다. 얼굴빛이 새파랗게 질렸다.

"저놈들의 목을 베어라!"

공손강은 또 큰소리로 명령을 내렸다.

삽시간의 일이었다. 도부수들은 시퍼런 칼과 창과 도끼를 들고 방장 뒤

에서 뛰어나왔다. 원상 형제의 등을 밀어 마당으로 끌어내린 후에 단번에 목을 잘라 버렸다.

공손강은 원가 형제의 머리를 나무 궤에 담아서 역주에 있는 조조한테로 보냈다.

곽가의 생각한 바가 여합부절 꼭 들어맞았다.

이때 조조는 역주에서 군사를 거느리고 움직이지 아니하니 대장 하후돈과 장요는 품해 아뢰었다.

"승상께서 만약 요동遼東 공격을 아니하신다면 허도許都로 돌아가시는 것이 좋습니다. 유비劉備와 유표劉表가 허도를 공격한다면 곤란합니다."

"원가 형제의 목이 오게 되면 돌아가지."

조조는 의젓이 말하고 입을 닫았다.

모든 장수들은 가만히 마음속으로 웃었다.

'원가 형제의 목이 저절로 걸어 들어온단 말인가? 승상도 당치 않은 딱한 생각이지.'

장수들이 비아냥거리고 있을 때, 홀연 밖에서 수문장이 들어와 아뢰었다.

"공손강公孫康이 사람을 보내서 원희와 원상의 목을 바치러 왔습니다."

모든 장수들은 깜짝 놀랐다.

과연 사자가 조조한테 글월을 바치고 물러갔다.

조조는 기뻤다. 크게 웃으며 모든 장수를 불러 말했다.

"곽가의 요량이 틀림없구나!"

조조는 원가 형제의 목을 가지고 온 사신에게 중한 상을 주고, 공손강에게는 양평후襄平侯 좌장군左將軍을 봉했다.

여러 사람들이 조조한테 물었다.

"어찌해서 곽가의 요량이 틀림없다 하십니까?"

조조는 소매 속에서 곽가의 유서를 꺼내서 보였다.

지금 소문 들으니 원희와 원상이 요동으로 달아났다 합니다. 승상께서는 절대로 군사를 움직이지 마십시오. 공손강은 원 씨네를 항상 꺼려 했습니다. 반드시 목을 베어 가지고 승상께로 올 것입니다. 만약 승상께서 군사를 움직이신다면 공손강은 원 씨와 합세할 것입니다. 힘 안 들이고 원 씨네를 제거시킬 테니 가만히 역주에만 계십시오.

모든 장수들은 곽가의 유서를 읽자 탄복하지 않은 사람이 없었다.

"과연 신출귀몰한 식견 있는 재사야!"

"아까운 사람이 병들어 죽었지!"

"승상의 한 팔이 부러진 것이나 매일반일세!"

모두 다 죽은 곽 모사를 생각하며 탄식했다.

조조는 모든 장수와 함께 다시 곽가郭嘉의 영전에 나가 통곡하여 제 지냈다. 이때 곽가는 겨우 38세의 젊은 나이였다. 조조를 따라 남정북벌南征北伐한 지 11년이나 되었고 번번이 좋은 꾀를 내어 큰 공을 세운 일이 여러 번이었다.

시인은 곽가의 재주를 예찬하여 글을 지었다.

天生郭奉孝

豪傑冠群英

腹內藏經史

胸中隱甲兵

運謀如苑蠡

決策似陳平

可惜身先喪

中原樑棟傾

하늘이 내신 곽봉효

뭇 영웅 속의 호걸일세.

뱃속에는 경서와 사기를 감추었고

가슴 안엔 병갑을 숨겨 두었네.

용병하는 꾀는 범여와 같고

정책을 결단하기 진평과 흡사하다.

아깝다, 몸이 먼저 죽었네.

중원 천지에 보가 부러졌구나.

　조조는 손쉽게 요동을 손아귀에 넣은 후에 군사를 거느려 기주冀州로 돌아갔다.

　먼저 사람을 시켜서 곽가郭嘉의 영구靈柩를 호위하여 허도로 돌아가 예를 갖추어 안장시켰다.

　하루는 모사 정욱의 무리가 조조한테 권했다.

　"승상께서는 북방을 이미 평정하셨으니 이제는 허도로 돌아가시어 빨리 강남을 평정하시는 것이 좋겠습니다."

　정욱의 말을 듣자 조조는 웃으며 대답했다.

　"나도 벌써부터 그 뜻이 있었소. 여러분들의 말씀이 정히 내 뜻에 합하오."

조조는 이날 밤에 기주에 유숙하면서 성 동편 문루 위에 앉아 난간에 의지하여 천문을 바라보고 있었다.

이때 모사 순유가 곁에 있었다.

조조는 손으로 남쪽 하늘을 가리키며 순유한테 말했다.

"남방南方에 왕기旺氣가 찬란하니 암만해도 도모하기 어렵겠소."

"승상의 천위天威로써 어느 곳에 가신들 복종이 아니 되겠습니까?"

막 말을 마치었을 때 홀연 한 줄기 금광金光이 땅으로부터 일어났다.

조조와 순유는 찬란하게 뿜어 오는 금빛을 바라보았다.

"아마 땅 속에 보배가 묻혀 있나 봅니다."

순유가 급히 말했다.

동작대

조조는 급히 군사를 불렀다.

"너, 저 누 아래 금빛이 찬란한 곳을 파 보아라."

군사들은 일제히 삽과 괭이를 들고 황금빛 서기가 찬란히 뻗친 곳을 파기 시작했다. 얼마 동안 파 들어가니 홀연 괭이 끝에 쇳소리가 부딪쳐 일어났다. 한 물건이 나타났다.

군사들이 얼른 집어 보니 구리로 만든 참새였다.

군사들은 조조한테 바쳤다.

"이런 물건이 나왔습니다."

조조는 받아 들고 순유한테 물었다.

"이것은 구리로 만든 참새가 아니오? 이게 무슨 징조요?"

"옛적에 순舜의 어머니께서 꿈에 옥작玉雀이 품 안으로 날아드는 것을 보시고 순을 잉태하셨습니다. 이제 승상께서는 동작銅雀을 얻으셨으니 또한 상서로운 징조올시다."

조조는 마음속으로 크게 기뻤다. 곧 높게 대臺를 쌓아 축복하고 싶었다.

당일로 흙을 고르고 나무를 베고 기와를 굽고 전磚을 갈아서 동작대銅雀臺를 장하漳河 가에 세우기 시작했다.

거의 1년 동안을 소비해야만 공사가 완성될 예정이었다.

작은아들 조식曹植이 아버지 조조한테 아뢰었다.

"만약 층대를 세우시려면 중간 제일 높은 곳을 동작대銅雀臺라 하시고 좌편을 옥룡대玉龍臺라 하시고 우편을 금봉대金鳳臺라 하신 후에 다시 두 개 비교飛橋를 무지개처럼 하늘에 걸쳐 놓는다면 천하의 장관이 될 것입니다."

조조는 아들의 말을 듣자 기뻤다.

"내 아들 말이 과연 옳다. 네 말대로 하리라. 다음 날 대가 완성된다면 족히 나의 노후老後를 즐기리라."

원래 조조는 다섯 형제의 아들을 두었는데 작은아들 식이 더욱 영민하고 똑똑하고 글을 잘했다. 평소에 가장 사랑했던 것이다. 조식을 큰아들 조비와 함께 업군鄴郡에 머물러 있어 동작대 짓는 일을 감독하게 하고 장연張燕으로는 북채北寨를 지키라 한 후에, 조조는 원 씨네한테서 항복한 군사와 함께 허도로 돌아가니 총수가 50~60만 명이나 되었다.

조조는 허도로 돌아가 공신들에게 큰 벼슬을 주고 또 죽은 곽가를 표창하여 정후貞侯를 봉한 후에 그 아들 혁奕을 승상부 중에 두어 길렀다.

조조는 다시 장수들을 불러 놓고 의논하였다.

"자아, 이제 북쪽은 평정이 되어 근심이 없으나 남으로 유표와 손권이 의연히 있으니 어찌하면 좋겠나?"

순욱이 일어나 대답했다.

"큰 군사가 방금 북정北征을 하고 돌아왔는데 곧 군대를 움직일 수 없습니다. 반년간을 쉬어서 정기를 기르고 예기銳氣를 저축한 후에 군대를 움직인다면 북 한 번을 쳐서 유표와 손권을 항복 받을 것입니다."

조조는 순욱의 말을 옳게 들었다. 곧 군사를 나누어 둔전屯田을 시켜서 한편으로 농사짓고 한편으로 훈련하면서 때 오기를 기다리고 있었다.

천리 준총 적로마

조조는, 천하 영웅의 한 사람이요 수백만 대병을 하북 기주에 거느려 호시탐탐 천하를 흘겨보던 4대 공후公侯인 원소의 터전을 무찌른 후에, 앞으로 남방 형주와 강동 손권을 병탄倂吞하려는 큰 야심을 먹고 있었다.

그러나 짚신 삼던 농부의 아들로 태어나서 나라 망하는 것을 차마 바라볼 수 없어 관우, 장비와 함께 도원桃園에서 의를 맺어 황건적을 평정한 후에 비로소 세상에 종실宗室 유현덕이 있는 것을 알려서 조조로 하여금 "천하 영웅은 당신과 나밖에 없소." 하고 탄식하게 했던 유비의 소식은 어찌 되었는가.

유현덕이 일단 형주 유표한테 의탁한 후에 유표는 항상 현덕을 친아우같이 생각하여 후하게 대접했다.

하루는 서로 술 마시며 한담하고 있을 때 군사가 급히 들어와 아뢰었다.

"항복한 장수 장무張武와 진손陳孫이 강하에서 반기를 들고 백성들을 못 살게 굽니다."

유표는 크게 놀랐다.

"두 놈들이 또 반했으니 화가 적지 않구나!"

현덕이 옆에 있다가 말했다.

"형님께서는 과히 근심 마십시오. 제가 가서 토벌해 버리겠습니다."

유표는 크게 기뻐했다. 곧 3만 명 군사를 점고하여 현덕에게 주었다.

현덕은 유표의 명을 받아 당일로 군사를 거느려 강하에 당도했다.

장무와 진손이, 유현덕이 군사를 거느려 온 것을 보자 곧 말을 달려 나와 싸우기를 청했다.

유현덕은 관우關羽, 장비張飛, 조자룡趙子龍과 함께 진문 밖 문기門旗 아래 말을 달려 바라보니 장무의 타고 있는 말이 극히 웅대해서 기름지고 영특해 보였다.

현덕은 눈이 환했다. 칭찬하기를 마지아니했다.

"좋다, 훌륭한 천리마로구나!"

채 말을 마치기 전에 명장 조자룡은 창을 비껴들고 비호같이 말을 달려 적진 중으로 좌충우돌했다.

저편에서는 장무가 뛰어나왔다. 말과 사람이 서로 어우러져 싸우기 시작했다.

불과 3합에 장무는 조운이 휘두르는 창 한 번에 허구리를 찔려 말 아래 떨어졌다. 조운은 팔을 늘여, 말 아래 떨어진 장무를 잡아끌어 말 위에 싣고 본진으로 돌아갔다.

군사들의 박수갈채하는 소리가 천지를 진동했다.

적장 진손은 그대로 보고 있을 수 없었다. 잡혀가는 장무를 뺏으려 말을 채쳐 뒤를 쫓았다.

홀연 장비가 대갈일성 호통을 치면서 장팔사모창을 번쩍 들어 진손의 뒤통수를 찔러 단번에 죽여 버렸다.

적장 두 명이 일시에 꺾여 버리니 오합지졸 군사들은 어마뜨거라 달아나고 헤어지고 항복해 버렸다.

현덕은 강하 고을로 들어가 남녀노소 백성들을 안심시킨 후에 군사를 돌려 돌아오니 강하 일대는 평정이 되고 형주 일대는 기쁨이 가득했다.

유표는 크게 기뻤다.

성문 밖에 나가 개선 장군 유현덕을 맞아들인 후에 크게 잔치를 베풀어 장수와 군사들을 호궤하였다.

술이 반쯤 돌았을 때 유표는 현덕에게 향하여 말했다.

"현제賢弟의 영용英勇이 이같이 웅대하니 이제 형주는 근심이 없게 되었네. 그러나 남월南越이 가끔 장난을 치고 장로張魯와 손권이 아직도 강성하니 이것이 염려로세."

"황송하오나 현덕은 여룡如龍 여호女虎한 세 장수가 있으니 별로 염려할 것이 없습니다. 장비로 남월南越 지경을 살피라 하고 관우로 고자성固子城을 막아서 장로를 제압시키고 조운으로 삼강三江을 막아서 강동의 손권을 당해 낸다면 족히 근심할 것이 없소이다."

유표는 만족했다. 장차 유현덕의 말을 들어 세 장수에게 큰 임무를 맡기려 생각했다.

이 눈치를 챈 유표의 처남 채모蔡瑁는 현덕을 시기하는 마음이 생겼다.

누이 채蔡 부인夫人한테 고했다.

"유비가 수하 심복인 삼 장군에게 큰 군사를 주어 밖에 나가 있게 하고 자기는 형주성 안에 있어 오랫동안 인심을 얻고 있다면 반드시 후환이 될 것입니다."

채 부인은 동생의 말을 솔깃하게 들었다.

밤에 자리를 같이하고 있는 남편 유표한테 고했다.

"영감, 유비를 조심하십시오. 형주 사람들이 유비를 존경해서 내왕하는 사람이 많다 합니다. 주의하시어 막도록 하십시오. 그리고 유비를 성 안에 두시면 유익한 일이 없을 것입니다. 다른 곳으로 내보내십시오."

"유비는 인인仁人 군자君子인데 의심할 것이 없소. 점잖은 사람이오."

유표는 아내를 향하여 대범하게 대답했다.

"아이그, 영감은 딱도 하시오. 당신은 너무나 마음이 좋아서 탈이야요. 유비가 겉으로는 인인 군자인 척하지만 속마음을 어찌 알겠소. 사람의 마음이 모두 당신 같은 줄 아시오?"

유표는 잠자코 대답을 아니했다.

다음 날이 되었다.

유표는 유현덕과 함께 성 밖에 나가 군대를 사열하게 되었다.

이때 현덕은 장무張武가 타고 다니던 적로마駒盧馬를 타고 나왔다.

유표는 현덕이 탄 말을 보자 칭찬하기를 마지아니했다.

"그 말, 참 좋구먼. 장가가 탔던 말인가? 기름지고 웅대하고 웅장하면서 날렵하고 과연 참 천리마로군!"

"그렇습니다. 장무가 탔던 말을 제가 차지했습니다. 형님께서 좋다 하시면 드리겠습니다."

"어디 한번 타 볼까."

현덕은 곧 말에 내려 적로마를 유표한테 바쳤다.

유표는 말을 바꾸어 탔다. 과연 명마였다. 비호같이 달렸다.

천리 준총 적로마를 탄 유표의 마음은 흐뭇했다.

볼일을 본 후에 천리 준총을 타고 호기롭게 성안으로 돌아왔다.

마침 모사 괴월蒯越을 길에서 만났다.

괴월이 유표한테 인사하고 물었다.

"사또께서 타신 말은 장무가 타던 말이 아니오니까?"

"그래 장무가 탔던 천리마 적로駒盧란 말일세. 훌륭하지 않은가?"

유표는 의기양양해서 대답했다.

"그 말, 좋지 아니합니다. 타지 마십시오."

"왜?"

"저의 선형先兄 괴량蒯良은 말을 잘 볼 줄 압니다. 그리고 저도 말을 볼 줄 압니다. 저 말 눈 아래 눈물 웅덩이(淚槽)가 졌습니다. 뿐만 아니라 이마가에 흰 점이 박혔는데 이런 까닭에 적로마라 합니다. 이 말을 타면 주인이 해롭습니다. 장무가 이 말 때문에 죽었습니다. 사또께서는 타지 마십시오."

유표는 뜨악했다.

곧 말에서 내려 마구간으로 돌려보내고 다른 말을 타고 성안으로 돌아갔다.

다음 날 현덕은 유표를 만나러 들어갔다.

유표는 현덕에게 술을 대접하다가 슬며시 말을 꺼냈다.

"어제 좋은 준마를 보내서 고마웠네. 그러나 자네는 앞으로 일선에 나가서 자주 싸워야 하므로 말을 다시 돌려보내니 받아 두기로 하게."

현덕은 자기를 위하여 돌려보내는 줄 알았다.

"고맙습니다."

일어나 또 인사했다.

유표는 또다시 말을 계속했다.

"자네, 형주성 안에만 오래 있으면 자네의 무예를 닦는데 지장이 많을 것일세. 양양은 비록 형주의 속읍屬邑이라 하나 그곳 신야현新野縣은 양식도 풍부하고 돈도 많은 곳일세. 자네가 거느린 군사를 데리고 가서 그곳에 둔병하고 있는 것이 어떠하겠나?"

"좋습니다."

현덕은 감사하게 생각했다. 다음 날 유표한테 작별 인사를 한 후에 자기에 소속된 군마를 이끌고 적로마 타고 신야현으로 나갔다.

현덕이 막 성문 밖으로 나가는데 한 사람이 공손히 인사하며 말했다.

"장군께서는 그 말을 타지 마십시오."

현덕이 바라보니 형주에 막빈幕賓으로 있는 이적伊籍이었다. 산양山陽 태생으로 자를 기백機伯이라 부르는 사람이었다.

현덕은 이상하게 생각했다. 곧 말에 내려 황망히 물었다.

"반갑소이다, 이 선생이시오. 그동안 태평하셨소. 그런데 왜 나보고 저 말을 타지 말라 하시오?"

"소문 들으니 어제 괴월이 주인한테 해롭다고 사또께 말을 해서 사또 는 장군한테 말을 돌려보낸 것인데 장군께서는 그대로 타시니 어찌 된 셈 입니까? 아예 타지 마시오."

현덕은 의아하게 생각했다.

"도대체 괴월이 어찌해서 유 사또한테 적로마를 타지 말라 했답디까?"

"허허, 적로마의 눈 아래는 눈물받이의 누조淚槽가 있고 앞이마에는 흰 털이 박혀서 상주喪主살이 있다 합니다. 이 까닭에 장무張武도 죽었다는 것입니다."

이적伊籍의 말을 듣자 현덕은 소리를 높여 껄껄 웃었다.

"선생이 나를 사랑해서 깨우쳐 주시는 말씀은 깊이 감사하오. 그러나 사람이란 죽고 사는 것이 다 명이 있는 것이오. 어찌 짐승이 사람의 생명 을 좌우하여 방해하겠소."

이적은 현덕의 말을 듣고 탄복했다.

이후로부터 이적은 현덕을 존경하여 항상 따라다녔다.

현덕이 신야현新野縣에 당도하니 군사와 백성들은 모두 다 기뻐하고 정 치는 일신해졌다.

해가 바뀌어 건안建安 12년 봄이 되었다.

현덕의 둘째 부인 감甘 부인夫人은 한 옥동자를 탄생했다. 이날 밤에 백학白鶴 한 쌍이 내아內衙의 지붕 위에서 춤을 추면서 40여 번이나 울고, 아기가 나올 때는 기이한 향기가 방 안에 가득했다.

감 부인은 아기를 배기 전에 항상 한밤중이면 북두칠성을 우러러보면서 찬란한 빛을 입으로 삼키곤 했다. 이후부터 아기를 배었다.

현덕은 기쁨을 이기지 못했다. 북두칠성의 정기를 받고 아기를 배었다 하여, 어린이의 아명兒名을 아두阿斗라 하고 관명을 유선劉禪이라 불렀다.

이때 조조는 군사를 거느리고 북으로 원소의 아들 형제를 칠 때였다. 현덕은 형주로 가서 유표를 달랬다.

"지금 조조는 큰 군사를 움직여 하북을 치러 나갔으니 수도 허창은 텅 비어 있습니다. 이때를 타서 우리는 형주와 양주의 군사로 허도를 습격한다면 큰일을 가히 성취할 것입니다."

유표는 소심한 사람이었다. 현덕의 말을 듣자 고개를 가로흔들었다.

"지금 나는 형·양 사이에 앉아서 구주를 주름잡고 앉았는데 이만하면 족하지 또 무엇을 바라겠는가?"

현덕은 더 권할 수 없었다. 입을 다물고 잠자코 앉았다.

"우리 후당으로 들어가 술이나 마시세."

유표는 현덕을 이끌고 후당으로 들어갔다.

술잔이 돌아 거나하게 취하자 유표는 홀연 길게 한숨을 지어 탄식했다. 현덕은 의아했다.

"형님께서는 왜 한숨을 쉬십니까? 무슨 걱정이 계시오니까?"

"좀 걱정이 있어."

유표는 풀이 없었다.

"무슨 걱정이 계십니까?"

현덕은 잼처 물었다.

이때 발자국 소리가 병풍 뒤에서 났다.

유표는 말을 하려 하다가 이내 고개를 푹 숙여 입을 다물었다.

현덕이 병풍 뒤를 살피니 유표의 아내 채 부인이 나와 섰다.

유비는 딴말을 잠깐 하다가 신야로 돌아가 버렸다.

이해 겨울에 조조는 하북과 요동을 평정하고 허도로 돌아왔다.

현덕은 기회가 좋건만 유표가 말을 아니 들어 좋은 기회를 놓친 것을 한탄했다.

현덕을 죽이려는 채 부인

하루는 유표가 사람을 보내서 형주로 청했다.

현덕은 사자를 따라 유표한테로 가서 반갑게 서로 만난 후에 후당에서 술을 마시고 있었다.

유표는 현덕을 향하여 말했다.

"소문 들으니 요사이 조조는 군사를 거느려 허도로 돌아와서 세력이 불 일어나듯 강성하다 하니 반드시 형주와 양주 우리 땅을 병탄倂呑할 야망이 있을 것일세. 지난날 현제賢弟의 말을 듣지 아니해서 좋은 기회를 놓친 것이 분하이."

유표의 한탄하는 말을 듣자 현덕이 대답했다.

"지금 천하가 분열되어 싸움이 나날이 일어나는데 기회는 또 있을 것입니다. 앞으로 움직이면 안될 것이 없습니다."

"현제의 말씀이 옳으이."

유표는 대답하고 또다시 술을 마시며 권하다가 홀연 눈물을 주르르 흘렸다.

"왜 우십니까? 어디가 불편하십니까?"

"내가 걱정이 있네. 전자에 현제하고 의논하려다가 불편한 일이 있어서 말을 못했던 것일세."

"형님께서 무슨 어려운 일이 계십니까? 만약 저 같은 사람이라도 쓰일 수가 있다면 비록 죽는 한이 있다 하더라도 사양치 아니하겠습니다."

유표는 현덕의 말을 듣자 한숨 쉬고 말했다.

"나의 전처 진陳 씨氏한테 난 아들 기琦는 위인이 비록 착하나 나약해서 족히 큰일을 이루지 못하겠고, 후처 채蔡 씨氏의 몸에서 난 작은아들 종琮이 있는데 제법 총명하이. 내 생각에는, 예법에는 틀리지만 큰아이를 폐廢하고 작은아이로 후사를 잇게 하려 하는데 큰아이가 다투면 곤란한 일일세. 그리고 채 씨네들이 모두 군권軍權을 잡았는데 뒤에 반드시 난亂이 날 테니 대체 어찌하면 좋을지 결정을 짓지 못하고 있네."

유현덕은 유표의 말을 듣자 정색하고 말했다.

"자고自古로 폐장廢長 입유立幼하는 일은 어지러움을 취하는 근본이올시다. 만약 채 씨네 병권兵權이 너무 과하다면 서서히 깎아내리시면 됩니다. 그리고 작은 자제를 세우셔서는 아니 됩니다."

유표는 현덕의 말을 듣자 잠자코 대답이 없었다.

원래 채 부인은 유현덕을 꺼려 했다. 정인군자正人君子이므로 자기 마음대로 움직이지 못할 줄 잘 아는 때문이었다.

이 까닭에 유표와 유현덕이 서로 만나서 이야기만 하면 채 씨는 병풍 뒤에 숨어서 두 사람의 주고받는 이야기를 엿듣고 있었다.

이번에도 채 씨는 병풍 뒤에 숨어서 엿듣고 있는 것을 현덕은 까맣게 몰랐던 것이다. 현덕도 눈치를 챘다. 스스로 실언한 것을 깨달았다.

현덕은 무료했다. 몸을 일으켜 측간으로 갔다.

자기의 몸을 돌아보니 밤낮 말을 타서 뼈만 남았던 환도뼈에 살이 올랐다. 현덕은 마음이 슬펐다. 눈물이 주르르 흘러내렸다.

유현덕이 다시 돌아오니 유표는 현덕의 얼굴에 눈물 흔적이 있는 것을 보고 괴상하게 생각했다.

"자네 울었나?"

현덕은 한숨을 짓고 대답했다.

"저는 허구한 날 전쟁터로 달리느라고 말안장에서 떠나 본 적이 없었습니다. 이런 까닭에 환도뼈의 살이 흩어져서 뼈만 앙상하게 남았던 것이 요새 오랫동안 말을 타지 아니했더니 살이 다시 생겼습니다. 세월은 흘러가고 사업은 한 일이 없으니 기막히지 않습니까? 이런 까닭에 저절로 비참한 생각이 들어서 눈물이 나왔습니다."

"내가 들으니 현제가 허창許昌에 있을 때 조조하고 청매주青梅酒를 달여 마시면서 영웅을 논란할 때, 현제는 당세當世 명사名士를 모두 다 들었더니 조조는 고개를 가로흔들면서 대답하기를, 천하 영웅은 현제와 조조뿐이라고 했다데그려. 조조의 권력과 위세로도 현제를 영웅이라 하는데 자네가 공업을 못 세웠다는 말은 딴말일세. 조금도 슬퍼할 까닭이 없네."

유표는 현덕을 위로했다.

현덕은 술기운이 약간 돌았다. 유표의 말을 듣자 호방한 마음이 생겼다.

"제가 만약 터전만 잡는다면 천하의 보잘것없는 녹록한 무리들은 진실로 족히 염려할 것이 없습니다."

유표는 현덕의 말을 듣자 자기도 녹록한 무리 속의 한 사람이라고 생각했다. 불쾌한 마음이 생겼다. 잠자코 말이 없었다.

현덕은 '아차!' 하고 깨달았다. 스스로 실언을 했다고 생각했다.

"저는 술이 취했습니다. 물러가겠습니다."

유현덕은 비틀비틀 일부러 걸음을 걸어서 역관으로 돌아갔다.

유표는 현덕이 돌아간 후에 입으로 비록 말은 하지 아니하나 심회가 좋지 아니했다.

쓸쓸한 마음을 안고 내실로 들어갔다.

부인 채 씨가 마루 끝까지 쫓아 나와서 반갑게 유표를 맞이했다.

"아까 병풍 뒤에서 들으니 유비란 사람은 너무 영감을 얕잡아 봅디다. 그 사람은 족히 우리 땅을 집어삼킬 야심이 있는 자올시다. 지금 만약 제거하지 않는다면 반드시 후환이 있을 것입니다."

유표는 말이 없이 다만 고개만 끄덕였다.

이날 밤에 채 씨는 가만히 오라비 채모를 불러 상의했다.

"어찌하면 속히 유비를 제거시키겠느냐?"

"먼저 역관에 가서 유비를 죽인 후에 주상께 고하는 것이 좋겠습니다."

채 씨는 동생의 말에 찬성했다.

"그렇다면 빨리 조치하도록 하는 것이 좋겠다."

채모는 영문으로 나와서 밤을 새워 군사를 점고했다.

이때 유현덕은 역관에서 촛불을 돋우고 앉아 있다가 삼경三更이 되니 잠잘 준비를 차렸다.

홀연 한 사람이 문을 두드리고 들어왔다.

현덕이 바라보니 적로마를 타지 말라고 권하던 이적伊籍이었다.

현덕은 반가웠다.

"이 선생, 웬일이시오. 깊은 밤중에?"

이적은 손을 흔들었다.

"급한 일이 있어 왔소이다."

"무슨 급한 일이?"

"유표의 부인은 장군께서 맏아들을 세우라는 데 불만을 품고 그의 동생 채모를 시켜서 지금 군사를 움직여 장군을 해치려 합니다. 빨리 몸을 피하십시오."

이적의 말을 듣자 현덕의 얼굴빛이 변하였다.

"유표한테 작별 인사나 하고 가야 할 텐데, 어찌하면 좋겠소?"

"작별이 다 무업니까? 인사하러 들어갔다가는 당장 채모한테 잡혀서 해를 당하실 것입니다. 어서 그대로 가십시오!"

현덕은 황황히 이적을 작별한 후에 캄캄한 밤중에 신야로 달아났다.

한편 채모는 군사를 거느리고 유비가 있던 역관에 당도해 보니 현덕은 벌써 떠난 지 오래였다. 발을 동동 굴렀다.

유표와 현덕의 사이를 떼어 놓을 생각이 났다.

채모는 시 한 수를 지어 벽에 쓰고 유표한테 고했다.

"유비는 배반할 뜻이 있어 벽에 시를 쓰고 인사도 여쭙지 아니하고 갔습니다."

"그럴 리가 있느냐? 현덕은 진실한 사람인데."

"만약 제 말씀을 못 믿으신다면 친히 유비가 있던 역관으로 가 보시오."

유표는 채모를 데리고 역관에 가 보니 과연 벽에 시를 지어 붙였다.

數年徒守困
空對舊山川
龍豈池中物
乘雷欲上天

여러 해 동안 곤궁함을 지켜서
부질없이 옛 산천만 바라보았다.
용이 어찌 못 속의 물건이랴
우레를 타고 하늘로 오르려 하네.

유표는 시를 읽고 크게 노했다.

칼을 빼어 들고 말했다.

"맹세코 이 의리 없는 놈을 죽이리라!"

노한 소리를 치며 두어 걸음 옮기다가 홀연 깨달았다.

'내가 현덕이하고 상종한 지 오래건만 일찍이 그의 시 짓는 것을 못 보았는데 이것은 필시 까닭이 있는 일이다. 딴사람이 이간책으로 이 시를 지어 붙인 것이 분명하다.'

유표는 마음속으로 생각한 후에 발길을 돌려 방으로 들어가 칼끝으로 시를 도려 버리고 말을 타고 돌아갔다. 채모가 유표한테 아뢰었다.

"군사를 이미 점고해 놨으니 신야新野로 가서 유비를 사로잡아 오겠습니다."

유표는 얼른 허락을 내리지 않았다.

"빨리 서두를 일이 아니다. 서서히 도모하도록 해라."

채모는 유표가 지의하고 결단하지 못하는 것을 보자 가만히 채 부인과 상의하고 당일로 모든 관원을 양양에 모이게 한 후에 그곳에서 결정지을 계획을 차렸다.

채모는 유표한테 뵙고 아뢰었다.

"올해 큰 풍년이 들었습니다. 백관들을 양양에 모아 놓고 군주와 원들을 격려시키려 합니다. 주공께서 불가불 한번 행차하셔야겠습니다."

유표는 달갑지 아니했다. 몸이 고단했다.

"내가 요사이 몸이 매우 고단하고 불편하다. 갈 수가 없으니 큰아이 기琦와 작은아이 종琮을 대신 보내서 원들을 격려하라고 일러라."

"공자들은 아직 나이 어립니다. 혹시나 예절을 잃을까 두렵습니다."

"그렇다면 신야로 사람을 보내어서 현덕을 청해다가 대접하도록 해라."

채모는 자기의 계획이 맞았다고 생각했다.

곧 사람을 신야로 보내서 양양으로 오라 했다.

이때 현덕은 신야로 도망쳐 돌아온 후에 스스로 말 한마디를 잘못해서 화근을 취한 것을 후회했다.

아직 이 사실을 여러 사람한테 발설하지 않고 있을 때 홀연 사자가 와서 양양으로 오라고 청했다.

현덕의 모사 손건이 옆에 있다가 현덕에게 아뢰었다.

"어제 주공께서 총총히 돌아오시는데 신색이 매우 좋지 아니하셨습니다. 어리석은 생각에 형주에서 무슨 사고가 있었던 것 같습니다. 그런데 별안간 오늘 또다시 양양으로 청하니 가볍게 몸을 움직이지 마십시오."

현덕은 비로소 어제 형주에서 당한 소조所遭를 여러 사람에게 일장 설파했다.

"이적이 아니었다면 큰일 날 뻔했네."

관운장이 한동안 생각하다가 아뢰었다.

"실언하신 것을 후회하시는 것은 형님의 혼자 생각이시고, 유표는 형님을 면대해서 책망한 일이 없는데 마음으로만 판단한다는 것은 잘못이라 생각합니다. 그리고 양양은 이곳에서 매우 가까운 곳입니다. 만약 아니 가신다면 유표가 도리어 의심을 낼 것입니다."

현덕은 관운장의 말을 듣자 고개를 끄덕였다.

"그래, 운장의 말이 옳아! 가기로 하자."

이때 장비가 자리에 나와 말차례를 했다.

"가서 좋을 일 없겠소! 그만두기로 하시오."

장비의 반대하는 말을 듣자 조자룡이 현덕께 아뢰었다.

"제가 마보군馬步軍 사백 명을 거느리고 모시고 가서 무사하게 돌아오도록 하겠습니다."

현덕은 흔연히 대답했다.

"그래, 그렇게 하기로 하세. 매우 좋으이."

현덕은 조운과 함께 당일 양양으로 말을 달렸다.

현덕이 조운과 함께 양양으로 달리니 채모는 성 밖까지 나가서 현덕을 맞이했다. 겉으로 매우 공손하고 겸손했다.

조금 있으려니 유기劉琦, 유종劉琮 두 아들이 일반 문무 관료를 거느리고 마중을 나왔다.

현덕은 유표의 두 공자까지 나온 것을 보자 조금도 의심할 필요가 없다고 생각했다.

현덕이 사관으로 들어 잠깐 쉬니 조운은 갑옷 입고 칼을 짚어 3백 군사를 거느리고 현덕을 호위하여 옆에서 떠나지 아니했다.

유표의 큰아들 유기가 현덕 앞에 나와 고했다.

"아버지께서 기력이 불편하시어 행동을 못하시고 특별히 숙부님을 청하여 각처의 수목관守牧官을 격려하라 하셨습니다."

"나는 본시 이 같은 중임을 맡을 자격이 없는 사람이지만 형님께서 이미 명령이 계시다 하니 영을 아니 쫓을 수 없네. 하라시는 대로 하겠네."

현덕은 쾌하게 허락했다.

다음 날이 되었다. 형주 유표한테 소속된 9군郡 42주州 관원들이 함빡 도착되었다.

채모는 미리 괴월蒯越을 청해서 의논하였다.

"유비는 일세의 효웅인데 오래 이곳에 머물러 두면 반드시 후환이 있을 것입니다. 오늘 아주 결판을 지어 제거시켜 버릴 작정이올시다."

괴월은 고개를 가로흔들었다.

"유비를 죽인다면 사민士民의 민망民望을 잃을까 두렵소."

"나는 벌써 주인어른의 승낙을 받았소이다."

"정 그렇다면 미리 준비를 단단히 해 놓아야 합니다."

"동문東門 현산峴山 대로大路엔 벌써 내 아우 채화蔡和를 시켜서 파수를 하라 했고 남문 밖에는 채중蔡中으로 지키게 했고 북문은 채훈蔡勳으로 수직하라 했습니다. 다만 서문은 지킬 필요가 없습니다. 앞에는 단계檀溪의 큰 내가 있으니 비록 수만 명의 정예 부대라 하나 얼른 쉽게 지나가지 못합니다."

"내가 보니 상산 조자룡이 촌시도 현덕의 옆을 떠나지 아니하니 암만 생각해도 하수하기가 어렵겠소."

괴월이 대답했다.

"염려 없소이다. 나는 벌써 오백 명 군사를 성중에 매복시켜 놓았소이다."

"문빙과 왕위 두 사람을 시켜서 바깥 대청에 따로 무장을 대접한다 말한 후에 먼저 조자룡을 청해 놓고 일을 시작하는 것이 좋겠소."

"그것 참 좋소!"

채모는 괴월의 말에 찬동했다.

채모는 당일에 소와 말을 잡아 크게 잔치를 배설했다.

현덕은 적로마 타고 양양 아문에 당도하여 말에 내려 후원에 말을 매고 당상으로 올랐다.

모든 관료들은 현덕의 뒤를 따라 올랐다.

현덕은 주석主席에 앉고 유기劉琦, 유종劉琮 두 공자는 현덕의 좌우에 갈라 앉고 모든 관리들은 직위에 따라 차례로 앉았다.

조자룡은 칼을 짚고 현덕의 곁에 모시어 섰다.

이때 문빙文聘과 왕위王威가 들어와서 조자룡을 청했다.

"장군을 환영하기 위하여 앞채에 따로 연회를 차려 놓았습니다. 잠깐 나와 주셨으면 좋겠습니다."

"감사합니다마는 그대로 이곳에 있겠습니다."

조자룡은 사양하고 가지 아니했다.

현덕이 수작하는 말을 듣고 조자룡을 향하여 말했다.

"모처럼 청하는데 아니 가는 것은 예가 아니오. 가 보시오."

자룡은 마지못해 문빙과 왕위의 뒤를 따라 나갔다.

한편 채모는 밖에서 현덕이 데리고 온 3백 군사를 사관으로 돌아가 있게 한 후에 철통같이 에워싸고 군호가 내리기만 기다리고 있었다.

이때 현덕이 있는 곳에서는 연회가 시작되어 술이 서너 순배 돌았다.

이적이 술잔을 들고 현덕 앞에 와서 술을 권하면서 가만히 말했다.

"옷을 갈아입으십시오."

현덕은 이적이 말하는 뜻을 짐작해 알았다.

곧 몸을 일으켜 뒷간에 가는 체하고 후원으로 나갔다.

이적은 좌중에 술을 돌린 후에 현덕의 뒤를 따라 후원으로 들어가 귓속말했다.

"지금 채모는 장군을 해치려 합니다. 동문, 남문, 북문 세 곳에 군사가 다 매복되어 있습니다. 단지 서문에만 군사가 없으니 빨리 그곳으로 피하십시오."

현덕은 깜짝 놀랐다. 급히 적로마 고삐를 풀어 후원 문을 열고 달리기 시작했다.

미처 종자從者도 부를 사이 없었다. 필마단기로 서문을 바라보고 달렸다.

서문에 당도하니 수문장이 물었다. 현덕은 대답 없이 말을 채질해 성 밖으로 나갔다.

수문장은 급히 채모한테 고했다.

채모는 5백 군사를 거느리고 뒤를 쫓았다.

현덕이 서문을 벗어나 두어 마장 달리니 앞에는 큰 개울이 시퍼렇게 흘러서 나갈 수가 없었다. 상강湘江으로 통하는 단계檀溪라는 큰 내였다. 깊이가 두어 길이나 되고 물결이 세찼다.

현덕은 강을 바라보니 건널 도리가 없었다. 하는 수 없이 말 머리를 돌리려 할 때 앞을 바라보니 성 서편에 티끌이 자욱하게 일어나며 채모의 군사가 쫓아왔다.

현덕은 황망했다.

"이번에는 꼭 죽는구나!"

현덕은 자탄하면서 말 머리를 다시 돌려 강변으로 향했다.

이때 벌써 채모의 군사는 고함을 치면서 달려들었다.

현덕은 말을 몰아 물속으로 들어갔다.

말이 두어 걸음 나갔을 때 물은 벌써 현덕의 옷자락을 적셨다.

현덕은 죽을 각오를 했다.

현덕은 물속에서 적로마 궁둥이를 갈기며 큰소리로 한탄했다.

"적로야, 적로야! 네가 오늘 나를 죽이는구나."

현덕의 탄식 소리가 채 떨어지기 전에 적로마는 어흥 소리를 치면서 별안간 몸을 솟구쳐 공중으로 뛰었다.

까맣게 세 길(三丈)이나 솟구쳤다.

적로마는 삽시간에 강을 건너 대안對岸으로 뛰어내렸다. 마치 구름과 안개 속에서 내리는 듯했다.

현덕은 단계를 뛰어넘어 길게 한숨을 쉬며 맞은편을 바라보니 채모가 군사를 거느리고 강변에서 부르짖었다.

"사군使君은 무슨 까닭에 도망을 가시오?"

현덕이 강 건너에서 대답했다.

"내가 너에게 원수진 일이 없는데 무슨 까닭에 해치려 하느냐?"

"그럴 리가 있습니까? 남의 말을 곧이듣지 마십시오."

현덕은 채모가 손으로 활을 잡는 것을 보자 급히 말 머리를 돌려 서남 편으로 향하고 달렸다.

채모는 좌우를 돌아보며 탄식했다.

"이 무슨 신조神助냐!"

군사를 돌려 성안으로 돌아가려 할 때 조자룡이 3백 군사를 거느리고 쫓아왔다.

원래 조자룡은 문빙의 청함을 받아 바깥채에서 술을 마시고 있을 때 밖에 별안간 떠들썩하며 군사들이 움직였다.

조자룡은 급히 안으로 들어가 보니 현덕이 보이지 아니했다.

자룡은 깜짝 놀랐다. 급히 관사로 가는 길에서 사람을 만났다. 채모가 군사를 거느리고 서문으로 나갔다 했다. 조운은 까닭이 있다고 생각했다. 급히 데리고 왔던 3백 군사를 거느리고 서문으로 나왔다가 채모를 만난 것이었다.

조자룡은 급히 채모한테 물었다.

"우리 주인이 어디 계시오?"

"유 사군이 자리를 피해서 서문으로 나가겠다 하기에 나도 웬일인가 하고 쫓아와 보니 부지거처가 되어 아니 계시구려. 참말 괴상한 일이오."

조자룡은 자상한 사람이었다. 채모의 말을 곧이듣지 아니하고 말을 채 쳐 앞으로 나가니 앞에는 큰 내가 가로막혀 길이 없었다.

다시 말을 돌려 채모를 꾸짖었다.

"네가 내 주인을 청해 놓고 무슨 까닭에 군사를 거느려 뒤를 쫓았더냐?"

"구 군郡 사십이 주州 원들이 모두 모여 있는데 내가 상장上將이 되어 어찌 그들을 보호하지 않겠소?"

"도대체 내 주인은 어디로 보냈느냐?"

"글쎄, 유 사군이 필마단기로 서문으로 나갔다기에 이곳까지 쫓아왔으나 종적이 묘연해서 찾지 못했소."

조운은 놀랍고 의심스러웠다.

다시 강변으로 나가서 자세히 살펴보았다.

수경 선생 사마휘

조자룡은 멀리 강 건너편을 바라보니 말굽 자국이 이곳저곳에 어지럽게 흩어져 있었다.

그러나 현덕이 이 넓은 강물을 뛰어넘을 수는 없다고 생각했다. 괴상한 일이라고 한탄하면서 군사를 풀어 사면팔방으로 찾아보았다. 그러나 종적이 아득했다.

조운은 하는 수 없이 말을 돌려 서문으로 향하여 가니, 채모는 벌써 성중으로 들어가고 없었다.

조자룡은 수문장을 잡아 문초했다. 현덕이 확실히 말을 타고 서문으로 나갔다는 것이었다.

조운은 형주성 안으로 들어갈까 하다가 복병이 있을까 하여 군사를 거느리고 신야新野로 들어갔다.

한편 현덕은 단계檀溪를 뛰어넘은 후에 마음이 취한 듯 어린 듯했다.

"저 넓은 강물을 단번에 뛰어넘었으니 이것은 하늘이 도와준 것이 분명하다!"

혼잣말하며 탄식하면서 남장南潭을 바라보며 말을 타고 나갔다.

한동안 가노라니 해는 서산으로 기울어서 땅거미가 지기 시작하는데 앞에서 목동이 소를 타고 피리를 불며 한가롭게 오는 것이었다.

현덕은 넋을 잃고 바라보며 탄식했다.

"팔자 참 좋다. 내 팔자가 너만 못하구나!"

혼자 탄식하고 있을 때 목동은 한동안 현덕을 바라보다가 불던 피리를 그치고 소에서 내려 물었다.

"장군께서는 황건적을 격파하신 유현덕 장군이 아니십니까?"

현덕은 깜짝 놀랐다.

"너는 벽촌僻村에 사는 소년인데 어떻게 내 성명을 아느냐?"

"제가 어찌 장군을 알겠습니까마는 항상 우리 사부께서 손님과 말씀하실 때, 유현덕은 신장이 칠 척 오 촌이나 되고 손을 늘이면 무릎까지 내려오고 눈으로 넉넉히 자기 귀를 돌아볼 수 있는 당대 영웅이란 말씀을 들었습니다. 이제 장군을 뵈오니 모습이 같길래 당돌하게 여쭈어 본 것입니다."

"너의 스승님은 누구시냐?"

현덕이 물었다.

"우리 스승님은 복성複姓이신데 사마司馬 씨요, 함자는 휘徽라 합니다. 자는 덕조德操인데 영주穎州 사람이요, 호를 수경水鏡 선생이라 하십니다."

"너희 스승님의 친구들은 누구시냐?"

"양양襄陽에 사시는 방덕공龐德公과 방통龐統이 다 친한 친구십니다."

"방덕공과 방통은 어떠한 분이냐?"

"숙질叔姪간이 되십니다. 방덕공의 자는 산민山民이라 하시는데 우리 사부師父보다 십 년이 위시고, 방통 선생은 자를 사원士元이라 하시는데 우리 사부보다 다섯 해가 아래십니다. 언제인가 우리 사부께서 나무 위에 뽕잎을 따시는데 마침 방통 선생이 찾아오셔서 나무 아래서 말씀을 주고받아 온종일 이야기했는데 조금도 싫증이 나지 아니하셨습니다. 우리 사부는 방통 선생을 매우 사랑하시어 아우라 부르십니다."

현덕은 다시 소년한테 물었다.

"너의 스승님은 지금 어디 계시냐?"

목동은 손으로 눈앞에 보이는 숲을 가리켰다.

"저곳 숲 속에 장원莊園이 있습니다. 바로 그곳에 계십니다."

"내가 바로 유현덕인데 네가 나를 인도해서 네 사부께 뵙게 하겠느냐?"

"좋습니다."

동자는 현덕을 인도하여 두어 마장쯤 가니 과연 한 채 장원이 있었다. 현덕은 말에 내려 중문으로 들어섰다.

홀연 거문고 소리가 청아하게 일어났다.

현덕은 동자와 함께 걸음을 멈추고 귀를 기울여 들었다.

거문고의 소리가 뚝 멎으면서 한 사람이 웃으며 청 밖으로 나와 말했다.

"거문고 곡조가 맑고 그윽하더니 홀연 높고 강한 곡조가 나타나니 반드시 당세 영웅이 엿듣고 있는 듯하다!"

동자가 현덕에게 말씀하였다.

"지금 말씀하시는 저분이 바로 저의 스승 수경 선생이십니다."

현덕이 가만히 그 사람을 바라보니 체격이 송형松形 학골鶴骨로 되었는데 기골이 범상치 아니했다.

황망히 앞으로 나가 예를 올렸다.

이때 유현덕의 옷은 아직도 축축하게 젖어 있었다.

수경水鏡은 현덕을 바라보자 먼저 말을 꺼냈다.

"오늘 요행히 큰 재난을 면했소이다."

현덕은 깜짝 놀라지 않을 수 없었다. 목동이 아뢰었다.

"이분이 유현덕이십니다."

수경 선생은 고개를 끄덕였다.

"올라오시오."

수경은 현덕을 초당으로 청해 들였다.

현덕은 예를 마친 후에 좌우편을 둘러보니 서가에는 만 권 서적이 가득히 꽂혀 있고, 창 밖에는 송죽松竹이 푸른빛을 뿜어 싱싱했다. 석상石牀 위에는 거문고를 비껴 놓았는데 맑은 운치가 초정에 가득했다.

수경은 천천히 현덕을 향하여 물었다.

"명공께서는 어떻게 나를 찾으셨습니까?"

"우연히 이 길로 지나가다가 동자를 만나서 선생의 존안을 뵙게 되었습니다. 기쁘고 다행함을 이길 수 없습니다."

현덕의 말을 듣자 수경은 껄껄 웃으며 말했다.

"공께서는 숨기실 것이 없습니다. 공은 지금 도망해서 이곳으로 오셨습니다. 하하하, 그렇지 않습니까?"

현덕은 숨길 수 없었다. 비로소 채모한테 쫓겨서 단계를 뛰어 넘어온 일을 일장 설파했다.

수경은 빙긋이 웃으며 말했다.

"나는 공의 기색을 살피고 벌써 다 알고 있소이다. 나는 오랫동안 명공의 큰 이름을 들었소이다. 그러나 어찌해서 이제까지 낙백이 되어 불우하시오?"

"운수가 비색해서 그렇소이다."

현덕이 대답했다.

수경은 고개를 가로흔들었다.

"그렇지 아니합니다. 장군의 좌우에는 사람이 없는 까닭입니다."

현덕의 좌우에 사람이 없다는 수경 선생의 말을 듣자 현덕은 옷깃을 여미고 대답했다.

"유비가 비록 재주 없는 범속한 사람이올시다마는 저의 부하에는 문사

文土로는 미축, 간옹의 무리가 있고 무사武土로는 관우, 장비, 조운의 무리가 있어 충의를 다하여 서로 돕고 있습니다."

수경은 소리 높여 껄껄 웃었다.

"관우, 장비, 조운은 다 만인적萬人敵을 할 사람입니다. 그러나 아깝게도 이들을 부려서 잘 용병할 사람이 없습니다. 손건, 미축 같은 무리는 백면서생白面書生이요, 제세경륜濟世經綸할 사람은 아닙니다."

현덕은 무릎을 쓸고 대답했다.

"유비도 항상 정성을 다하여 고명한 선생을 구하려 했으나 아직도 그런 분을 만나지 못해서 한이올시다."

"그 무슨 말씀이오니까. 공자의 말씀에도 열 집 사는 고을에 반드시 충신이 있다 하셨습니다. 어찌 사람이 없다 하십니까?"

"유비는 우매하여 알지 못하니 원컨대 선생은 가르쳐 주십시오."

수경은 미소하며 대답했다.

"공은 형주와 양주 지방에 요사이 유행되는 아이들의 동요를 들어 보지 못하셨습니까? '팔구 년간 시욕쇠始欲衰 지至 십삼+三 년年 무혈유無孑遺, 도두천명到頭天命 유소귀有所歸, 이중반룡泥中蟠龍 향천비向天飛.' 팔구 년간 시욕쇠란 말은, 건안 팔 년에 유표가 상처喪妻를 당해서 집안이 쇠하기 시작했다는 뜻이고, 지 십삼 년 무혈유는, 유표가 건안 십삼 년에 죽어서 집안이 결딴나 혈속 하나도 남지 않는다는 뜻이고, 도두천명 유소귀, 이중반룡 향천비는 천명이 돌아갈 곳 따로 있어서 진흙 속에 몸을 서렸던 용이 하늘로 향하여 난다는 뜻이니, 이것은 장군을 두고 이른 말입니다."

수경 선생의 눈은 화경처럼 빛났다.

현덕은 수경의 말을 듣자 깜짝 놀랐다.

"무슨 말씀이오니까? 유비가 어찌 감히 당하겠습니까?"

"지금 천하의 기재奇才는 함빡 이곳 양양 땅에 모여 있습니다. 공은 한 번 찾아가서 구하십시오."

현덕의 귀가 번쩍 뜨였다.

"어디 그런 사람이 있습니까?"

"복룡伏龍, 봉추鳳雛 두 사람 중에 한 사람만 얻으면 천하를 평정할 수 있지요."

현덕은 급히 무릎을 내밀고 물었다.

"복룡, 봉추란 어떤 사람입니까?"

수경은 손바닥을 어루만지며 껄껄 웃었다.

"좋아, 좋아, 좋은 사람이지. 하하하."

수경은 드높게 웃으며 얼른 성명을 가르쳐 주지 아니했다.

현덕은 초조했다. 다시 물었다.

"복룡, 봉추가 누구오니까?"

수경은 빙긋이 웃으며 딴전을 했다.

"날도 이미 저물었소이다. 장군은 하룻밤 내 곳에서 쉬십시오. 그리고 내일 말씀합시다."

수경은 말을 마치자 곧 동자를 불러 분부했다.

"무엇 잡술 것을 좀 내오너라. 그리고 타고 오신 말도 외양간으로 끌어들여서 죽을 먹여라."

현덕은 수경이 관대하는 음식을 먹은 후에 초당 곁에 있는 별실에 침구를 깔고 누웠다. 그러나 수경 선생이 하던 말을 생각하니 밤이 깊건만 잠이 오지 아니했다.

한밤중이 되었다. 홀연 한 사람이 문을 두드리며 수경의 방으로 들어갔다.

"원직元直이가 웬일인가?"

수경 선생의 말소리가 들렸다.

현덕은 벌떡 자리에 일어나서 벽을 격하여 귀를 기울여 들었다.

"유경승劉景升 유표가 훌륭한 사람이라 하기에 가 보았더니 공연한 허명虛名을 가진 인물인데. 선善을 좋아하나 이것을 이용할 줄 모르고 악惡을 싫어하나 악한 것을 제거하지 못하니 어디 인물이라 하겠던가. 만나 보러 갔다가 그대로 간다고 편지만 써 놓고 돌아오는 길일세."

수경 선생은 껄껄 웃으며 대답했다.

"자네는 왕좌지재王佐之材를 가진 사람일세. 사람을 가려서 섬겨야 하네. 어찌해서 몸을 가볍게 하여 유경승 따위를 보러 갔더란 말인가? 자네 바로 눈앞에 훌륭한 사람이 있는 것을 모르고 딴사람을 찾아갔네그려."

"그래, 자네 말이 옳아!"

현덕은 두 사람의 주고받는 말을 듣고 마음속으로 크게 기뻤다. 반드시 이 사람이 복룡伏龍이 아니면 봉추로구나 생각했다.

곧 나가 보고 싶은 생각이 간절했으나 깊은 밤중에 너무 경솔한 짓이 될까 하여 하룻밤을 참고 지냈다.

새벽이 되어 동이 환하게 트자 현덕은 수경한테 뵙기를 청했다.

"간밤에 오신 분이 누구십니까?"

"아아, 밤에 온 사람 말씀이오? 그 사람은 내 친구지."

"한번 만나 보았으면 좋겠습니다."

"그 사람은 벌써 딴 곳으로 좋은 주인을 찾아갔소이다."

수경은 시치미를 뚝 떼었다.

"그 사람의 성명은 누구라 합니까?"

현덕은 애가 타서 물었다.

"좋아, 좋아."

수경은 좋단 말만 하고 말끝을 흐려 버렸다.

현덕은 더한층 애가 탔다.

"그럼 복룡, 봉추는 어떤 사람입니까?"

수경은 또다시 빙긋 웃으며,

"좋아, 좋아."

좋다는 소리만 연발했다.

현덕은 수경 선생을 향하여 공손히 말했다.

"선생께서는 산에서 나오시어 어지러운 세상을 구해 주시기 바랍니다."

"나 같은 산야山野에 묻혀 있는 한가로운 산인散人은 아무런 소용이 없는 인물입니다. 나보다 열 배나 나은 인물이 공을 도와 드릴 것입니다."

두 사람은 한참 말하고 있을 때 홀연 동구 밖이 떠들썩하면서 동자가 들어와 보했다.

"어떤 장군 한 사람이 수백 명 군사를 거느리고 이곳으로 향해 옵니다."

현덕은 크게 놀라 급히 나가 보니 다른 사람이 아니라 바로 조자룡이었다. 현덕은 크게 기뻤다.

조자룡도 반가웠다. 급히 말에서 내려 현덕한테 절하여 뵙고 말했다.

"주공과 헤어진 후에 신야新野로 돌아갔으나 아니 계시므로 밤을 도와 찾다가 이곳까지 온 길입니다. 주공께서는 빨리 돌아가시는 것이 좋겠습니다. 혹시 채모가 군사를 거느리고 신야로 올까 두렵습니다."

현덕은 수경 선생을 하직하고 조운과 함께 신야로 향하여 갈 때 몇 리를 못 가서 한 떼 인마가 쏟아져 나왔다.

자세히 보니 관운장과 장익덕이었다.

형제들은 서로 껴안고 단계에서 적로마가 강을 뛰어 건너던 일을 이야기하면서 신야로 돌아왔다.

손건이 현덕한테 고했다.

"이것은 모두 채 부인이 그 아우 채모를 끼고 하는 짓입니다. 유표는 까맣게 모르고 있을 테니 글을 보내서 이 사실을 유표한테 말씀하시는 것이 좋겠습니다."

현덕은 곧 손건한테 글월을 갖고 형주로 가게 했다.

유표는 곧 손건을 불러 물었다.

"나는 현덕을 청해서 양양으로 가서 원들을 대접하라 했는데 현덕은 중간에 달아나 버렸으니 웬 말인가?"

손건은 현덕의 글월을 바친 후에 채모가 현덕을 모해한 일이며 현덕이 단계를 뛰어넘어 생명을 구하여 신야로 돌아온 일을 일장 설파했다.

유표는 크게 노했다. 곧 채모를 꾸짖었다.

"네 어찌 나의 어진 아우를 죽이려 했느냐? 백 번 생각해도 용서치 못할 일이다. 채모의 목을 베어라!"

무사한테 영을 내렸다.

이 소식을 듣고 안에서 채 부인이 급히 뛰어나왔다.

울면서 동생의 목숨을 살려 달라 애원한다.

유표의 노여움은 아직도 풀리지 아니했다.

"바깥일을 안에서 참견하는 것은 집안이 망할 조짐이오."

소리쳐 채 부인을 꾸짖었다. 옆에서 손건이 빌었다.

"만약에 채모를 죽인다면 유 황숙은 이곳에 오래 있지 못하게 됩니다."

유표는 비로소 채모를 놓아주라 했다.

서서

유표가 다시 큰아들 유기劉琦를 불러 손건과 함께 현덕한테 가서 사죄를 드리라 했다.

유기는 아버지 유표의 명을 받들어 신야로 나가서 현덕을 뵙고 죄를 청했다.

현덕은 유기를 맞이하여 잔치를 베풀어 대접했다.

술이 반쯤 취했을 때 유기는 현덕을 향하여 홀연 눈물을 흘렸다.

"자네 울지 않나? 눈물을 흘리니 웬일인가?"

현덕이 상냥하게 물었다

"계모 채 씨는 항상 저를 모해할 마음을 먹고 있습니다. 어찌해야 좋을지 모르겠습니다. 숙부께서는 좋은 방도를 지시해 주십시오."

유기는 현덕한테 호소하였다.

현덕은 점잖게 타일렀다.

"항상 조심해서 극진히 효도를 다하게. 그러면 자연히 화가 없어지게 되는 법일세."

다음 날 유기는 울면서 현덕에게 하직 인사를 고했다. 현덕은 적로마를 타고 유기를 성 밖까지 나가서 전송하다가 자기가 타고 있는 적로마를 가리키면서 말했다.

"만약 이 말이 아니었다면 나는 벌써 황천 사람이 되었을 것일세."

유기가 대답했다.

"이것은 말의 힘이 아니올시다. 숙부님의 홍복洪福이십니다."

말을 마치자 서로 손을 잡아 이별하였다. 유기는 눈에 눈물이 글썽글썽해서 떠났다.

현덕은 유기를 작별하고 말 머리를 돌려 성안으로 돌아오는데 저자 위에 한 사람이 머리에 갈건葛巾 쓰고 몸에 베 도포 입고 검은 띠 띠고 검은 신 신고 노래를 부르며 걸어왔다.

天地反覆兮　火欲殂
大廈將崩兮　一木難扶
山谷有賢兮　欲投明主
明主求賢兮　却不知吾

하늘땅이 뒤엎어지려 하네,
불기운이 스러진다.
큰집이 무너지려 하네,
나무 하나로 버티기 어려워라.
산골 속에 어진 이 있네,
밝은 주인을 찾아가려 하네.
밝은 주인은 어진 이를 구한다면서
도리어 나를 몰라보누나.

노랫소리는 우렁차게 장터를 흔들어 놓았다.
현덕은 노랫소리를 듣고 가만히 생각했다.

'이 사람이 수경 선생이 말하던 봉룡, 봉추가 아닌가?'

얼른 말에 내려 노래 부르는 사람 앞으로 갔다.

"잠깐 뵈러 합니다."

현덕은 그 사람을 골목 뒤 주점으로 청하여 성명을 물었다.

"나는 유비란 사람이올시다. 존성대명을 듣기 원합니다."

그 사람은 흔연히 대답했다.

"나는 영상穎上 사람인데 성명은 단복單福이라 합니다. 오랫동안 존성대명을 들어 알았습니다. 사군께서 어진 선비를 구하신다는 말씀을 듣고 몸을 의지하고 싶으나 길이 없기에 저잣거리에서 노래를 불러서 들어 보시게 한 것입니다."

단복單福이라고 자칭하는 사람의 말을 듣자 현덕은 크게 기뻤다.

그를 공경하여 상빈으로 대접했다.

하루는 단복이 현덕한테 말했다.

"사또께서 타신 말을 한번 구경하겠습니다."

현덕은 마부에게 안장을 내리고 적로마를 당 아래로 끌어 오라 했다.

단복은 한동안 말 모양을 살핀 후에 현덕에게 말했다.

"이 말이 적로마가 아니오니까? 비록 천 리를 달리는 명마라 하나 주인한테 좋지 아니합니다. 타지 마십시오."

"벌써 다 시험해 보았소이다. 내가 지난번 채모한테 쫓길 때 이 말은 단계檀溪를 뛰어 건너 나를 구해 주었소이다."

현덕은 적로마를 위하여 변명했다.

"말이 주인을 구하는 것과 말 자신도 모르는 결에 주인이 해를 입는 것은 판연히 다른 일입니다. 종래 가서는 반드시 한 주인을 해하고 말 것입니다. 저에게 예방하는 법이 있으니 한번 시험해 보십시오."

"말씀해 보시오."

현덕이 대답했다.

"사또께서 의중에 원망하시는 인물이 있거든 그한테 이 말을 주시었다가 좋지 않은 일이 지나간 후에 다시 타시면 아무 일이 없을 것입니다."

현덕은 단복의 말을 듣자 얼굴빛을 고치고 정색하여 대답했다.

"선생은 처음 나한테 와서 바른길로 나를 가르쳐 주지 아니하고 나 한 사람의 이로움을 위하여 남을 해치는 길을 가르쳐 주시니 유비가 비록 불민하나 감히 선생의 말씀을 받들지 못하겠소이다."

단복은 감동했다. 옷깃을 여미고 말했다.

"제가 영상穎上에서 이곳 신야로 향해 올 때 농부의 노래하는 소리를 들었습니다. 무어라고 하는고 하니 '얼럴럴 상사디야, 신야 원님은 유劉 황숙皇叔, 이곳에 오신 후로 풍년이 드네. 얼럴럴 상사디야, 유 황숙!' 이런 노래를 부릅디다. 과연 사또의 어지신 큰 덕은 온 세상을 화락하게 만드십니다."

단복은 진심으로 유비의 넓은 마음에 탄복했다.

현덕은 단복으로 군사軍師를 삼은 후에 수하의 군마를 교련시키게 했다.

이때 조조는 원소의 기주를 뺏고 허도로 돌아온 후에 자나 깨나 형주를 마저 뺏을 생각을 했다.

조인, 이전과 항복한 장수 여광, 여상 등에게 3만 군사를 거느려 번성樊城에 진을 치게 하고, 호시탐탐 형주와 양주를 노려보며 허하고 실한 것을 살피고 있었다.

하루는 여광, 여상이 조인한테 품했다.

"지금 유비는 신야에 둔병하고 있어 군사를 모집하고 말을 사들이고 마량초를 쌓아 두고 군량미를 저축하고 있습니다. 그의 뜻이 맹랑합니다.

저희들은 항복한 이후에 아직 한 치만 한 공도 세우지 못했습니다. 원컨대 정병 오천만 주시면 유비의 머리를 취하여 승상께 바치겠습니다."

조인은 여광, 여상이 현덕의 머리를 베어 오겠다는 말을 듣자 크게 기뻐했다. 곧 여광 형제에게 5천 군사를 주어 신야로 나가 유비를 공격하게 했다.

탐마探馬는 나는 듯이 현덕한테 조조의 군사가 쳐들어오는 것을 보했다.

현덕은 급히 단복을 청하여 의논하였다.

"지금 조조의 장수 여광, 여상이 오천 군마를 거느려 온다 하니 어찌하면 좋겠소?"

단복이 대답했다.

"적병을 한 치라도 지경 안에 들어오게 해서는 아니 됩니다. 관운장에게 일지 군마를 주어 좌편으로 나가 적을 막게 하고 장비에게 일지 군마를 주어 우편으로 나가 적을 막게 하고 주공께서는 조자룡을 거느리시고 후군이 되어 돌격하신다면 적병은 문제없이 격파될 것입니다."

현덕은 단복의 말을 좇아 관우, 장비에게 각각 군마를 주어 나가게 한 후에 단복, 조운과 함께 2천 군마를 거느리고 성문 밖으로 나가 적을 맞이했다.

현덕이 두어 마장 행군했을 때 돌연 앞에 보이는 산 뒤에 티끌이 자욱하게 일어나면서 여광, 여상이 5천 군사를 거느려 나왔다.

현덕은 진을 치고 문기門旗 아래 나타나 큰소리로 꾸짖었다.

"어떤 자가 감히 내 경계를 범하느냐?"

여광이 마주 나와 대거리했다.

"나는 대장 여광이다. 승상의 명을 받들어 너를 잡으러 왔다."

현덕은 대로했다. 조운에게 출전 명령을 내렸다.

조운은 여상과 함께 어우러져 싸운 지 수합이 채 못되어 조운의 한 번 내리지르는 창은 여광의 허구리를 찔러 말 아래 떨어뜨렸다.

현덕은 군사를 휘동하여 돌격해 나가니 여상은 당해 낼 수가 없었다. 급히 군사를 거두어 달아났다.

몇 리를 채 못 가서 길옆에서 일지 군마가 고함치며 내달았다.

"여상은 달아나지 말라!"

천둥 같은 호령 소리가 일어나며 한 장수가 여상의 뒤를 쫓았다. 여상이 급히 바라보니 무른 대춧빛 얼굴에 봉의 눈을 부릅뜨고 삼각수를 흩날리며 82근 청룡도를 휘둘러 가는 길을 끊었다. 관운장이 분명했다.

여상은 혼비백산이 되었다. 어마뜨거라 하고 말을 채질해 달아났다.

이 통에 여상의 군사는 태반이나 꺾어졌다.

여상이 겨우 정신을 수습하여 10리쯤 나갔을 때 홀연 산모퉁이에서 먼지가 자욱하게 일어나며 일지 군마가 조수 물밀듯 쏟아져 나오면서 여상의 길을 끊었다. 여상이 급히 바라보니 앞선 장수는 장익덕이었다. 고리눈을 부릅뜨고 장팔사모창을 휘두르며 여상을 꾸짖었다.

"여기 장익덕이 너를 기다린 지 오래다!"

벼락같은 목소리가 떨어지면서 장비의 창은 여상을 향하여 번득였다.

여상은 조수족을 할 틈이 없었다.

장비의 창에 찔러 말 아래 떨어져 죽었다.

조인의 군사는 여광, 여상이 죽는 것을 보자 어마뜨거라 하고 사방으로 뿔뿔이 흩어져 달아났다.

현덕은 세 곳 군사를 합하여 고함치며 무찔러 들어가니 조인의 군사는 반 이상 사로잡혔다.

현덕은 일진을 크게 이긴 후에 군사를 회군해 신야로 돌아와 단복을 중하게 대접한 후에, 크게 삼군三軍을 호궤하여 술과 밥을 먹이고 후한 상을 주었다.

한편 여광 형제의 패잔병들은 조인한테 돌아가 패전한 일을 고하니 조인은 크게 놀랐다. 이전과 함께 의논하였다.

"여광 형제가 죽고 군사를 태반이나 꺾였으니 어찌하면 좋겠소?"

이전이 대답했다.

"여광 형제는 공연히 속임수로 용병하다가 저 지경이 되었으니 아직 군사를 움직이지 말고 승상께 보고하여 큰 군사를 일으켜 소탕하는 일이 옳을까 하오."

이전의 말을 듣자 조인은 고개를 가로흔들었다.

"장수를 두 사람씩이나 죽이고 허다한 군마를 잃었는데 원수를 갚지 않고 승상의 대군이 오기를 기다린다는 것은 말이 되지 아니하오. 하물며 신야新野는 탄환만 한 작은 골이오. 승상의 대군까지 움직일 필요가 없다 생각하오."

"유비는 인걸입니다. 가볍게 볼 인물이 아닙니다."

이전이 간하였다.

"공은 어찌 그리 겁이 많소?"

조인은 얼굴빛을 고치며 마땅치 않게 생각했다.

"병법에 말하기를, 지피지기知彼知己면 백전백승이라 했소이다. 적의 허하고 실한 것을 알고 나의 역량을 헤아려서 행동을 취한다면 백번 싸워 백번 이기는 법입니다. 내가 겁을 집어먹은 것이 아니라 이기지 못할까 염려하는 것입니다."

이전도 지지 않고 대답했다.

조인은 벌컥 성을 냈다.

"당신은 두 마음을 먹소? 나는 꼭 유비를 산 채로 잡아 가지고 오겠소."

"정 장군이 가고 싶다면 혼자 가시오. 나는 번성樊城을 지키고 있겠소."

이전은 코대답했다.

이전의 말을 듣는 조인은 왈칵 성을 냈다.

"당신이 진정 가지 않는다면 두 마음을 먹는 것이 분명하오!"

이전은 하는 수 없었다. 조인과 함께 2만 5천 군마를 점고하여 강을 건너 신야로 유비를 공격하러 나갔다.

한편 신야에서는 단복이 현덕한테 말했다.

"지금 조인은 군사를 거느려 번성에 본진을 치고 있는데 이번 싸움에 여광, 여상 두 장수를 잃고 많은 군사를 꺾였으니 그대로 앉아 있을 리 만무합니다. 반드시 큰 군사를 거느려 우리를 공격할 것입니다."

"만약 그렇다면 어찌하면 좋겠소?"

현덕은 근심스런 얼굴로 단복을 향해 물었다.

단복이 대답했다.

"조인이 만약 군사를 거느려 우리를 공격하러 온다면 그들은 있는 대로의 군사를 함빡 다 움직일 것입니다. 그렇다면 번성은 텅 비었을 것이니 이 틈을 타서 우리는 번성을 뺏어 버립시다."

"어떻게 계획을 차리면 좋겠소?"

단복은 현덕의 귀에 입을 대고 나직나직 몇 마디 했다.

현덕은 빙그레 웃으며 단복이 하라는 대로 모든 계획을 차렸다.

얼마 아니 되어 파발 군사가 뛰어와 고했다.

"조인이 이만 오천 명 큰 군사를 거느리고 강을 건너 쳐들어옵니다."

단복은 손뼉을 치며 현덕한테 말했다.

"제 생각이 틀림없습니다. 곧 출전하십시오."

현덕은 삼군을 휘동하여 성 밖에 나가 둥글게 진을 쳤다.

상산 조자룡이 장창을 비껴들고 누른 말을 달려 싸움을 돋우었다.

"상산 땅의 조자룡이 여기 있다. 너희 명장 여광의 목을 한 번 싸움에 떨어뜨린 상산 조자룡이다. 어느 놈이 나의 적수가 될 테냐? 빨리 나오너라."

조자룡은 벽력같은 소리를 지르며 진 앞에서 좌충우돌 말을 달렸다.

"이 장군이 나가 싸우시오."

조인이 이전에게 명령을 내렸다.

이전은 칼을 휘두르며 조운한테로 향하여 말을 달렸다.

모두 다 맹장들이었다. 칼과 창이 맞부딪는 소리가 공중에 뎅그렁거렸다. 교전 수십 합에 승부는 나지 아니했다.

그러나 이전은 조운의 적수가 아니었다. 급격히 밀리기 시작했다.

이전은 당해 내지 못할 줄 알자 급히 말 머리를 돌려 본진으로 달렸다.

조운은 뒤를 쫓아 달렸다. 화살이 비 오듯 쏟아졌다.

조운도 잠깐 말을 돌려 현덕의 진으로 돌아왔다.

이전은 본진으로 돌아가 조인한테 고했다.

"유비의 군사는 가볍게 볼 것이 아닙니다. 번성으로 돌아가는 것이 옳은가 하오."

조인은 성이 불같이 났다.

"너는 출병하기 전부터 싸움을 반대해서 군심軍心을 어지럽게 하고 이제 또 적병을 당해 낼 수 없다 해서 철병을 주장하니 너의 목을 베어 군법 시행을 해야 하겠다. 도부수들은 빨리 나와 이전을 형장에 끌어내어 목을 베어라!"

모든 장수들은 황급히 만류했다.

"장군은 참으시오. 적과 싸움을 겨루는 이 마당에 명장 한 사람을 죽인다는 것은 일이 아닙니다."

조인은 여러 장수들의 애원을 들어 이전을 후군後軍으로 돌린 후에 스스로 전군前軍이 되어 만반 태세를 갖춘 후에 다음 날 북을 치며 행군하여 기묘한 진을 치고, 사람을 현덕한테 보내서 물었다.

"너희들은 이 진법陣法을 알겠느냐?"

단복은 현덕과 함께 높은 곳으로 올라 진세陣勢를 바라보며 현덕에게 말했다.

"이 진은 '팔문八門 금쇄진金鎖陣'이라 하는 진입니다. 속에 여덟 문이 있는데 휴문休門, 생문生門, 상문傷門, 두문杜門, 경문景門, 사문死門, 경문驚門, 개문開門이 있습니다. 만약에 생문生門, 경문景門, 개문開門으로 들어가서 싸우면 길하고 상문傷門, 경문驚門, 휴문休門으로 들어가 싸우면 상하고 두문杜門, 사문死門으로 들어가 싸우면 망하는 법입니다. 지금 적이 치고 있는 팔문八門은 정제하여 포진鋪陣이 잘 되어 중앙中央에 중군中軍이 있는 주지主持가 없습니다. 지금 동남각東南角편 생문으로 쳐들어가서 정서正西편인 경문景門으로 나온다면 적진은 반드시 크게 어지러워질 것입니다."

현덕은 단복의 말을 듣자 곧 조운에게 5백 군사를 주어 단복의 지시대로 돌격을 하게 했다.

조자룡은 5백 군사를 거느려 창 잡고 말을 달려 동남각 생문으로 뛰어들어 중군中軍으로 시살해 들어갔다.

조인은 조운을 유인하기 위하여 북편으로 향하여 달아났다. 그러나 조자룡은 조인의 뒤를 쫓지 아니하고 서편 경문으로 시살해 나가다가 다시 동편 생문으로 좌충우돌 말을 달렸다. 조인의 군사는 크게 어지러워지면서 적병들은 산지사방 어찌할지 몰랐다.

현덕은 기회를 놓치지 아니하고 대군을 휘동하여 조운의 뒤를 받쳐 주니 조인의 군사는 대패하여 달아났다.

단복은 더 쫓지 아니하고 쟁을 쳐서 군사를 거두어 현덕과 함께 승리한 것을 축하했다.

조인은 일진을 대패하고 돌아간 후에 비로소 이전의 말이 옳은 것을 깨달았다.

이전을 향하여 의논하였다.

"유현덕이 팔문 금쇄진을 격파할 줄은 몰랐소. 현덕의 진에 제법 용병할 줄 아는 사람이 있는 모양이외다."

이전이 조인의 말을 듣고 대답했다.

"우리가 이곳에 있기는 합니다마는 나는 항상 번성이 염려됩니다."

"좌우간 오늘 밤에 유현덕의 진을 또 한 번 습격하기로 합시다. 그래서 승리를 거둔 후에 다시 의논하기로 합시다. 만약 이기면 다시 계교를 정하고 지게 되면 번성으로 돌아가기로 합시다."

조인은 또다시 딴소리를 했다.

"아니 됩니다. 유비가 그대로 있을 리 만무합니다. 반드시 준비가 있을 것입니다."

이전은 야습할 것을 반대했다.

"참, 당신은 의심도 많소. 그렇게 겁이 많다면 어떻게 전쟁을 한단 말이오?"

조인은 또다시 이전의 말을 듣지 아니하고 스스로 선진이 되고 이전으로 후군을 삼은 후에 이날 밤 이경二更 때 현덕이 있는 신야를 습격할 것을 결정했다.

한편 단복은 유현덕과 함께 진중에 있어 군사에 대한 일을 의논하고 있을 때, 홀연 회오리바람이 크게 일어나면서 뜰 안에 티끌이 자욱했다.

"오늘 밤에 조인이 반드시 야습을 하러 오겠소이다."

단복이 말했다.

"어찌 아시오?"

현덕이 물었다.

"회오리바람이 땅을 휩쓰는 것은 적병이 움직이는 조짐입니다."

"어떻게 방비하면 되겠소?"

단복은 빙그레 웃으며 대답했다.

"과히 염려 마십시오. 제가 미리 요량하고 준비해 놓았습니다."

단복은 현덕한테 비밀히 준비해 논 일을 이야기했다.

이날 밤 이경 때가 되자 조인은 강을 건너 야습하기 시작했다.

조인이 현덕의 진으로 가까이 왔을 때, 별안간 현덕 진에서는 불길이 창천하면서 진 앞에 둘러막은 목책이 활활 타올랐다.

조인은 방비가 있는 줄 알자 급히 군사를 휘동하여 뒤로 물리려 할 때, 돌연 일원 대장이 어둠 속에서 군사를 거느리고 호통을 치고 나왔다.

조인이 횃불을 들어 바라보니 바로 조자룡이었다.

조인은 혼비백산이 되었다. 급히 북편으로 강을 바라보고 달아났다.

막 강변에 당도하여 군사들을 배에 실어 건너려 할 때 일원 대장이 갈대 속에서 무수한 군마를 거느리고 함성을 질러 나타났다.

조인은 황황망망해서 어찌할지 모를 때 어둠 속에서 일원 대장이 큰소리로 꾸짖었다.

"이놈 조인아, 네 어디로 가려 하느냐? 하늘로 오를 테냐? 강물로 뛰어들 테냐? 연인燕人 장익덕張翼德이 여기서 너를 기다린 지 오래다!"

조인은 얼이 빠져서 어찌할 줄 몰랐다. 뒤에 오던 이전이 죽을힘을 다

하여 조인을 보호하면서 한편으로 배를 타 겨우 강을 건넜다.

날이 밝아 대안對岸에 당도해 보니 물에 빠져 죽은 군사가 태반이 넘었다.

조인은 겨우 목숨을 보전하여 몇 명 남지 아니한 패잔병을 거느리고 번성으로 돌아왔다.

굳게 닫힌 성문을 두드리니 성 위에서는 별안간 소리가 쿵쿵 울리며 일원 대장이 군사를 거느려 말을 달려 나오며 호령이 추상같았다.

"내 이놈 조인아, 내가 번성을 점령한 지 이미 오래다!"

조인이 깜짝 놀라 바라보니 봉의 눈을 부릅뜨고 삼각수를 바람에 흩날리는 관운장이었다.

조인 이하 수천 군병은 기절초풍이 되었다.

기가 막혔다. 번성까지 마저 잃어버리고 말았다.

조인은 크게 놀라 말 머리를 돌려 달아났다.

조인의 패잔병은 또다시 뒤쫓는 관운장의 군사한테 상하고 죽는 자가 부지기수였다.

조인은 번성마저 잃고 보니 갈 곳이 없었다. 하는 수 없이 조조가 있는 허창을 바라보고 말을 달렸다. 쫓겨 오는 도중에 비로소 단복이 현덕의 진중에서 꾀를 낸 것을 소문 들어 알게 되었다.

한편 현덕은 크게 조인을 이긴 후에 군사를 거느려 번성으로 들어가니 현령 유필劉泌이 나와 맞았다.

유필은 장사長沙 사람으로 역시 한실漢室 종친宗親이었다.

현덕은 백성들을 불러 안돈하도록 효유한 후에 유필을 따라 아문으로 들어갔다.

유필은 잔치를 베풀어 현덕의 일행을 관대했다.

현덕이 보니 한 사람 젊은 청년이 유필의 옆에 모시어 서서 곁을 떠나지 아니하는데 인물이 출중하게 잘생겼다.

"저 사람은 누구오니까?"

현덕이 물었다.

"이 애는 저의 생질甥姪 구봉寇封이올시다. 본시 나후羅喉 구寇 씨氏의 아들인데 양친이 구몰한 까닭에 이곳에 의탁하고 있습니다."

현덕은 하도 청년의 얼굴이 준수하게 잘생긴 것을 보자, 의자義子를 삼고 싶은 생각이 났다.

"저 애를 나의 의자로 삼았으면 하는데 어떠하겠소?"

번성 현령 유필한테 물었다.

"그렇다면 얼마나 좋습니까? 저도 무한 기뻐할 것입니다."

유필은 구봉에게 현덕을 다시 뵈라 한 후에 아버지라 부르게 했다.

현덕은 성명을 고쳐서 유봉劉封이라 부르게 했다.

현덕이 유봉을 데리고 돌아와 관운장과 장비한테 절하여 뵌 후에 숙부라 부르게 했다.

관공이 조용히 현덕한테 말했다.

"형님께서는 장자를 두셨는데 왜 또 의자를 정하십니까? 뒤에 반드시 어지러운 일이 일어날 것입니다."

"내가 저를 자식같이 대접하고 제가 나를 아비로 생각하는데 무슨 난이 생기겠나?"

"그래도 그렇지 아니합니다."

관운장은 좋지 않게 생각했다.

현덕은 단복單福과 의논한 후에 조자룡에게 1천 군사를 주어 번성을 지키라 하고 대군을 휘동하여 신야로 돌아왔다.

한편 조인은 이전과 함께 허도로 돌아가 조조를 뵙고 땅에 엎드려 통곡하면서 죄를 청했다.

"장수를 두 사람씩이나 잃어버리고 무수한 군사를 반 넘어 살상시켰으니 죽어 마땅하오이다."

"이기고 패하는 것은 병가兵家의 상사常事다. 거론할 것이 없다. 그러나 유비의 진중에 누가 있어서 팔문 금쇄진까지 격파할 줄 알았더란 말이냐. 대관절 누가 있다 하더냐?"

조조의 묻는 말에 조인이 대답했다.

"단복單福이란 모사가 군사軍師로 있다 합니다."

"그렇다면 단복이란 사람이 꾀를 내어서 유현덕이 승리를 했구나!"

"예, 그러하옵니다."

조인은 풀기 없이 대답했다.

"단복이란 사람은 어떠한 사람이냐?"

조조는 조인을 향하여 다시 물었다.

옆에서 조조의 모사 정욱이 웃으며 말했다.

"그 사람은 단복이가 아니올시다. 변성명變姓名을 해서 단복이 행세를 합니다. 그는 원래 영주穎州 사는 서서徐庶라 하는 사람인데 어려서부터 격검擊劍하기를 좋아했습니다. 협기俠氣가 많아서 중평中平 말년末年에 남의 원수를 갚아 주느라고 사람을 죽인 후에 변장을 하여 머리 풀어 산발하고 얼굴에 먹칠하여 도망하는 중, 포리捕吏한테 잡혔습니다. 성명을 물으니 대답하지 아니하므로 포리는 수레 위에 결박 지어 놓고 저자(市場)로 북을 울려 다니면서 이 사람이 누구냐고 물었습니다. 그러나 비록 아는 사람이 있다 해도 누구 한 사람 '서서'라고 말하는 사람이 없었습니다. 밤이 되자 포리의 동반同伴이 가만히 결박을 풀어 주어서 변성명을 하고 달아났습니다. 그 후로부터는 학문에 뜻을 두어 두루 이름 높은 스승을 찾아다녔습니다. 그의 높은 친구에는 사마휘司馬徽 같은 사람도 있습니다."

조조는 정욱을 향하여 빙긋이 웃으며 물었다.

"서서의 재주가 그대의 재주에 비하여 어떠한가?"

"열 갑절 낫습니다."

정욱은 손바닥을 어루만지며 대답했다.

정욱의 대답을 듣자 조조는 길게 한숨 쉬어 탄식했다.

"아깝다! 어진 선비가 유비한테로 돌아갔으니 유비한테는 날개가 돋친 셈이로구나. 어찌하면 좋겠나?"

"서서가 비록 저곳 유비한테 있다 해도 승상께서 쓰신다면 불러오기 어렵지 아니합니다."

정욱이 웃으며 대답했다.

"그 사람이 올 리가 있나?"

"서서의 노모老母는 서서의 고향인 영주에 있습니다."

"서서와 함께 있지 아니한가?"

조조의 눈이 번쩍 하고 크게 뜨였다.

"그렇습니다. 아우가 모시고 있었습니다. 서서는 효자입니다. 효자 중에서도 지효至孝올시다. 그는 어려서 아버지를 일찍 여의고 다만 늙은 어머니 한 분이 살아 계신데, 그 아우 서강徐康이 고향에 모시고 있는 중 서강이 지난번에 세상을 떠났습니다. 지금 서서의 어머니는 봉양할 사람이 없어 혼자 계십니다. 승상께서 영주로 사람을 보내시어 후하게 대접하여 이곳으로 데려온 후에 그의 어머니의 편지와 승상이 부르시는 글월을 한데 동봉해서 보내시면 서서는 반드시 승상한테로 오고야 말 것입니다."

서모의 정의

조조는 정욱의 말을 듣자 크게 기뻤다. 급히 사람을 영주로 보내서 서서의 어머니를 모시어 온 후에 집을 정해 주고 후하게 대접한 후에, 조조는 친히 서서의 어머니를 만났다.

"듣자오니 영사令嗣 서서徐庶는 천하의 기재奇才라 합니다. 이제 신야에 있어 역신逆臣 유비劉備를 도와서 조정을 배반하고 있으니 이것은 마치 아름다운 구슬이 더러운 진흙 속에 떨어진 것이나 매일반이올시다. 참말 가석可惜한 노릇입니다. 노부인께서 편지 한 장을 쓰시어 이곳으로 자제를 불러오게 하신다면 나는 천자께 아뢰어 자제한테 중한 상을 내리시도록 하겠습니다."

조조는 말을 마친 후에 시자에게 지필묵을 받들어 노부인 앞에 놓고 편지 쓰기를 권하였다.

노 부인은 조조를 바라보며 물었다.

"유비란 어떤 사람인가?"

"패沛 땅에 사는 보잘것없는 작은 위인이온데 망령되이 황숙皇叔이라고 자칭하면서 전혀 신의가 없는 자입니다. 그야말로 참 겉으로는 군자君子요, 안으로는 소인이올시다."

조조의 말을 듣던 서모는 별안간 벽력같은 큰소리로 조조를 꾸짖었다.

"이놈, 조조야. 네 거짓말이 너무나 심하구나! 내 소문 들으니 유비는 중산中山 정왕靖王의 후손, 효경孝景 황제皇帝 각하閣下의 현손玄孫으로서 몸을 굽혀 선비를 우대하고 공경하여 사람을 아껴 쓰므로 어진 이름이 천하에 진동해서 노랑머리 아이들이나 백발이 성성한 늙은이들도 다 그의 이름을 알고 있는 당세의 영웅인데 네 어찌 감히 그를 역신이라 하느냐? 내 아들이 만약 그를 돕는다면 과연 그 주인을 얻었다 할 것이다. 네 비록 명칭은 한나라의 정승이라 하나 실상인즉 한적漢賊이다. 어째 유비보고 역적이라 하느냐? 네 이놈, 우리 아들더러 역적인 너를 도와 달라 하느냐? 상판을 들어라, 부끄러운 줄 모르느냐!"

서모는 말을 마치자 벼룻돌을 번쩍 들어 조조의 면상을 후려갈겼다.

조조는 깜짝 놀라 몸을 피하면서 발연히 노했다. 급히 무사를 불렀다.

"네, 저 늙은 년을 끌어내려 목을 베어라!"

무사들은 와르르 달려들어 서서의 어머니를 뜰아래로 끌어내렸다.

정욱이 밖에 있다가 급히 조조한테 들어가 간하였다.

"서서의 어머니가 승상께 촉노觸怒를 한 것은 일부러 자기가 죽으려고 하는 것입니다. 만약에 승상께서 죽이신다면 의롭지 않다는 욕을 당하시고 서서의 어머니만 의로운 사람이 될 것입니다. 뿐만 아니라 서서의 어머니를 죽이신다면 서서는 죽기를 맹세하고 유비를 도와서 원수를 갚을 것입니다. 그대로 서서의 어머니를 살려 두시어 서서의 몸과 마음이 따로 있게 하여 적극으로 유비를 돕지 않도록 하고 계교를 내어 서서가 승상을 돕도록 할 길을 생각하는 것이 상책인가 합니다."

조조는 한동안 생각하다가 정욱의 말을 좇아 서모를 죽이지 아니하고 별실에 두어 봉양하게 했다.

한편 모사 정욱은 조조와 의논한 후에 날마다 서모한테 문후問候하러 들어갔다.

공손히 절하여 뵙고 거짓말로 서서하고는 결의형제한 사람이라고 말한 후에 친어머니를 대접하듯 했다.

뿐만 아니었다. 항상 좋은 시식時食을 보내면서 맛없는 음식이나 잡수시어 보라고 편지를 써서 보냈다. 서서의 어머니도 정욱의 친절한 마음을 고맙게 생각하여 편지와 음식이 올 때마다 친필로 답서를 써 보냈다.

정욱은 서서의 어머니의 필적을 본떠서 서서한테 가짜 편지 한 장을 쓴 후에 심복을 신야新野에 있는 단복한테로 보냈다.

단복은 고향에서 전인專人 편지가 왔다는 말을 듣고 급히 사람을 불러 물어보니,

"소인은 영주 관하에 있는 편지 전하는 전인 소졸小卒이온데, 노부인의 말씀을 받들어 편지를 가지고 왔습니다."

서서는 급히 편지를 뜯어보니 틀림없는 어머니의 필적이었다.

이 사이 네 아우 강康이 나를 버리고 먼저 죽었으니 이런 기막히고 슬플 데가 있느냐. 눈을 들어 사면을 둘러보나 나를 돌봐 줄 사람이 없구나. 뜻밖에 조 승상이 사람을 보내서 허창許昌으로 데려온 후에 네가 조조를 배반했다 꾸짖고 나를 옥 속에 가두었다. 다행히 정욱의 구원함을 받아서 아직 목숨이 붙어 있다. 그러나 네가 조 승상한테로 돌아오지 아니한다면 나는 죽음을 면치 못할 것이다. 이 편지가 당도하는 날 너는 나의 길러 준 은혜를 생각해서 밤을 도와 달려와 나의 목숨을 구해 다오. 그러한 후에 차차 고향으로 돌아가 농사나 짓고 살면서 어지러운 세상에 화를 면하는 것이 좋겠다. 지금 내 목숨은 실오라기에 매달려 있는 형상이다. 빨리 와서 구해 주기 바란다.

서서徐庶는 어머니의 편지를 다 읽자 눈물이 샘솟듯 쏟아졌다.

곧 편지를 가지고 현덕한테로 들어갔다.

"저는 본시 영주 서서란 사람인데 자를 원직元直이라 합니다. 난을 피하여 성명을 고쳐서 단복이란 이름으로 행세를 했던 것입니다. 유표의 어진 소문을 듣고 이곳으로 찾아왔다가 그와 말을 해 보니 무용지물인 것을 알자 편지를 써서 작별하고 밤중에 사마수경司馬水鏡의 집을 찾아서 일장 설파했더니, 수경은 저의 사람 잘못 찾은 것을 나무라고 유劉 예주豫州를 어째 아니 찾느냐 하므로 이튿날 저자에서 노래를 불러 주인어른의 마음을 움직이게 했던 것입니다. 다행히 버리지 아니하시고 중하게 쓰이어 몸 둘 곳을 모르는 중 뜻밖에 조조가 간사한 꾀로 늙은 어미를 잡아다가 허도에 두고 죽이려 합니다. 이제 급한 전인 편지가 왔는데 아니 갈 도리가 없습니다. 마음으로는 이곳에 있어 견마犬馬의 노고를 다하고 싶습니다마는 어찌합니까, 어머니를 살리기 위하여 잠깐 갔다가 오겠습니다."

현덕은 서서의 말을 듣자 눈물을 흘리며 대답했다.

"모자간의 정리란 하늘이 주신 천륜인데 이 사람 유비로 인하여 천륜을 끊을 도리야 있겠습니까? 그러나 가신 후에라도 다시 가르치심을 받들 길이 있기를 간절히 바랍니다."

서서는 절하고 가려 하니 현덕이 손을 잡고 말했다.

"가실 때 가시더라도 하룻밤만 더 묵어 이야기한 후에 내일 가시기로 하십시다."

서서는 정을 끊을 수 없었다.

"그럼 하룻밤만 더 묵겠습니다."

인사하고 밖으로 나갔다.

손건이 현덕한테 들어와 말했다.

"서서는 천하의 기재奇才올시다. 오랫동안 이곳에 있어 우리 군중軍中의 크고 작은 허실을 다 알고 있습니다. 지금 만약 조조한테로 간다면 반드시 중하게 쓰일 테니 위태롭기 짝이 없습니다. 주공께서는 꼭 붙드시고 놓아 보내지 마십시오. 뿐만 아니라 서서가 만약 아니 간다면 조조는 반드시 그 어머니를 죽일 것입니다. 이리된다면 서서는 더욱 조조를 원망하여 어머니의 원수를 갚을 것입니다. 보내지 마시고 꼭 붙드십시오."

현덕은 손건의 말을 듣자 고개를 가로흔들었다.

"불가한 일이오. 남의 어머니를 죽게 해서 그 아들을 쓴다는 것은 불인不仁한 일이고 가지 못하게 해서 모자의 도를 끊는다는 일은 불의라 생각하오. 나는 차라리 죽을지언정 불인, 불의한 짓은 하지 못하겠소."

모두들 듣고 현덕의 마음을 감탄했다.

밤이 되자 현덕은 서서를 청하여 작별하는 술을 권했다.

"자아, 한 잔 드시오."

"지금 노모가 조조한테 갇혀 있는 일을 생각하니 비록 금물결(金波) 같고 옥이슬(玉露) 같은 좋은 술이라 하나 목구멍으로 넘어가지 아니합니다."

서서의 말이 떨어지자 현덕이 대답했다.

"공이 장차 간다 하니 나는 좌우의 손과 발을 잃는 것 같습니다. 내 입에는 옥로玉露 금파金波는커녕 용간龍肝 봉수鳳髓라도 달지가 않습니다."

두 사람은 서로 바라보며 눈물을 흘리고 날이 밝기를 기다렸다.

날이 훤하게 동이 트자 모든 장수들은 성 밖에 전별하는 연회를 배설해 놓고 서서가 나오기를 기다렸다.

현덕은 서서와 함께 말고삐를 나란히 하여 장정長亭 아래 내려 서로 작별 인사를 했다.

현덕이 먼저 잔을 들어 서서한테 권하며 말했다.

"유비는 분이 박하고 연이 얇아서 선생과 함께 오래 상취相聚하지 못하니 한스럽습니다. 선생께서는 새 주인을 잘 섬기시어 공명을 이루게 하십시오."

"재주도 없고 슬기도 없는 제가 깊이 사군使君의 중용하심을 입었더니 이제 불행히 중도에서 어머니의 일로 작별을 고하게 되니 슬프옵니다. 비록 조조가 핍박을 한다 해도 종신토록 그를 위하여 일을 아니하겠습니다."

서서는 울면서 대답했다.

현덕이 한숨 쉬며 말했다.

"선생이 가신 후에 유비도 멀리 산림山林으로 돌아가겠습니다."

서서가 울먹이며 대답했다.

"제가 사군을 도와서 함께 왕패王霸의 대업을 도모하자는 것은 이 방촌方寸만 한 마음을 믿는 것뿐이온데, 지금 노모 때문에 마음이 어지러우니 비록 이곳에 있다 해도 심란해서 유익한 일이 없을 것입니다. 사군께서는 별달리 높은 선비를 구하시어 대사를 도모하시도록 하시고 과히 상심하지 마십시오."

"천하의 높은 선비가 선생보다 더 나은 이가 어디 또 있겠소?"

"저 같은 것은 소용없는 용렬한 재목입니다. 어찌 감히 그런 칭송을 받겠습니까?"

서서는 현덕한테 말하고 다시 여러 장수들을 돌아보며 말했다.

"원컨대 제군들은 잘 사군을 도와서 이름을 죽백竹帛에 남기시고 공적이 청사青史에 빛나시기를 바랍니다. 그리고 서서와 같이 시종始終이 없는 사람이 되지 마십시오."

모든 장수들도 서서의 말을 듣고 모두 다 눈물을 머금어 비창한 표정을 지었다.

현덕은 차마 서로 떨어지기 어려웠다. 작별을 하고 나서 또다시 서서와 함께 말고삐를 가지런히 하여 한 마장을 더 나간 후에 또 한 마장을 더 나갔다.

서서가 말에서 내려 말했다.

"너무나 감격합니다. 이제는 더 나오지 마십시오. 서서는 인제 여기서 고별하겠습니다."

현덕은 말에 오르며 서서의 손을 잡고 다시 말했다.

"선생과 이번 헤어지면 하늘이 넓다 해도 따로따로 놀 테니 언제 또다시 보겠소!"

현덕은 말을 마치자 눈물이 비 오듯 했다.

서서도 눈물을 머금고 현덕을 작별한 후에 말 위에 올라 실실이 늘어진 푸른 버들 숲 속으로 스러졌다.

현덕은 멀리 푸른 숲 속으로 스러지는 서서의 모습을 바라보자 다시 목이 메었다.

"서서가 가니 나는 장차 어찌한단 말인가!"

현덕은 한참 눈물을 머금고 바라보다가 채찍을 높이 들어 좌우한테 영을 내렸다.

"저기 있는 버들 숲을 모조리 베어 버려라."

"왜 그러십니까?"

좌우들이 물었다.

"서서의 가는 모습이 보이지 않는구나!"

홀연 바라보니 서서가 급히 말 머리를 돌려 달려왔다. 현덕은 반가웠다. 마주 말을 달려 나갔다.

"생각을 돌리셨소? 갈 뜻이 없는 모양이구려. 선생이 다시 오시니 반드시 무슨 뜻이 있구려!"

현덕은 만면에 웃음을 띠고 물었다.

"제가 마음이 난마亂麻같이 어지러워서 꼭 한마디 여쭙고 간다는 것을 잊어버렸습니다. 양양襄陽성 밖 이십 리허에 융중隆中이란 곳이 있는데, 그곳에 천하天下 기재奇才가 한 사람 있습니다. 사군께서는 한번 구해 보십시오."

현덕은 입이 딱 벌어졌다.

와룡 선생 제갈양

현덕은 기쁨을 이기지 못했다.

"그렇다면 선생은 유비를 위하여 한번 청해서 만나 보게 해 주시오."

서서는 미연히 웃으며 대답했다.

"이 사람은 불러서 올 사람이 아니올시다. 사군께서 친히 가시어 청하셔야 합니다. 만약에 이 사람만 얻으신다면 주周 문왕文王이 여망呂望[1]을 얻은 것이나, 한漢 고조高祖가 장양長良을 얻은 것과 매일반이 될 것입니다."

현덕이 물었다.

"그 사람은 선생의 재덕에 비하여 어떠합니까?"

"저 같은 사람은 비교할 거리가 되지 아니합니다. 저 사람이 기린麒麟이라면 저는 노둔한 말이요, 저 사람이 봉황鳳凰이라면 저는 한아寒鴉밖에 아니 됩니다. 그 사람은 매양 자기를 관중管仲[2]과 악의樂毅[3]한테 비합니다마는 제가 보기에는 관중, 악의쯤으로는 도저히 이 사람을 따라가지 못할 것입니다. 그 사람은 경천위지經天緯地[4]할 재주가 있는 사람이니 모르면

---

1) 여망 : 여상呂尙. 본성本姓은 강姜 씨氏, 자字는 자아子牙. 문왕文王이 태공망太公望이라 부르므로 여망呂望이라 쓴 것. 선先 80, 후後 80의 강태공姜太公이라고도 한다.

2) 관중 : 춘추春秋 전국시대戰國時代의 사람으로 제齊 환공桓公의 신하. 관포지교管鮑之交라는 고사성어에 나오는 관중管仲.

3) 악의 : 춘추春秋 전국시대戰國時代 연燕의 명장名將.

4) 경천위지 : 천天을 경經으로 하고, 지地를 위緯로 하여 제세안민濟世安民하는 큰 계획을 세우는 것.

모르되 당금 천하에 제일가는 높은 선비올시다."

현덕은 기뻤다.

"원컨대 이 사람의 성명을 들려주시오."

"이 사람은 낭야琅琊 양도陽道 사람인데 복성複姓으로 제갈諸葛이요, 이름은 양亮이요, 자는 공명孔明이라 부릅니다. 한漢의 사례司隸 교위校尉 제갈풍諸葛豊의 후손이온데 그의 아버지의 이름은 규珪요, 자는 자공子貢입니다. 태산승泰山丞 벼슬을 지내다가 일찍 죽으므로 양은 그의 숙부 현玄을 따라서 양양으로 왔습니다. 현이 형주荊州 유표劉表와 구교舊交가 있는 까닭입니다. 뒤에 숙부 현이 세상을 떠나니 양은 그 아우 제갈균諸葛均과 함께 몸소 남양南陽에 밭을 갈면서 항상 양부음梁父吟[5]을 즐겨 읊습니다. 그가 있는 곳에 한 개 언덕이 있는데 언덕 이름이 와룡강臥龍岡입니다. 이리하여 스스로 호號를 지어 와룡臥龍 선생先生이라 했습니다. 이 사람은 과연 대를 달리하여 나올 사람이올시다. 사군께서는 급히 수레를 몰아 찾으십시오. 이 사람이 즐겁게 사군을 도와 드리기만 한다면 천하를 정하는 일을 근심하실 것이 없습니다."

현덕이 물었다.

"지난번에 수경 선생이 나한테 말하기를 복룡伏龍, 봉추鳳雛 두 사람 중에 한 사람만 얻으면 한번 천하를 바로잡아 평안케 할 수 있다 하더니, 이제 선생이 말씀하시는 그 사람이 곧 복룡, 봉추 중의 한 사람이 아닙니까?"

---

5) **양부음**: 양보음梁甫吟이라고도 함. '악부초조樂府楚調'의 곡명曲名. 거문고 곡조로, 증자曾子의 작作

서모 자결

서서가 대답했다.

"봉추鳳雛는 양양의 방통龐統이요, 복룡伏龍은 바로 이 제갈공명諸葛孔明입니다."

현덕은 몸을 날려 껑충껑충 뛰면서 기뻐했다.

"오늘날에야 비로소 복룡, 봉추가 누군지 알겠소이다. 어쩌면 대현大賢이 바로 눈앞에 있는 것을 이같이 까맣게 몰랐더란 말씀이오. 선생이 아니었더라면 나는 전혀 모를 뻔했소이다. 진실로 유비는 눈이 있으나 망울이 없는 사람이 될 뻔했소이다."

서서는 공명을 천거하고 다시 현덕을 작별한 후에 말을 채질해 돌아갔다.

서서가 유현덕에게 제갈공명을 천거하고 조조한테로 가는 모습을 보자 시인은 시를 지어 탄식했다.

痛恨高賢不再逢
臨岐泣別兩情濃
片言却似春雷震
能使南陽起臥龍

아프도록 한스럽네

높은 선비

다시 만나기 어려워라.

손 나누어 이별하니

정은 깊고 눈물만 흘러라.

이별할 때 번쩍

귀에 뜨이는 한마디 말씀,

우렁우렁 봄 천둥 같아서

남양 땅 누운 용(臥龍)을 흔들어 일으키네.

서서는 공명을 천거한 후에 다시 현덕을 작별하고 말을 채질해 나가니 현덕은 비로소 전에 수경 선생 사마휘가 말하던 제갈양의 생각이 났다. 마치 취한 듯 어린 듯 꿈속에서 깨어난 듯했다.

현덕은 모든 장수를 거느리고 신야로 돌아가 후한 폐백幣帛을 갖추어 관공, 장비와 함께 남양으로 가서 제갈공명을 청할 준비를 차렸다.

한편 서서는 현덕을 작별하고 가다가 현덕이 만류하던 지극한 그 정성을 차마 잊을 수 없었다.

어떻게 해서든지 자기 대신 제갈공명이 꼭 현덕을 도와주도록 만들어 놓고 싶었다. 앞으로 현덕이 찾아가도 공명이 듣지 아니하면 탈이라 생각했다.

자기가 직접 공명한테 권하고 싶은 생각이 불현듯 일어났다.

서서는 가는 길에 말을 달려 남양南陽 초당草堂이 있는 와룡강臥龍岡으로 향했다.

서서는 문 밖에 말을 매고 초당에 들어가니 마침 제갈공명은 갈건야복

葛巾野服으로 거문고를 타고 있다가 서서의 들어오는 것을 보자 거문고를 밀치고 반갑게 물었다.

"자네 오래간만일세. 웬일인가?"

서서는 절하여 뵙고 말씀을 올렸다.

"그동안 저는 유劉 예주豫州를 섬겨서 천하를 안정시키려 했습니다. 그러나 뜻밖에 조조가 저의 팔십 노모를 옥에 가두어 놓고 전인을 해서 편지를 보냈습니다. 아니 가면 죽일 모양이올시다. 하는 수 없이 유비를 버리고 늙은 어미를 구하러 가옵니다. 갈 때 유현덕에게 선생을 천거했소이다. 현덕이 곧 뵈러 올 것입니다. 거절하지 마시고 평생의 배우신 큰 재주를 활짝 펼치시어 한번 천하를 구하여 태평성세를 이룩하도록 해 주시기 바랍니다."

유비를 도와주라는 서서의 간곡히 부탁하는 말을 듣자 제갈공명의 얼굴빛은 별안간 변했다.

"자네는 나를 제향祭享 때 희생을 만들 작정인가?"

말을 마치자 제갈공명은 소매를 떨쳐 안으로 들어갔다.

서서는 얼굴이 벌게지면서 무안함을 금할 수 없었다.

하는 수 없이 주인 없는 초당에서 나와 말을 달려 허창許昌으로 향했다.

서서가 허도로 들어서니, 조조는 서서의 당도한 것을 탐지하고 순욱과 정욱 등 일반 모사에게 서서를 맞이하라 명을 내렸다.

서서는 승상부에 들어가 조조를 만났다.

조조는 서서를 향하여 빙긋 웃으며 물었다.

"공은 고명하신 선비신데 무슨 까닭에 유비 같은 사람을 주인으로 섬기시오?"

서서는 옷깃을 여미고 대답했다.

"저는 어려서부터 난을 피하여 강호江湖로 유락流落해 다니던 중 우연히 신야 땅에서 유현덕을 만나서 교분이 매우 두터웠습니다. 그러던 중 승상께서 노모를 데려다가 보호해 주신다 하니 감격하고도 부끄러움을 금할 수 없습니다."

"이제 오셨으니 대부인께 아침저녁으로 시봉侍奉하십시오. 나도 또한 앞으로 가르침을 받겠소이다."

"고맙소이다."

서서는 사례하고 나와서 어머니가 계신 곳을 찾아가서 당 아래 절하여 울며 뵈었다.

"어머님! 불초자不肖子 서가 돌아왔습니다."

서서의 어머니는 아들의 목소리를 듣자 깜짝 놀라서 당에서 뛰어나왔다.

"네가 어째 여기 왔느냐?"

"그동안 저는 신야에서 유 예주를 섬기고 있었사온데 어머님께서 보내신 편지를 받고 밤을 도와 달려온 길입니다."

서서의 말을 듣자 어머니는 발연히 노했다. 주먹을 들어 책상을 치면서 아들을 꾸짖었다.

"욕된 자식이 강호江湖로 표탕飄蕩하여 돌아다닌 지 여러 해 만에 네 처신하는 공부가 좀 나아진 줄 알았더니 도리어 처음만도 못하단 말이냐? 너는 일찍이 글을 읽어서 나라에 충성하는 일과 집에서 효도하는 일이 양전兩全되지 못하는 것을 알았을 것이다. 네 어찌 한꺼번에 충신 노릇도 하고 효자 노릇도 할 수 있겠느냐! 조조는 기군망상欺君罔上하는 역적이요, 유현덕은 인仁과 의義로 사해四海에 이름 높은 사람일 뿐 아니라 한실漢室의 후손이다. 네가 그를 섬겼다 하니 주인을 잘 만난 셈인데 한 조각 거짓 편지를 읽고 자세히 살피지도 못한 채 밝은 곳을 버리고 어둔 곳으로 찾아와서 스스로 악한 이름을 취했으니 참으로 어리석은 놈이다. 내가 무슨 면목으로 너를 대해 보겠느냐? 너는 공연히 천지간天地間에 나서 조상을 욕되게 하는 자다."

서서는 땅에 엎드려 어머니의 꾸지람을 들으며 감히 고개를 들어 우러러보지 못했다.

수경 선생의 멋진 내방

어머니는 노기 가득하게 아들을 꾸짖고 병풍 뒤로 들어갔다.

얼마 뒤에 집안사람이 급하게 나와 고했다.

"노 부인께서 보에 목을 매어 돌아가셨습니다."

서서는 황급했다. 달음질쳐 들어가 구하니 어머니는 이미 운명을 하여 이 세상 사람이 아니었다.

서서는 어머니의 죽음을 보고 땅을 치며 통곡했다. 마침내 기절이 되었다가 얼마 만에 다시 소생이 되었다.

조조는 소문 듣고 부의賻儀를 보내서 조문한 후에 친히 가서 제전祭奠을 드렸다.

서서는 어머니의 관을 허창 남쪽 양지바른 언덕에 장사 지내고 상喪을 지켜 시묘侍墓하면서 조조가 보내는 물건은 일체 받지 아니했다.

이때 조조는 남정南征할 것을 의논하였다. 모사 순욱이 간하였다.

"겨울이 되어 날씨가 찬데 용병用兵하는 것은 불가합니다. 잠깐 봄이 와서 따뜻한 때를 기다려 가지고 한번 크게 군사를 움직여 나가는 것이 좋겠습니다."

조조는 순욱의 말을 옳게 들었다. 장하漳河의 물을 끌어 큰 못을 파고 이름을 '현무지玄武池'라 한 후에 수군水軍을 교련하여 남정할 준비를 차렸다.

한편 유현덕은 예물을 갖추어 융중隆中에 있는 제갈양을 뵈러 가려 할 때 홀연 시자가 고했다.

"문 밖에 용모가 비범한 한 선생이 아관박대峨冠博帶로 찾아와서 특별히 뵙기를 원합니다."

"이분이 공명孔明이 아니냐?"

현덕은 혼잣말하고 옷을 정제한 후에 나가 맞으니 다른 사람이 아니라 수경 선생 사마휘司馬徽였다.

현덕은 크게 기뻤다. 후당으로 인도하여 절하며 물었다.

"한번 선안仙顔을 대한 후에 군무가 바빠서 한 번도 찾아가 뵙지 못하여 죄송하기 짝이 없습니다. 이제 이같이 왕림해 주시니 평일 앙모하던 마음이 크게 위로됩니다."

"서원직이 이곳에 있다는 소문이 있기에 찾아보러 왔소이다."

사마휘는 미연히 웃으며 대답했다.

"서서는 지금 이곳에 없습니다. 요사이 조조가 그의 팔십 노모를 옥 속에 가두고 편지를 보내서 허창으로 불러 갔습니다."

수경 선생 사마휘는 현덕의 말을 듣자 탄식하며 말했다.

"아하, 서서가 조조의 계교에 빠졌구려. 내가 평소부터 소문 들어 그의 자당의 어지신 말씀을 잘 알고 있소이다. 그분이 조조한테 잡혔다 하더라도 아들한테 편지를 보내서 부를 리 만무하오. 그것은 반드시 중간에 간특한 일이 있는 거짓 편지인 것이 분명하오. 원직이 아니 갔더라면 그 어머니가 살았을 것을 원직이 갔으니 아깝소이다. 그 어머니는 돌아가셨을 것이 분명하오."

"그 어째 그렇습니까? 원직이 갔다고 그 어머니께서 왜 돌아가십니까?"

현덕은 깜짝 놀라 물었다.

"아들이 자기 때문에 조조한테로 돌아왔으니 자기만 없으면 아들은 용기를 다시 내어 악한 조조를 돕지 않을 것이 분명한 때문이지요."

현덕은 사마휘의 말을 듣자 서모徐母의 높은 의기에 고개가 저절로 숙여졌다.

"대단하신 분이십니다. 그런데 여쭐 말씀이 있습니다. 서원직은 갈 때 남양南陽 제갈양諸葛亮을 저한테 천거하고 갔습니다. 제갈양은 어떤 사람이오니까?"

현덕의 묻는 말을 듣자 사마휘는 껄껄 웃으며 대답했다.

"가면 제 가는 일이나 할 것이지, 왜 또 다른 사람을 끌어내어서 심혈을 구토嘔吐하게 하려 하는가, 하하하……."

"그 무슨 말씀이오니까?"

현덕은 의아하게 생각했다.

"공명孔明은 박릉博陵 최주평崔州平, 영주潁州 석광원石廣元, 여남汝南 맹공위孟公威와 네 사람이 가장 친한 친구지요. 이 네 사람이 모두 다 학문과 식견이 정순精純한 중에 오직 공명만이 더한층 사물을 달관해서 모든 일을 대략大略해 껴안았다 할 수 있지요. 공명은 어느 때 거문고를 무릎 위에 올려놓고 노래를 부르다가 세 친구를 향하여 묻기를 '자네들이 만약 벼슬을 한다면 자사刺史나 군수郡守감은 넉넉히 될 것일세.' 하고 호방한 웃음을 터뜨렸습니다. 여러 사람들은 공명한테 물었소이다. '우리들이 자사나 군수가 된다면 당신은 무엇이 되겠소?' 하고 물으니, 공명은 다만 빙긋 웃고 대답을 아니했소이다. 그는 항상 자기를 관중管仲과 악의樂毅한테 비하고 있소이다. 그 포부와 재주를 헤아리기 어렵지요."

"어찌 그리 영주에는 어진 선비가 그다지 많습니까?"

현덕은 탄복했다.

"옛적에 은규殷馗란 사람이 천문天文을 잘 보았지요. 항상 말하기를 군성群星이 영주 경위선經緯線으로 모여들어 빛을 찬란하게 뿜으니 그 땅에 반드시 어진 선비가 많으리라 예언한 일이 있소이다."

사마휘의 말이 끝나자 옆에 현덕을 모시어 섰던 관운장이 말했다.

"들으니 관중과 악의는 춘추春秋 전국戰國 때 사람으로, 공이 우주宇宙에 가득한 사람이올시다. 선생께서 제갈공명을 두 사람한테 비하시니 너무나 과한 칭찬이 아니오니까?"

사마휘는 빙긋 웃고 대답했다.

"칭찬이 과한 것이 아니지. 오히려 덜 칭찬을 했다고 할 수 있소. 꼭 공명을 평한다면 관중, 악의보다도 더 다른 두 사람에게 비하고 싶소이다."

"다른 사람이란 누구오니까?"

관운장이 또 물었다.

"주국周國 팔백 년의 기업基業을 일으켜 논 강자아姜子牙와 한실漢室 사백 년의 터를 닦아 논 장자방張子房과 어깨를 나란히 할 수 있는 사람이지. 허허허……."

여러 사람들은 혀를 둘러 놀랐다.

수경은 곧 현덕을 작별하고 일어섰다. 현덕이 만류하나 듣지 아니하고 문으로 나가다가 하늘을 우러러 앙천대소仰天大笑하고 혼잣말하며 나갔다.

"와룡臥龍이 비록 주인은 얻었으나 때를 얻지 못했으니 아깝구나!"

말을 마치고 표연히 갔다.

현덕은 수경의 가는 모습을 바라보고 탄식했다.

"과연 은거隱居 현사賢士로군!"

삼고초려

襄陽城西二十里
一帶高岡枕流水
高岡屈曲壓雲根
流水潺湲飛石髓

양양 서편 20리에
띠 같은 푸른 언덕 흐르는 물에 잠겨 있고
높은 메 하늘로 치솟아 구름자락 늘렀는데
흐르는 물, 졸졸거려 돌때(石髓)를 씻어 준다.

勢若困龍石上蟠
形如單鳳松陰裡
柴門半掩閉茅廬
中有高人臥不起

산 형세 곤룡 같아 굼틀굼틀 바위 되고
모습은 봉 한 마리 송림 속에 어여쁘다.
싸리문 반쯤 가려 초가집 문 닫혔는데

이 중에 높은 선비 누워서 아니 일어나네.

修竹交加列翠屏
四時籬落野花馨
床頭堆積皆黃卷
座上往來無白丁

대 심어 어슥비슥 취병翠屏을 틀어 놓고
울타리엔 사시장철 들꽃이 향기롭다.
상머리에 쌓인 것은 모두 다 황권黃卷 서적
좌상에 다니는 이 무식쟁이 하나 없네.

叩戶蒼猿時獻果
守門老鶴夜聽經
囊裡名琴藏古錦
壁間寶劍映松文

푸른 원숭이 문 두드려 과실을 바치고
문 지키는 늙은 백학白鶴도
글 읽는 소리 알아듣네.
멋진 거문고 고금古錦 주머니 속에 들어 있고
벽상에 걸린 보검寶劍엔 솔 그림자가 은은하다.

廬中先生獨幽雅

閑來親自勤耕稼

專待春雷驚夢回

一聲長嘯安天下

초려 속 와룡 선생 혼자서 그윽하고 맑구나.

한가롭다, 손수 김매고 밭을 가네.

봄 우레를 들어야만 놀란 꿈을 깨려느냐,

한 소리 긴 휘파람에 천하가 평안하리.

수경 선생을 작별한 유현덕은 관공, 장비와 함께 시자들을 데리고 융중
隆中으로 나가 멀리 산기슭을 바라보니 농부 두어 사람이 밭에서 호미로
김을 매며 드높게 노래를 부르고 있었다.

푸른 하늘 일산 같고 넓은 땅은 바둑판일세.

세상 사람, 검다 희다 싸우며

영화와 욕을 취하려 하네.

영화로운 자는 평안하고 욕된 자는 녹록하구나.

이 중에 남양에 숨은 사람

베개 높게 베고서 잠이 부족타 이르네.

현덕은 노랫소리를 듣자 말을 멈추고 농부한테 물었다.

"그대들이 부르는 노래는 누가 지은 노래입니까?"

"와룡 선생께서 지으신 노래입니다."

"와룡 선생은 어디 사시오?"

"이 산 남쪽 높은 언덕이 와룡강臥龍岡이구, 그 앞 송림이 우거져 있는 초가집이 곧 와룡 선생의 댁입니다."

현덕은 고맙다고 인사한 후에 말을 채쳐 앞으로 나갔다. 얼마 아니 가서 멀리 와룡강이 바라보였다. 과연 수려하고 맑은 경치였다.

일행이 집 앞에 당도하자 현덕은 말에서 내려 천천히 문 앞으로 나가 닫힌 문을 두드렸다.

얼마 있다가 안에서 한 동자가 나타났다.

"누구시오니까?"

"한漢 좌장군左將軍 의성宜城 정후亭侯 영예주목領豫州牧 황숙皇叔 유비劉備가 특히 선생을 뵈러 왔다고 말씀해라."

현덕이 온 뜻을 말했다.

동자는 까만 눈을 별빛처럼 반짝이면서 반문했다.

"그 많은 직함을 어떻게 외어 말씀합니까? 간단히 말씀하십시오."

수작이 맹랑했다.

유비는 그러리라고 생각했다.

"그럼 그대로 유비가 뵈러 왔다고 여쭈어라."

현덕의 말을 듣자 동자는 고개를 살랑살랑 가로흔들었다.

"선생님은 지금 아니 계십니다. 조금 전에 나가셨습니다."

유비는 가슴이 뚝 떨어졌다.

"어디로 나가셨느냐?"

"종적을 정하지 아니하시고 다니시는 선생님이시니 어디로 가셨는지 알 길이 없습니다."

"언제쯤 들어오실까?"

"그것도 알 수 없습지요. 한번 나가시면 사흘씩이나 되어 돌아오실 때

도 있고 영영 소식이 없다가 십여 일 만에 오시는 수도 있으니 기약하기
어렵습니다.”

현덕은 동자의 말을 듣자 무한 낙망이 되었다.

수작을 듣고 있던 장비가 불쑥 뛰어나왔다.

“없다는데 긴말해 무엇 하오? 그대로 돌아갑시다.”

불쾌한 소리를 버럭 질렀다.

“아니다. 좀 더 기다려 보기로 하자.”

현덕은 장비를 타일렀다.

관운장이 천천히 현덕의 앞으로 걸어오며 말했다.

“그러하지 마시고 돌아가셨다가 사람을 보내서 있고 없는 것을 알아본
후에 다시 행동을 취하는 것이 좋을까 하오.”

현덕은 그럴듯하다고 생각했다.

동자를 향하여 말했다.

“선생께서 돌아오시거든 유비가 뵈러 왔다가 뵙지 못하고 그냥 돌아갔
다고 여쭈어라.”

부탁한 후에 창연히 말에 올라 또 한 번 눈을 들어 융중의 경물景物을
둘러보았다.

다시 보아도 승지 강산이었다. 높은 선비가 살 만한 곳이었다.

산은 높지 아니하나 아름답고 물은 깊지 않으나 맑고 푸르고 땅은 넓지
아니하나 평탄했다.

수풀은 무성하게 어우러졌는데 청송녹죽青松綠竹이 길길이 푸른 아래
원숭이와 학두루미는 춤을 추어 놀고 있었다.

현덕은 취한 듯 어린 듯 경치를 바라보고 있을 때 홀연 용모가 훤칠하
게 잘생긴 사람이 머리에 소요건逍遙巾을 쓰고 몸에는 검은 베옷 입고 청

려장靑藜杖을 끌면서 산길에서 내려왔다.

현덕은 마음속으로

'저분이 와룡 선생이로구나!'

생각하고 급히 말에 내려 앞으로 가서 읍하고 물었다.

"선생께서는 와룡이 아니십니까?"

"아니오. 장군은 누구시오?"

선비는 반문했다.

"저는 유비라 합니다."

현덕은 공손히 대답했다.

"나는 공명이 아니라 공명의 친구 박릉博陵 최주평崔州平이란 사람이오."

현덕은 반가움을 이기지 못했다.

"큰 이름을 들은 지 오랬더니 다행히 이곳에서 서로 만나게 되어 기쁨을 이기지 못하겠습니다. 잠깐 앉으시어 가르침을 주십시오."

현덕이 청하니 최주평은 현덕과 함께 석상石床에 앉았다. 관공과 장비가 시립해 섰다.

최주평이 먼저 현덕한테 물었다.

"장군은 무슨 일로 공명을 만나려 하시오?"

"방금 천하는 크게 어지러워서 사방이 분요합니다. 공명을 만나서 나라를 평안케 할 대책을 정하려 합니다."

현덕의 말을 듣자 최주평은 빙긋 웃으며 대답했다.

"장군이 천하를 바로잡아 보시려는 일은 어지신 마음에서 나온 일입니다. 그러나 예로부터 다스리고 어지러진 것은 무상한 것입니다. 고조高祖께서 뱀을 베고 의를 일으켜서 무도無道한 진秦을 멸했으니 이것은 어지러운 데서 다스려지는 곳으로 들어간 것이요, 이백 년을 지나서 애왕哀王과

평왕平王 때 가서 왕망王莽이 역적질을 하니, 이것은 다스리는 길에서 다시 어지러운 길로 들어간 것입니다. 광光 무제武帝께서는 중흥을 일으키시어 기업을 정돈하시니 이것은 난 속에서 다시 치治로 들어간 것입니다. 그 후로 오늘날까지 이백 년이올시다. 백성들이 편안하다가 창과 칼이 사방에 또 일어나니 이것은 정히 치에서 난으로 들어가는 때라 졸연히 바로잡기 어려운 시절입니다. 장군이 비록 공명을 얻어 천지를 주름잡고 건곤乾坤을 보철補綴하고 싶으시나 쉽게 될 일이 아닙니다. 한갓 심력心力을 허비할까 두렵습니다. 옛말에 하늘을 순히 하는 자는 편안하고 거스르는 자는 수고롭다 하지 아니했습니까? 수數가 정해진 것을 이치로 바꿀 수 없고, 명命이 정한 것을 인력으로 어찌하지 못하는 법입니다."

현덕이 대답했다.

"과연 옳으신 고견高見이올시다. 그러나 유비는 한실漢室의 후예올시다. 한실을 구해 낼 책임을 가졌습니다. 수와 명에 맡기고 버려 둘 수는 없습니다."

내버려 둘 수 없다는 현덕의 말을 듣자 최주평은 옷깃을 바로잡고 대답했다.

"산야에 묻힌 사람이 천하사天下事를 의논하기 부족합니다. 마침 물으시니 망령되이 대답한 것뿐입니다."

"좋은 말씀을 많이 들었습니다. 그런데 공명은 어디로 갔습니까?"

"나도 찾아보러 왔더니 없어서 만나지 못했습니다."

"선생께 청합니다. 저희 고을로 함께 가 주시면 어떻겠습니까?"

최주평은 현덕의 함께 가자는 말에 미소를 지어 냉랭하게 대답했다.

"나는 자유롭고 한가롭게 지내기를 좋아하는 사람이올시다. 공명功名에 뜻이 없은 지 오랩니다. 다른 날 다시 뵙기로 합시다."

최주평은 말을 마치자 길게 읍하고 돌아갔다.

현덕도 관공, 장비와 함께 말에 올라 신야로 향하여 돌아갔다.

장비는 비위가 틀려서 마땅치 않은 모양이었다.

"만나려던 공명은 못 만나고 공연히 썩은 선비 놈을 만나서 한나절 동안이나 귀한 시각을 허비했구려."

"그 사람도 보통 사람이 아니다. 말하는 것을 들으니 기가 막힌 숨은 선비다."

세 사람은 신야로 돌아와 며칠이 지났다.

현덕은 사람을 보내서 공명이 돌아오고 아니 온 것을 탐지했다.

사람이 돌아와 보했다.

"공명이 돌아오셨다 합니다."

"그렇다면 빨리 내가 탈 말을 준비해 놓아라."

장비가 옆에 있다가 퉁명스럽게 말했다.

"그까짓 한 개 촌부를 불러서 오게 할 것이지 형님이 번번이 친히 가시려 하시오?"

"맹자孟子 말씀에 어진 이를 보려 하는데 도로써 하지 아니하면 마치 들어가려고 하면서 문을 닫는 것이나 매일반이라 했느니라. 공명은 당세의 대현大賢이다. 어찌 함부로 불러오겠느냐?"

현덕은 곧 말에 올라 두 번째 공명을 찾아갔다.

관공과 장비도 하는 수 없이 뒤를 따라갔다.

때마침 융동隆冬이라 천기는 혹독하도록 추웠다. 붉은 구름이 하늘을 덮었다.

나간 지 얼마 아니 되어 홀연 북풍이 늠름하게 불면서 눈이 날리기 시작했다. 산은 옥으로 깎아 세운 듯하고 나무숲은 은세계銀世界로 변했다.

장비는 또 투덜댔다.

"날씨가 차서 하늘도 얼고 땅도 얼면 군사도 움직이지 아니하는 법인데 무익한 사람을 찾아 멀리 갈 까닭이 없소. 신야로 돌아가서 풍설風雪을 피하는 것만 같지 못하오."

"나는 공명한테 나의 정성스런 뜻을 알리자는 것뿐이다. 너희들이 만약 추위가 두렵거든 먼저들 돌아가거라."

"죽는 것도 두렵지 아니한데 추위쯤을 두려워하리까. 단지 형님께서 공연히 심신을 수고롭게 하시니 딱해서 하는 말씀이올시다."

"쓸데없는 잔소리 작작하고 어서 함께 가기로 하자!"

현덕은 장비를 꾸짖고 세 사람은 하늘에 가득하게 날리는 눈보라를 무릅쓰며 공명 선생의 초가집을 향하여 말을 달렸다.

이윽고 세 사람의 눈앞에는 흰 눈이 덮인 공명의 모옥茅屋이 나타났다.

길가에 술집이 있었다. 홀연 청아하게 노랫소리가 새어 나왔다.

현덕은 말을 멈추고 귀를 기울여 들어보았다.

壯士功名尙未成
嗚呼久不遇陽春
君不見東海老叟辭荊榛
後車遂與文王親

장사가 공명을 이루지 못함이여
아아 오랫동안 봄을 만나지 못한 탓이로다.
자네, 동해 바다 늙은이가 고향 떠난 일을 보지 못했나
뒤에 문왕과 더불어 친했느니.

八百諸侯不期會

白魚入舟涉孟津

牧野一戰血流杵

鷹揚偉烈冠武臣

8백 제후는 기약을 안했건만 모여들고

흰 고기 배에 들어 맹나루를 건넜네.

목야벌 한 싸움에 피는 흘러 공이가 뜨니,

매 같은 억센 장수, 호반 중 제일일세.

又不見高陽酒徒起草中

長揖芒碭隆準公

高談王霸驚人耳

輒洗延坐欽英風

또다시 고양 땅 술주정뱅이가

풀숲 속에 일어난 것 보지 못했나,

길게 읍하는 망탕산 중의 코 높은 사람일세.

고담준론 왕도 패도를 떠들어 대서 사람의 귀를 놀랐고

철세 연좌하여 영특한 풍채를 공경케 했네.

東下齊城七十二

天下無人能繼踪

兩人非際聖天子

至今誰復識英雄

동으로 제나라 72성을 함락하니
천하에 다시 뒤따를 사람이 없네.
두 사람 모두 다 성천자를 아니 만났던들
지금에 누가 그들 영웅을 알까 보냐.

노랫소리는 뚝 그쳤다.

현덕이 가만 귀를 기울여 노래 뜻을 살펴보았다. 강태공이 문왕을 만나고 관중, 악의가 뜻을 얻어 영웅호걸이 되고, 한 고조가 왕업을 일으킨 큰 사업을 소리 높여 불러 보는 장쾌한 노래였다.

한 사람의 노래가 끝나니 다른 목소리가 탁자 변죽을 울리면서 노래를 화답했다.

吾皇提劍淸寰海
創業垂基四百載
桓靈季業火德衰
奸臣賊子調鼎鼐

우리 임금 칼을 끌어 천하를 평정하여,
터를 닦아 창업한 지 4백 년,
환제, 영제 말년에 화덕이 쇠해지니
간신, 적자들 조정을 차지했다.

노랫소리는 계속되었다.

青蛇飛下御座傍
又見妖虹降玉堂
群盜四方如蟻聚
奸雄百輩皆鷹揚

푸른 뱀, 용상 아래 날아 떨어지고,
요사스런 무지개, 옥당에 꽂혔네.
뭇 도둑은 사방에 개미 떼같이 모여들고,
백 명이나 되는 간특한 영웅들
멋대로 어깨를 으스대네.

吾儕長嘯空拍手
悶來村店飮村酒
獨善其身盡日安
何須千古名不朽

우리들 길게 휘파람 불어 손바닥 치고,
답답하면 술집에 와서 술을 마시네.
몸을 착하게 가지니 온종일 평안하다.
그까짓 썩지 않는 천고의 명성,
바라서 무엇 하리.

노랫소리는 뚝 그쳤다.

두 사람이 호탕하게 껄껄 웃으며 손뼉 치는 소리가 났다.

이번 노래는 이제 세상을 노래해 읊은 것이었다.

현덕은 반드시 와룡 선생이 이곳에 있구나 생각했다.

퍼뜩 말에 내려 주점 안으로 들어섰다.

두 선비가 탁자에 의지하여 술을 마시고 앉았다.

상석에 앉은 사람은 얼굴이 희고 수염이 길게 드리워지고, 아래편에 앉은 사람은 얼굴이 고괴古怪하고 청수하게 생겼다.

현덕은 공손히 읍하고 물었다.

"두 분 중에 어느 분이 와룡 선생이십니까?"

수염 긴 사람이 현덕한테 되물었다.

"노형은 어떤 사람인데 무슨 일로 와룡을 찾으시오?"

"저는 유비라는 사람이올시다. 와룡 선생을 찾으려 하는 것은 제세안민濟世安民하는 방책을 가르쳐 주십사고 찾는 것입니다."

수염 긴 사람이 현덕의 말에 대답했다.

"우리들은 와룡이 아니라 모두 다 와룡의 친우요. 나는 영주穎州 석광원石廣元이란 사람이고 저분은 여남汝南 맹공위孟公威란 분이오."

현덕은 우선 공명이 아니라도 기뻤다.

"유비는 두 분의 높으신 성화를 우렛소리처럼 들은 지 오랩니다. 다행히 이곳에서 만나 뵙게 되니 무한 영광이올시다. 지금 마침 제가 타고 온 말이 있으니 두 분께서는 함께 와룡장臥龍莊으로 가시어 좋은 말씀을 내려 주십시오."

석광원이 현덕을 보고 대답했다.

"우리들은 산야에 묻힌 어리석고 게으른 사람들이오. 치국안민治國安民

하는 큰일을 어찌 알겠소? 수고롭게 하문下問하지 마시오. 명공께서는 혼자 와룡 선생을 찾으시오."

현덕은 하는 수 없었다.

무료하게 두 사람을 작별하고 술집에서 나와 말에 올랐다.

현덕은 술집에서 나와 관우, 장비와 함께 와룡장 앞으로 나가 문을 두드렸다.

동자가 나왔다. 현덕은 반가웠다.

"선생께서 오늘은 댁에 계시냐?"

"지금 초당草堂에서 글을 읽고 계십니다."

현덕은 기쁨을 이기지 못했다.

동자를 따라 초당 안으로 들어섰다.

중문中門에 당도하니 문에는 큼직하게 대련對聯을 써 붙였다.

현덕은 발을 멈추고 바라보았다.

淡泊以明志
寧靜以致遠

담백하게 몸을 가져 뜻을 밝히고
편안하고 고요히 하여 멀리 생각한다.

현덕이 정히 바라보고 있을 때, 홀연 노래를 부르는 청아한 목소리가 들려왔다.

현덕이 문틈으로 가만히 엿보니 초당 위에서 한 젊은이가 화로 앞에 앉아서 무릎을 끼고 노래를 부르고 있었다.

鳳翱翔於千仞兮

非梧不棲

士伏處於一方兮

非主不依

樂躬耕於隴畝兮

吾愛吾廬

聊寄傲於琴書兮

以待天時

봉황새는 천길 하늘도 날건만

오동이 아니면 날개를 드리지 아니하고

높은 선비는 한 귀퉁이에 숨어 있건만

주인이 아니면 섬기지 아니한다.

몸소 언덕에 밭 갈기를 좋아하여,

나는 내 집을 사랑한다.

애오라지 거문고와 글에 마음을 붙여서

하늘이 주는 때를 기다릴 뿐일세.

현덕은 노래가 끝나기를 기다려 초당에 올라 젊은이에게 절하고 말했다.

"저는 유비란 사람이올시다. 오랫동안 선생의 높은 풍도를 사모했으나 연이 없어 뵙지를 못했습니다. 전에 서원직徐元稙의 천거하는 말씀을 듣고 공경해서 선장仙莊에 뵈오러 왔더니 아니 계시어 만나지 못하고 부질없이 돌아갔던 것입니다. 이제 눈보라를 무릅쓰고 특별히 왔다가 높으신 도안 道顏을 뵈오니 실로 만행이올시다."

젊은이는 황망히 답례하며 말했다.

"장군은 유 예주가 아니십니까? 우리 형님을 보시려 하십니까?"

젊은이의 말을 듣는 유현덕은 깜짝 놀랐다.

"선생께서는 또 와룡이 아니십니까?"

"나는 와룡의 아우 제갈균諸葛均입니다. 못난 형제 셋이 있는데 장형님 되시는 분은 제갈근諸葛瑾이라 하는데 현재 강동江東 손중모(孫仲謀:孫權)의 막빈幕賓이 되어 있고 공명孔明은 둘째 가형家兄이십니다."

현덕은 비로소 제갈양이 아니라, 그의 아우 제갈균인 것을 알았다.

"그럼 와룡 선생은 지금 댁에 계십니까?"

"어제 최주평崔州平과 상약相約을 하신 때문에 오늘 밖으로 한유閑遊하러 나가셨습니다."

현덕은 제갈양의 아우 제갈균의 말을 듣고 다시 낙담이 되었다.

"어디로 놀러 가셨습니까?"

"글쎄올시다. 혹 강호江湖에 배를 띄워 물을 즐기시고, 혹은 승도僧道를 찾아 영상嶺上에 계시기도 하고, 어느 때는 친한 벗들을 찾아 촌락으로 가기도 하시고, 어느 때는 동부洞府에서 거문고와 바둑으로 소견하시어 왕래하시는 것을 예측할 수 없습니다. 오늘 어디 계신지 모르겠습니다."

제갈균의 대답을 듣는 유비는 망연히 넋을 잃고 탄식하여 말했다.

"유비는 참으로 연분이 박한 사람이올시다. 두 번씩이나 찾아와도 대현大賢을 만나 뵙지 못합니다그려."

제갈균은 민망한 듯한 얼굴빛으로 현덕을 향하여 말했다.

"잠깐 앉아 계십시오. 차나 한 잔 드리오리다."

뜰아래서 듣고 섰던 장비는 화가 치밀어 올랐다.

"주인이 없다 하는데 앉아 무얼 하시오? 형님, 빨리 일어나시오. 말 타고 갑시다."

"여기까지 왔는데 어찌 한 말씀도 아니하고 그대로 가겠느냐?"

현덕은 장비를 꾸짖고 다시 제갈균한테 물었다.

"영형令兄되시는 제갈 선생은 육도삼략六韜三略[6]의 병서를 무불통지하시어 날마다 병서를 읽으신다 하니 그렇습니까?"

"모르겠습니다."

제갈균은 냉랭히 대답했다.

장비는 또 소리를 버럭 질러 떠들었다.

"쓸데없이 그 사람한테 물어보면 무얼 하오. 눈보라가 심하오. 어서 빨리 돌아갑시다."

"왜 이리 잔소리냐!"

현덕은 장비를 꾸짖었다.

제갈균이 말했다.

"가형이 집에 없어, 더 계시라고 여쭙지 못합니다. 가형 돌아오는 대로 말씀해서 쉬 회례回禮해 찾아가 뵙도록 하겠습니다."

"천만의 말씀이오. 어찌 감히 선생께서 왕가枉駕하시기를 바라겠습니까? 수일 후에 제가 다시 뵈러 오겠소이다. 그리고 지필묵을 잠깐 빌려 주시면 우선 두어 자 적어서 이 사람 유비의 은근한 정성을 영형께 전하도록 하겠습니다."

---

6) 육도삼략 : 육도六韜는 주周 문왕文王의 왕사王師, 강태공姜太公이 지은 병서兵書로 6권의 책으로 되어 있다. 『문도文韜』, 『무도武韜』, 『용도龍韜』, 『호도虎韜』, 『표도豹韜』, 『견도犬韜』의 육도六韜다. 삼략三略은 역시 병서兵書로, 황석공黃石公이 지은 3권의 책이다. 황석공이 장량張良에게 준 병서兵書라 하나 고증이 확실하지 못하다. 후인後人의 의탁依託한 바라 한다. 명나라 때 유인劉寅이 지은 『삼략직해三略直解』 3권이 있다.

제갈균은 문방사보文房四寶[7]를 내놓았다.

현덕은 얼어붙은 붓촉을 입김으로 녹여서 운전지雲箋紙[8]를 펼쳐 놓고 글을 썼다.

備 久慕高名 兩次晋謁 不遇空回 惆悵何似 竊念 備 漢朝苗裔 濫叨名爵 伏覩 朝廷陵替 綱紀崩摧 群雄亂國 惡黨欺君 備 心膽俱裂 雖有匡濟之誠 實乏經綸 之策 仰望先生 仁慈忠義 慨然 展 呂望之大才 施 子房之鴻略 天下幸甚 社稷 幸甚 先此布達 再容齋戒薰沐 特拜尊顔 面傾鄙悃 統希原鑒.

유비, 오랫동안 높으신 이름을 사모하여 두 차례나 뵈러 왔다가 만나 뵙지 못하고 그대로 돌아가니 슬픈 마음 어떠하오리까. 가만히 생각하오면 유비는 한조의 후예로서 외람되이 벼슬을 받았습니다. 엎드려 생각하니 조정은 약하게 바뀌고 기강은 무너져 꺾여졌습니다. 자칭 뭇 영웅들은 나라를 어지럽게 하였고 악한 무리는 임금을 속였습니다. 유비는 마음과 쓸개가 함께 찢어지는 듯하오이다. 비록 널리 구해 보고 싶은 정성은 간절하오나 실상인즉 경륜하는 방책을 세우지 못했습니다. 우러러 바라는 바는 선생께서는 인자하시고 충의로우시니 개연히 여망呂望의 큰 포부와 자방子房의 큰 책략을 베풀어 주신다면 천하天下의 다행이요, 사직社稷의 다행이겠습니다. 우선 충정을 펴서 아룁니다. 다시 목욕재계하고 오겠습니다. 특히 존안尊顔을 대하게 해 주십시오. 뵈옵고 정성을 올리겠습니다. 살피시기 바랍니다.

---

7) 문방사보 : 종이, 붓, 먹, 벼루의 네가지 문방구. 문방사우文房四友라고도 함.
8) 운전지 : 구름 무늬를 그린 종이.

현덕은 쓰기를 다한 후에 제갈균에게 전하고 작별 인사를 했다. 제갈균은 현덕을 문 밖까지 보내면서 두 번 세 번 은근한 뜻을 표했다.

현덕이 말에 오르려 할 때, 홀연 동자가 울타리 밖으로 손짓하며 큰소리로 외쳤다.

"노老 선생先生님이 오시는군."

노 선생이란 말에 현덕이 고개를 번쩍 들어 바라보니 시내에 걸쳐 놓인 굽은 다리 서편에서 한 사람이 머리에 난모煖帽 쓰고 몸을 호구狐裘로 가리고 나귀를 타고 오는데, 푸른 옷을 입은 청의동자靑衣童子가 호로주葫蘆酒를 들고 나귀 뒤를 따랐다.

나귀 탄 사람은 허옇게 쌓인 눈을 밟으며 다리로 건너오다가 문득 시 한 수를 가락 높게 읊었다.

一夜北風寒　萬里彤雲厚
長空雪亂飄　改盡江山舊
仰面觀太虛　疑是玉龍鬪
紛紛鱗甲飛　頃刻遍宇宙
騎驢過小橋　獨嘆梅花瘦

하룻밤 사이 북풍은 싸늘하고
장공 만리엔 붉은 구름 두텁다.
하늘에 눈이 어지럽게 나니
강산은 옛 빛이 아니로구나.
낯 들어 태허를 바라보니
굼틀굼틀 옥룡이 어우러져 싸우는 듯하고

옥 비늘 떨어지듯 어지럽게 날아
삽시간 우주에 가득하다.
나귀 타고 다리로 지나며
혼자 매화 야월까 탄식한다.

현덕은 귀 기울여 노랫소리를 듣자 혼잣말했다.

"이분이 진짜 와룡이로구나!"

미끄러지듯 말에 내려 앞에 가서 예를 하고 말했다.

"선생께서는 이 추위에 어디를 갔다 오십니까? 유비가 기다려 문후한 지 오랩니다."

나귀 탄 사람은 황망히 내려 답례했다.

이때 문 밖까지 전송을 나갔던 제갈균이 유비의 등 뒤에 있다가 말했다.

"그분은 와룡 형님이 아니라 형님의 장인이신 황승언黃承彦 선생이십니다."

현덕은 동자가 노 선생이라 하는 바람에 제갈양으로 알고 깜짝 속았던 것이었다. 현덕은 황승언한테 말을 붙였다.

"아까 읊으시던 시는 극히 높고 절묘한 시입니다."

현덕이 황승언을 향하여 시의 품격이 높고 묘하다는 칭찬을 하니 승언이 대답했다.

"노부가 사위집에서 항상 양부음梁父吟 읽는 시음을 들어서 시체詩體를 대강 짐작하게 되었습니다. 마침 다리로 지나다가 울타리 사이에 매화꽃이 떨어진 것을 본 고로 우연히 감동이 되어 시를 읊어 본 것뿐입니다. 뜻밖에 높은 손님께서 들으셨으니 부끄럽기 한량없습니다."

승언의 말이 채 떨어지기 전에 현덕이 뒤미처 물었다.

"사위님을 혹시 만나셨습니까?"

"지금 이 사람도 사위를 만나 보러 오는 길입니다."

현덕은 하는 수 없었다.

제갈양의 장인 황승언을 작별한 후에 다시 말을 타고 와룡강臥龍岡으로 향해 나갔다. 그러나 더 나갈 수가 없었다.

바람은 점점 더 강하게 불고 눈보라는 지둥 치듯 하늘땅을 휩쓸었다. 앞이 캄캄해서 지척을 분간할 수 없었다.

현덕은 멀리 와룡강을 바라보고 더 나가지 못했다. 마음이 답답했다. 그러나 하는 수 없었다. 다시 관우와 장비와 함께 신야로 돌아갔다.

一天風雲訪賢良

不遇空回意感傷

凍合溪橋山石滑

寒侵鞍馬路途長

當頭片片梨花落

撲面紛紛柳絮狂

回首停鞭遙望處

爛銀堆滿臥龍岡

눈바람 하늘 속에 어진 이를 찾다 가네.

못 만나고 돌아서니 가슴 사뭇 애운타.

시내와 다리 얼부풀어 산돌은 미끄럽고,

찬 기운 말안장에 스며들어

길이 멀구나.

머리엔 조각조각 이화 꽃이 떨어지고,
얼굴엔 어지럽게 버들개지 난다.
채찍 들고 고개 돌려 멀리 바라보니
와룡강은 어느덧 은세계가 되었구려.

현덕이 신야新野로 돌아온 후에 세월은 빨라서 어느덧 해가 바뀌고 또다시 새봄을 맞이하게 되었다.

현덕은 점치는 복자卜者에게 명하여 양신良辰 길일吉日을 택하게 한 후에 목욕재계沐浴齋戒하여 3일 정성을 드린 후에 새 옷 갈아입고 다시 와룡강을 향하여 공명을 뵈러 나가려 했다.

관공과 장비는 이 소문을 듣고 마음에 좋지 않게 생각했다. 일제히 현덕한테 들어가 간하였다.

"형님께서 두 번씩이나 친히 공명孔明을 찾아가셨는데도 그는 만나지 아니하니 공명은 너무나 무례한 사람입니다. 생각컨대 저 사람은 헛된 이름만 있고 실학實學이 없는 고로 그같이 피하고 감히 만나지 못하는 것이 올시다. 형님께서는 왜 그리 그 사람에게 혹惑하셨습니까?"

관공이 반대했다.

"그렇지 아니하다. 옛적에 제齊 환공桓公은 동곽東郭의 야인野人을 만나는데도 다섯 번 찾아가서 겨우 한 번 만났다 하지 않는가. 더구나 나는 큰 선비를 보러 가는 것이 아닌가?"

현덕이 관공을 타일렀다.

옆에 있던 장비가 큰소리로 말했다.

"형님 말씀이 틀리시오. 그까짓 촌부村夫가 무슨 놈의 어진 선비란 말씀이오. 이번에는 형님께서 가시지 마시고 사람을 보내서 불러오게 합시다.

만약 오지 않거든 내가 삼밧줄을 가지고 가서 결박 지어 묶어 오리다."

현덕은 장비를 꾸짖었다.

"너는 주周 문왕文王이 강태공姜太公을 뵈러 가던 이야기를 못 들었느냐? 문왕 같은 성군聖君으로도 이같이 어진 분을 대접했는데 네가 어찌 그리 무례하냐? 너는 이번에 오지 말아라! 나는 운장과 함께 가리라."

"두 분 형님께서 가시는데 내가 어찌 떨어져서 이곳에 있겠소? 나도 가겠소이다."

장비는 돌연 가겠다고 청했다.

"네가 만일 갔다가 실례를 한다면 큰일이다. 조심할 테냐?"

현덕은 장비를 향하여 다짐했다.

"예, 조심하오리다."

장비는 기운이 푹 수그러졌다.

세 사람은 일제히 말 타고 종자를 거느려 융중隆中으로 향해 나갔다.

제갈양의 초려草廬가 차츰 가깝게 되었다. 반리半里밖에 남지 아니했다.

현덕은 문득 말에 내려 걸어갔다. 관공, 장비도 걸었다.

얼마 아니 가서 제갈균諸葛均을 만났다.

현덕은 황망히 인사하고 물었다.

"영형令兄께서 오늘은 댁에 계십니까?"

"어제 저물 때 늦게 돌아오셨습니다. 아마 오늘은 장군께서 만나 보실 듯합니다."

제갈균은 말을 마치자 나는 듯이 가 버렸다.

현덕은 제갈균을 보내 놓고 혼잣말했다.

"이번엔 요행으로 선생을 만나 보게 되나 보다."

장비가 또다시 퉁명스럽게 말했다.

"제갈균인가 하는 자도 무례한 자입니다. 우리들을 제 형의 집으로 인도하지 아니하고 저 혼자 가 버리니 괘씸합니다."

"그 사람도 볼일이 있을 것 아니냐? 과히 나무랄 것 없느니라."

현덕은 또 장비를 타이르고 초려 문 앞에 당도하여 문을 두드렸다.

종자가 열고 물었다.

"누구시지요?"

고개를 갸우뚱하고 까만 눈동자를 반짝였다.

"선동仙童을 너무나 수고시키는구나. 들어가서 유비가 뵈러 왔다고 선생께 여쭈어라."

"오늘 선생님께서 댁에 계시기는 하십니다마는 지금 초당에서 막 낮잠을 주무시고 계십니다."

"그렇다면 아직 여쭙지 않는 것이 좋겠다."

현덕은 동자한테 말한 후에,

"자네들은 문 앞에서 기다리고 있게."

관공, 장비한테 분부하고 천천히 걸어 뜰 안으로 들어갔다.

현덕이 고개를 들어 보니 선생은 초당 침석 위에 낮잠이 한참이었다.

현덕은 두 손을 마주 잡고 뜰아래 서서 선생의 낮잠이 깨기만 기다렸다.

현덕이 뜰에 서서 기다린 지 반나절이 넘었건만 공명孔明은 아직도 잠이 깨지 아니했다.

관공과 장비는 문 밖에서 오랫동안 기다리고 있으나 아무 동정이 없었다. 장비가 가만히 들어가 보니 현덕은 아직도 뜰아래 두 손길을 마주 잡고 시립해 서서 공명의 잠 깨기만 기다렸다.

장비는 부아가 터졌다. 운장한테 말했다.

"저 선생이란 자는 어찌 그리 무례하고 오만하오. 형님은 그래 뜰아래 시립해 섰고 저 자는 높이 누워서 잠자고 일어나지 아니하니 도대체 이같이 사람을 대접하는 법이 세상 천하에 어디 있단 말씀이오. 나는 집 뒤로 돌아가서 집에 불을 질러서 저 자가 일어나나 아니 일어나나 구경을 좀 해 봐야 하겠소."

"아서게나. 불을 질러서야 쓰겠나. 그만두게."

관운장은 두 번 세 번 만류했다.

두 사람의 지껄대는 소리가 현덕의 귀로 들어갔다.

현덕은 고개를 돌려 운장과 장비한테 눈짓하며 말했다.

"왜 이리들 떠드는가? 문 밖으로 나가들 있게."

조용히 타일러 분부를 내린 후에 다시 손길을 잡고 당상을 바라보며 기다리고 섰다.

이때 공명은 홀연 몸을 번득여서 하품하며 일어날 듯하더니 다시 몸을 편안히 하여 잠이 들어 버렸다.

동자가 알리려 하니 현덕은 급히 손을 저어 만류했다.

또다시 한식경이 지났다.

공명이 비로소 잠이 깨어 눈을 뜨기 시작했다.

천천히 기지개를 켜면서 자리에 누운 채 소리 높이 시를 읊었다.

大夢誰先覺

平生我自知

草堂春睡足

窓外日遲遲

큰 꿈을 누가 먼저 깨닫느냐,

평생을 내 스스로 아는 것을.

초당엔 봄꿈이 흡족하다.

창 밖에 햇빛은 더디구 더디구나.

공명은 읊기를 다한 다음 몸을 뒤쳐 동자에게 물었다.

"누가 왔느냐? 속객俗客이 온 것 같구나."

동자가 대답했다.

"유 황숙이 밖에서 기다리신 지 오래십니다."

공명은 천천히 자리에서 일어나면서 동자에게 말했다.

"왜 진작 알리지 아니했느냐?"

밖에서 공명의 말을 듣는 현덕은 감격했다. 어찌할지 몰랐다.

그러나 공명은 옷을 갈아입고 다시 후당後堂으로 들어가 반나절이 된 후에 비로소 의관을 정제하고 나왔다.

현덕이 공명을 바라보니 신장은 8척인데 얼굴은 관옥冠玉 같고 머리엔 윤건綸巾 쓰고 몸에는 학창의鶴氅衣를 입었는데 하늘로 나는 표연한 신선의 자세였다.

현덕은 비로소 초당에 올라 절하고 말했다.

"한실의 말주末胄인 탁군涿郡의 어리석은 자가 오랫동안 선생의 크신 이름을 우레같이 들었습니다. 지난번에 두 번이나 뵈러 왔다가 한 번도 뵙지 못하고 지극한 정성을 글발로 써 올리고 갔습니다. 혹시 살피어 보셨는지요?"

공명이 대답했다.

"남양南陽 야인野人이 소루하고 게으른 것이 버릇이 되어 여러 번 장군께서 왕림枉臨해 오신 것을 맞이하지 못했으니 괴란하기 짝이 없소이다."

두 사람은 첫인사를 마친 후에 자리를 정돈해 앉았다. 동자가 차를 올렸다.

두 사람은 차 마시기를 다한 후에 공명이 천천히 입을 열어 말했다.

"지난번에 장군께서 써 놓고 가신 글 뜻은 알았소이다. 족히 장군의 백성을 근심하시고 나라를 걱정하시는 마음을 짐작하겠습니다마는 이 제갈양의 나이는 어리고 재주가 소루하니 하문하시는데 마땅치 않을까 두렵습니다."

공명의 말이 떨어지자 현덕이 얼른 대답했다.

"사마덕조(司馬德操:司馬徽)의 말과 서원직(徐元稙:徐庶)의 말이 어찌 허담虛談이겠습니까. 선생께서는 비천한 사람을 버리지 마시고 곡진曲盡히 가르쳐 주시기를 바랍니다."

공명은 미소하며 대답했다.

"사마덕조와 서원직은 실로 일세一世의 높은 선비올시다. 양亮 같은 사람은 한낱 밭 가는 농부올시다. 어찌 감히 천하사天下事를 담론談論하오리까. 두 사람이 잘못 천거했습니다. 장군께서는 어찌해서 아름다운 옥을 버리시고 못나디 못난 돌덩이를 구하려 하십니까?"

현덕이 옷깃을 바로잡고 대답했다.

"대장부가 세상을 평정시킬 큰 재주를 품고 어찌 임천林泉 아래 그대로 늙을 수야 있겠습니까? 선생께서는 천하의 창생蒼生을 생각하시어 유비의 어리석고 노둔한 점을 깨우쳐 주시기 바랍니다."

현덕이 간곡하게 부탁했다. 공명은 드높게 껄껄 웃었다.

"원컨대 장군의 뜻을 말씀해 보십시오."

현덕은 자리를 밀어 공명의 앞으로 바싹 다가앉으며 말했다.

"한실漢室은 쓰러지고 간신들은 제각기 나라를 뺏으려 합니다. 유비, 힘을 헤아리지 아니하고 대의를 천하에 펴 보려 하나 지혜와 술책이 얕고 짧아서 지금까지 성취한 일이 하나도 없습니다. 선생께서는 유비의 어리석은 점을 열어 주시고 액厄이 되는 일을 건져 주신다면 실로 천만다행이겠습니다."

공명은 현덕의 말을 듣자 천천히 입을 열었다.

"동탁이 역적이 되어 나라를 어지럽게 한 후로 천하의 호걸들이 와짝 일어났습니다. 조조의 형세가 원소에 미치지 못했으나 마침내는 원소를 이겼으니, 이것은 천시天時만이 아니라 또한 사람이 지혜를 잘 쓴 인모人謀로 성공이 된 것입니다. 지금 조조는 백만 대병을 껴안아 협천자挾天子이령제후以令諸侯를 하고 있습니다. 실로 칼날을 다루기 어렵소이다. 그리고 강동 손권은 강동 일대에 삼대를 내려오면서 땅이 험하고 백성이 붙좇으니 손권하고는 친히 하여 구원을 청할지언정 그를 도모할 수는 없습니다. 한편 형주荊州는 북으로 한수漢水, 면수沔水를 껴안아 남해南海에 이로움이 많고 동으로 오회吳會와 연하고 서로는 파촉巴蜀과 통했으니 이는 한번 용무用武할 땅입니다. 그 주인이 아니면 능히 그 땅을 지키지 못할 것입니다. 이곳은 하늘이 장군께 드리는 것입니다. 장군께서는 뜻이 계십니까?"

제갈공명諸葛孔明은 가을 물결같이 맑고 깨끗한 총명한 눈을 들어 현덕을 바라보았다.

현덕은 고요히 고개를 숙여 듣고 있었다.

공명은 계속해서 말했다.

"그리고 익주는 천험天險의 요새올시다. 기름진 들이 천 리에 뻗어 있는 천부금탕天府金湯의 땅입니다. 고조高祖께서도 이 땅에 의지하여 제업帝業을 이루셨던 것입니다. 지금 지키고 있는 유장劉璋이란 사람은 너무나 암약闇弱해서 백성은 많고 땅은 풍성하건만 어루만져 다스리지 못합니다. 이러므로 지혜 있고 능한 신하들은 밝은 주인이 나타나기를 고대하고 있습니다. 장군께서는 한실의 종친으로, 신의가 사해四海에 혁혁하시어 영웅호걸 중의 제일인자가 되셨습니다. 익주 사람들은 장군 생각하기를 목마른 자가 물을 생각하듯 하고 있습니다. 장군께서 만약 형주와 익주에 걸터앉으시어 그 험한 것을 지키시고 서편으로 융戎과 화친하고 남으로 이·월夷越을 무마하고 밖으로 손권과 결탁한 후에, 안으로 밝은 정사를 다스리다가 천하가 변할 때 상장上將에게 명하여 형주의 군사를 몰아 완락宛洛으로 행하게 하시고, 장군께서는 친히 익주益州의 군사를 거느려 진주秦州로 나가신다면 백성들은 단사호장簞食壺漿으로 장군을 맞지 아니할 사람이 없을 것입니다. 실로 이같이 하신다면 큰일을 성공하시고 한실을 중흥시키실 것입니다. 지금 말씀 드린 말은 이 사람, 양이 장군을 위하여 꾀를 드리는 것입니다. 장군께서는 한번 도모해 보십시오."

공명은 말을 끝내자 동자를 불렀다.

"너 서고書庫에 들어가 서천西川 지도地圖를 내오너라."

이윽고 동자는 지도 한 폭을 받들어 나왔다.

"벽에 걸어라."

동자는 중당中堂에 지도를 걸었다.

공명은 손으로 지도를 가리키며 현덕한테 말했다.

"이 지도는 서천西川 오십사 주州의 그림입니다. 장군께서 패업覇業을 이룩하시려면 북으로는 조조曹操한테 양보하시어 천시天時를 차지하게 하시고, 남으로는 손권孫權한테 양보하시어 지리地利를 차지하게 하시고, 장군께서는 인화人和를 차지하시어 먼저 형주荊州를 취하여 집(家)을 삼으시고, 다음 서천西川을 취하시어 기업基業을 세우셔서서 솥발(鼎足)같이 형세를 이룬 연후에 비로소 중원中原을 도모하실 수 있을 것입니다."

현덕은 공명의 말을 듣자 손길을 잡고 자리를 피하여 사례하며 대답했다.

"선생의 말씀은 탁 막힌 유비의 가슴을 풀어 주시어 활짝 구름과 안개를 헤치고 푸른 하늘을 바라보는 듯 시원하오이다. 다만 형주荊州 유표劉表와 익주益州 유장劉璋은 모두 다 나와 함께 한실의 종친宗親입니다. 비備가 어찌 차마 앗겠습니까?"

공명이 현덕을 바라보며 말했다.

"양亮이 어젯밤에 천상天象을 보니 유표는 오래지 아니해서 세상을 떠날 사람이요, 유장은 창업할 사람이 아닙니다. 미구불원 형주와 익주는 장군한테로 돌아갈 것입니다."

현덕은 공명의 말을 듣자 머리를 조아려 절하며 사례했다.

공명의 청산유수靑山流水 물 흐르듯 말하는 한자리 담화談話는 아직 모려茅廬에서 나오지 아니했건만 벌써 천하가 삼분三分될 것을 알고 한 소리였다. 실로 만고萬古에 다른 사람이 미치지 못할 높은 식견이었다.

豫州當日　嘆孤窮

何幸南陽有臥龍

欲識他年分鼎處

先生笑指畵圖中

유예주 당일에

의롭고 궁진함을 탄식하더니

다행히 남양 땅에 와룡 선생이 있었네.

다른 날 천하가
솥발같이 나뉠 줄,
누가 뜻이나 먹었으랴.
선생은 벌써 웃으며
손으로 그림을 가리켰네.

현덕은 다시 공명에게 절하고 청했다.

"유비, 비록 이름이 미미하고 덕이 엷으나마 선생께서는 더럽고 천하다 버리지 마시고 산에 내려 도와주신다면 유비는 마땅히 팔짱 끼고 공손히 밝으신 가르침을 받자옵겠습니다."

현덕의 간곡하게 청하는 말이 떨어지니 공명은 미소하며 대답했다.

"양亮은 오랫동안 호미를 들고 밭을 가는 것으로 낙을 삼았습니다. 세상에 나갈 맘은 돈연히 없습니다. 삼가 명을 받들지 못하겠습니다."

제갈양의 거부하는 말을 듣자 현덕은 맘이 타는 듯했다. 현덕은 울면서 말했다.

"선생께서 나오시지 아니하신다면 억조창생은 어찌합니까?"

현덕의 눈에서는 눈물이 뚝뚝 떨어져 옷깃과 소매를 적셨다.

공명은 진심으로 울어 두 번 세 번 간청하는 현덕의 모습을 보자 마음이 슬며시 움직였다.

"장군이 끝끝내 나를 믿어 버리지 아니하신다면 견마의 수고로움을 본받겠습니다."

공명은 비로소 도와준다는 허락을 내렸다.

현덕의 기쁨은 말할 나위가 없었다. 밖에 있는 관공, 장비를 불렀다.

"선생께 바칠 예물을 가져오너라."

관공과 장비는 준비해 가지고 왔던 금백金帛 예물을 현덕에게 올렸다.

현덕은 예물을 받들어 공명한테 올렸다.

"변변치 못한 예물이올시다. 거두어 주시기 바랍니다."

공명은 사양하고 받지 아니했다. 현덕은 다시 간곡하게 말했다.

"이 물건은 대현大賢을 초빙하는 예물이 아니올시다. 다만 유비의 마디만 한 촌심寸心을 표하는 것뿐이올시다."

공명은 비로소 현덕의 보내는 예물을 받았다.

이날 날이 저무니 현덕의 일행은 남양 초당에서 주인과 함께 하룻밤을 지냈다.

다음 날 와룡 선생은 아우가 돌아오니 제갈균에게 분부했다.

"나는 유劉 황숙皇叔의 삼고초려三顧草廬하는 돌봄을 받았으니 불가불 아니 나갈 수 없다. 너는 이곳에 농사지어 전장을 잘 가꾸어라. 나는 성공하는 날, 곧 돌아오리라."

제갈균은 공손히 형님의 분부를 받았다.

장강의 급한 전운

현덕 등 세 사람은 제갈균을 작별한 후에 공명과 함께 신야로 돌아갔다.
시인은 제갈양의 몸 가지는 갸륵한 처신에 감탄하여 시 한 수를 지었다.

身未升騰思退步
功成應憶去時言
只因先主丁寧後
星落秋風五丈原

몸이 아직 오르기 전에 물러갈 일을 생각하네.
공업을 이룬 날, 응당 가실 때 말씀 기억하리.
선주께서 정녕히 부탁하신 후,
별은 가을바람 오장원에 떨어지네.

현덕은 공명과 함께 신야로 돌아간 후에 대접하기를 스승으로 했다.
먹으면 상을 같이하고 잘 때는 자리를 함께했다.
밤과 낮으로 천하일을 의논했다.
공명은 현덕한테 말했다.
"조조가 기주에 현무지玄武池를 파고 수군水軍을 조련시키니 반드시 강남을 침범할 의사가 있는 것이 분명합니다. 가만히 사람을 보내서 허실虛實을 탐지하는 것이 좋겠습니다."

현덕은 공명의 말을 듣고 곧 사람을 강동江東으로 보내서 소식을 듣기로 했다.

이때 강동 손권은 그 형 손책孫策이 비명횡사하여 죽은 후에 강동에 웅거하여 부형의 기업基業을 이어 널리 어진 선비를 초빙하고 빈관賓館을 오회吳會에 설치한 후에 고옹顧雍, 장굉張紘에게 명하여 사방의 높은 선비들을 영접해 들이라 하니 해를 연하여 어진 이들은 끊일 사이 없이 구름같이 모여들었다.

회계會稽 땅에 사는 감택闞澤, 팽성 땅에 사는 엄준嚴峻, 패현沛縣에 사는 설종薛綜, 여남에 사는 정병程秉, 오군吳郡의 주환朱桓, 같은 고을의 육적陸績, 오 땅 사람(吳人) 장온張溫, 회계會稽의 능통凌統, 오정烏程의 오찬吳粲은 모두 다 글 잘하고 슬기 많은 선비들이었다.

여양汝陽 땅의 여몽呂蒙, 오군吳郡의 육손陸遜, 낭야琅琊의 서성徐盛, 동군東郡의 반장潘璋, 여강廬江의 정봉丁奉은 모두 다 용명이 절륜한 명장들이었다.

손권은 문무의 모든 사람을 예로써 경대하여 서로 도와 나가니 이로 인하여 강동 손권은 가장 사람을 많이 얻었다.

건안 7년의 일이었다. 조조는 원소를 파한 후에 황제의 명을 받들어 사신을 강동에 보내서 손권에게 아들을 제도帝都로 보내서 수가隨駕 입조入朝하라는 명을 내렸다.

손권은 망설이고 결정을 못했다.

손권의 어머니 오태吳太 부인夫人은 주유周瑜와 장소張昭를 불러 친히 물었다.

"조조가 손자 아이를 입조入朝시키라 하니 어찌하면 좋겠는가?"

장소가 대답했다.

"조조가 공자公子를 입조하라 하는 것은 공자를 볼모로 하여 제후를 견제하자는 것입니다. 만약 보내지 아니하면 군사를 일으켜 강동으로 내려올 테니 위태로운 일입니다."

장소의 말이 끝나니 주유가 대답했다.

"저의 의견에는 공자를 보낼 필요가 없다고 생각합니다. 장군께서는 부형의 여업餘業을 계승하시어 여섯 고을의 많은 백성을 거느리시니 군사는 강하고 양식은 풍부합니다. 장수들에게 한번 명을 내리시면 백전백승할 터인데 무슨 까닭에 조조한테 핍박을 받아 볼모를 보낼 필요가 있습니까? 한번 공자를 볼모로 보낸 후에는 조조의 명령에 거역할 도리가 없고 저가 명소命召한다면 부득불 가지 아니할 수 없습니다. 이리된다면 그한테 제어함을 받는 것이니 공자를 보내지 아니하는 것만 같지 못합니다. 천천히 변하는 것을 보아서 별로 양책良策을 정하여 방어하는 것이 좋을 듯합니다."

"공근公瑾의 말이 옳다."

오태 부인은 단연코 판단을 내렸다. 공근은 주유의 자였다.

손권은 주유의 말대로 조조의 사신을 그대로 돌려보내고 아들을 보내지 아니했다.

이후로부터 조조는 더한층 강남을 도모할 의사가 굳어졌다. 그러나 북방이 아직 평안치 아니하므로 남정南征할 겨를이 없었다.

건안 8년 11월에 손권은 군사를 거느리고 조조의 장수 황조黃祖를 대강大江에서 공격하니 황조의 군사는 크게 패했다.

손권의 부장 능조凌操는 경주輕舟를 저어 하구로 돌격해 들어가다가 황조의 부장 감녕이 쏘는 한 대 화살을 맞아 죽어 버렸다.

능조의 아들 능통은 나이 겨우 15세밖에 아니 된 소년이언만 아버지를 따라 종군했다가 이 참변을 당했다.

감연히 적진으로 뛰어 들어가 아버지의 시체를 앗아 가지고 돌아왔다.

손권은 전세가 불리하자 군사를 거두어 다시 동오東吳로 돌아왔다.

이때 손권의 아우 손익孫翊은 단양丹陽 태수太守로 있었다.

성정이 강한데다가 술을 좋아하고 취하기만 하면 주사가 있어서 군사를 때려 주기 좋아했다.

단양丹陽 독장督將 규람嬀覽과 군승郡丞 대원戴員은 항상 익을 죽일 마음을 먹고 있다가 마침내 익의 시자 변홍邊洪과 심복이 된 후에 익을 죽일 것을 공모했다.

때마침 모든 장수와 현령縣令들은 단양에 모이어 연회를 베풀고 있었다.

손익의 아내 서徐 씨氏는 아름답고 슬기로운 가운데 점을 잘 쳤다.

이날 서 씨 부인이 점을 쳐서 한 괘卦를 얻으니 상이 대단히 좋지 아니했다.

"오늘 연회에 나가지 마십시오. 괘가 좋지 아니합니다. 집에서 조심하시는 것이 좋겠습니다."

아내 서 씨는 남편 익에게 권했다.

"별소리를 다하는구려. 사람들을 청해 놓고 아니 나갈 수 있소."

손익은 아내의 말을 듣지 아니하고 연회에 나가 온종일 놀다가 저녁때야 파하게 되었다.

시자 변홍邊洪은 손익을 부축하여 문으로 나오는 체하다 번득 칼을 빼어 손익의 목을 찔렀다.

규람과 대원은 공모하고 손익을 죽였으나 시치미 떼고 죄를 변홍한테 돌려서 저자에 참해 버렸다.

규람과 대원 두 악인은 손익의 가산과 시첩을 앗은 후에 규람은 다시 손익의 아내 서 씨의 아름다운 자색姿色을 보자 음탕한 마음이 일어났다.

한밤중에 서 씨의 침실로 뛰어들어 칼을 빼어 들고 위협했다.

"나는 너의 남편을 위하여 살인범 변홍을 죽여서 원수를 갚아 주었다. 너는 당연히 나를 좇아야 할 것이다. 말을 아니 들으면 죽이리라."

서 씨는 총명 영리했다. 아름다운 얼굴에 시름하는 한을 머금고 나직하게 대답했다.

"지아비가 비명횡사해 죽은 지 불과 며칠이 아니 됩니다. 당신을 사모하는 마음 간절하오나 외문이 사나워 차마 몸을 허락하기 어렵습니다. 그믐께가 되어 졸곡卒哭 날이나 되거든 제사를 마친 후에 제복除服하고 성친成親을 해도 늦지 않을까 합니다."

규람이란 자는 불같은 욕심이 치밀었으나 여자의 마음을 강제로 뺏는 것도 불가하다고 생각했다.

"그럼 꼭 졸곡 때 만나기로 하자."

칼을 들고 밖으로 나섰다.

이튿날 서 씨는 남편의 심복인 손고孫高와 부영傅嬰 두 장수를 비밀히 청했다.

"선부先夫께서 살아 계실 때 항상 두 분의 충의忠義를 말씀하셨습니다. 지금 규가와 대가 두 놈이 선부를 죽여 놓고 죄를 변홍한테만 뒤집어씌운 후에 우리 집 재산과 비자를 모조리 나눠 갔습니다. 그러고도 부족해서 규가란 놈은 제 몸을 강점하려 합니다. 첩은 거짓 허락하는 체해서 안심을 하도록 만들어 놓았습니다. 그러나 앞의 일이 어찌 될지 모르겠습니다. 두 분 장군께서는 밤을 도와 사람을 시아주버니께로 보내시어 이 일을 알려 드리고, 한편으로는 계책을 정하시어 두 놈을 도모하여 원수를 갚아 주신다면 죽으나 사나 두 분 은혜를 잊지 아니하겠습니다."

서 씨는 눈물을 머금고 두 번 절하여 하소연하였다.

손고와 부영도 눈물을 머금고 대답했다.

"저희들은 평일에 사또의 은혜를 많이 입은 자올시다. 오늘날 저희들이 변란을 당하고도 곧 죽지 아니한 것은 원수를 갚자는 생각입니다. 어찌 감히 부인의 명을 듣지 아니하겠습니까?"

두 사람은 곧 자리에서 일어나 밖으로 나간 후 심복 사자를 손권한테로 보냈다.

한편 서 씨는 그믐날이 되자 손고와 부형을 밀실密室 장막 속에 숨겨 둔 후에 제사상을 당상에 배설하고 제사가 끝나자 상복을 벗어 제복한 후에 목욕하고 향유香油 바르고 진하게 화장한 후에 좋은 듯 기쁜 듯 웃으며 돌아다녔다.

규람이란 자는 서 씨의 동정을 살피자 무한 기뻤다.

밤이 깊자 서 씨는 시비를 보내서 규람을 청했다.

"아씨께서 신방을 치르시자고 청좌를 보내십니다."

규람은 신명이 났다. 시비를 따라 안으로 들어갔다.

서 씨는 얼굴에 가득 웃음을 머금고 당에 내려 규람을 맞이했다.

"어서 오르십시오."

옥 소반에 구슬을 굴리는 듯한 서 씨의 맑고 깨끗한 음성은 해당화 꽃 같은 아름다운 자태와 함께 규람嬀覽의 욕화慾火 가득한 넋을 사르고야 말았다.

규람은 서 씨에게 부축되어 당에 오르니 당 안에는 소반에 가득 진수성찬이 벌여 있었다.

서 씨는 규람을 상석에 앉힌 후에 황금 술잔에 술을 가득 부어 권했다.

"오늘은 장군과 첩이 혼인하는 첫날밤이올시다. 합환주合歡酒를 드셔야 합니다."

밖에서부터 얼근하게 취해 들어온 규람은 서 씨의 아름다운 자태에 도취되지 아니할 수 없었다.

"합환주라면 부인도 자셔야지."

"마시고 주시면 첩도 사양 않고 마시겠습니다. 합환주는 삼삼 구三三九 세 번씩 석 잔을 마시어서 아홉 번을 들어야 잘 산다 합니다. 그래야만 의초가 좋다 합니다."

서 씨는 벙글벙글 웃으며 교태를 지어 재깔댔다.

"아홉 잔 아니라 아흔 잔이라도 마시어 봅시다. 오늘같이 좋은 날 아니 마시고 어찌하겠소. 더구나 새 마누라가 따라 주는 이 기막힌 첫날밤 좋은 술을……."

규람은 잔을 들어 반 넘어 들이켠 후에 남은 술을 서 씨의 입술에 대어 주었다.

서 씨는 붉은 입술을 잠깐 잔에 대어 보고 이내 규람한테로 돌렸다.

"자아, 마시었습니다. 이번엔 장군께서 또……."

"좀 더 마시어 보구려. 체만 해서 쓰나. 홀짝 마셔야지."

"여자란 술을 마시는 체해야지 마시어서는 아니 됩니다. 여자는 여자의 직분이 따로 있지 않습니까? 더구나 오늘 밤 첩의 몸은 신방을 치르는 신부올시다. 신부가 술에 취해서 입에서 술내가 나면 쓰겠습니까? 입술에만 대어서 아홉 번을 마실 테니 나머지는 새 아내를 위해서 장군이 마시어 주십시오."

서 씨는 상글상글 웃으며 황금 술잔을 다시 규람의 입술에 대어 주었다.

규람은 점점 아름다운 가경에 녹아들었다.

작은 잔으로 합환주 아홉 잔을 마시고 나니, 이제는 인음증引飮症이 생겼다.

"여보게 새 마누라, 큰 잔을 가져오게."

서 씨는 큰 사발에 술을 따라 규람에게 안겼다.

규람은 주흥酒興과 색흥色興이 도도했다.

손익의 아내 서 씨의 손을 잡아 무릎 위로 끌어올렸다.

"곧 신방을 치르십시다."

서 씨는 규람을 슬며시 밀친 후에 신방으로 인도했다.

신방 안에는 촛불이 은은하게 빛을 뿜어 벌룽거리고 화려하게 둘러친 수병풍 아래는 원앙금침이 풍정風情 있게 펼쳐져 있었다.

규람은 흥이 넘쳤다.

서 씨의 섬섬옥수를 이끌어 금침 안으로 들어가려 할 때, 별안간 서 씨 부인의 비단 찢는 듯한 새된 목소리가 떨어졌다.

"손고孫高, 부영傅嬰 두 장군은 어디 있느냐?"

휘장이 펄럭하며 두 장수는 칼을 들고 뛰어나왔다.

"이놈, 이 더러운 새끼야!"

손고와 부영은 대갈일성 규람을 꾸짖었다.

원앙금침, 은근한 자리 속으로 서 씨 부인의 손을 잡아 단꿈을 꾸려 들어가려던 규람은 술기운이 퍅 깨었다. 후들후들 떨었다.

"살려 주십시오."

규람은 두 장수한테 빌었다.

"얘, 이, 더러운 개새끼!"

두 장수는 두 편으로 갈라서서 규람을 찍어 버렸다.

서 씨는 다시 시녀를 밖으로 내보내어 대원戴員을 청했다.

"규 장군께서 약주를 같이 잡숫자 하십니다."

대원은 마음을 놓았다.

대문을 거쳐 중문으로 들어서려 할 때 손고, 부영 두 장수는 대원의 목을 갈겼다.

서 씨는 두 악인을 저자에 조리돌린 후에 다시 상복으로 바꾸어 입고 규람과 대원과 변홍의 목을 남편 손익의 영전에 바쳐서 통곡하며 제를 지냈다.

이윽고 시아주버니 손권은 친히 군사를 거느리고 단양에 당도하니 제수 서 씨는 벌써 악인들을 처치한 지 오래였다.

서 씨 부인의 과감한 행동과 명민한 처사에 감탄하기를 마지아니했다.

제수 서 씨에게 치사한 후에 손고와 부영에게 후한 상을 주고 아문장牙門將을 삼아 단양丹陽을 지키게 하고 서 씨를 강동으로 모시어 평안한 여생을 보내게 하니 강동 사람들은 서 씨의 덕을 칭찬하지 아니하는 사람이 없었다.

才節雙全世所無
姦回一旦受摧鋤
庸臣從賊忠臣死
不及東吳女丈夫

재주와 절개, 쌍으로 온전하구려, 세상에 이런 여자 다시없으리.

간특한 자 돌아오니 부러지는 호미 자루, 우선 받았네.

어리석은 신하는 도적을 따랐고 충신은 죽어 버렸네.

모두 다 동오의 기걸 찬 여장부만 못하구나.

한편 손권은 동오의 산적이 평정되니 대강大江에 전선戰船 7천여 척을 띄워 날마다 수군을 조련시키고 주유로 대도독大都督을 삼아 강동의 수륙 군마水陸軍馬를 총통하게 하였다.

건안 12년 겨울 10월이 되었다.

손권의 어머니 오태 부인은 노환이 들어 위중했다. 손권을 앞에 앉히고 주유와 장소 두 사람을 불러 유언을 내렸다.

"나는 본시 오吳 땅 사람으로 어려서 조실부모早失父母하고, 동생 오경吳 景과 함께 월중越中으로 이사를 갔다가 뒤에 손孫 씨氏 댁으로 시집을 와서 이 집안을 일으켜 놓았소이다."

오 부인은 숨이 찼다. 잠깐 말을 그쳤다.

한동안 숨이 차서 말씀을 그쳤던 오 부인은 다시 유언을 계속했다.

"그 뒤에 손 씨네 댁으로 시집을 와서 아들 사 형제를 낳았소이다. 큰아들 책策을 날 때는 내 꿈에 달月이 품에 들었고, 둘째 아들 권權을 낳을 때는 내 꿈에 해日가 품에 들었소이다. 점쟁이들이 말하기를 모두 다 귀하게 될 기상이라 합디다. 그러나 큰아이 책은 불행해서 일찍 죽었소이다. 지금 나는 천명이 다하여 이제 세상을 떠나게 되었소이다. 강동의 기업基業을 둘째 아들 권에게 맡기니 두 분께서는 동심협력해서 내 아들을 도와주시오. 나는 죽어도 은혜를 잊지 아니하오리다."

오태 부인은 말을 마치자 다시 손권을 돌아보았다.

"내가 죽은 후라도 너는 자포子布와 공근公瑾 섬기기를 스승의 예로 대접하라. 조금이라도 태만해서는 아니 된다. 그리고 내 손아래 동생인 너의 이모 말이다. 나와 함께 네 아버님께로 시집을 왔으니 곧 너의 어머니다. 나 죽은 후에 내 동생 섬기기를 나를 섬기듯 해라. 그리고 네 누이도 잘 길러서 좋은 신랑을 구해서 시집을 보내게 하라."

오태 부인은 유언을 마친 후에 이내 숨을 거두어 운명을 했다.

손권은 애통망극하기 그지없었다.

초종범절과 장사 지내는 일을 극진하도록 정성을 다하여 예법에 어긋나지 않도록 유감없이 모시었다.

해가 바뀌어 봄이 되었다.

손권은 장소와 주유를 청하여 의논하였다.

"이제 해도 바뀌고 봄도 되었으니 황조黃祖한테 패한 한을 한번 씻어 보는 것이 어떠하겠소?"

"장군께서 거상을 입으신 지 아직 돌이 못되었습니다. 상중喪中에 군사를 움직인다는 것은 불가합니다."

장소가 의견을 말했다.

주유는 장소의 말에 반대했다.

"원수를 갚아 한을 한번 씻어 보는 일인데 언제 돌 되기를 기다리겠소. 곧 군사를 움직여도 상관이 없으리다."

손권은 아직 결정을 짓지 못하고 있을 때 북평北平 도위都尉 여몽呂蒙이 들어와 고했다.

"제가 용추龍湫 수구水口를 파수 보고 있으려니 홀연히 황조의 장수 감녕甘寧이 항복하겠다고 찾아왔습니다."

"감녕이란 어떤 사람인가?"

손권이 물었다.

"바로 우리 장수 능조凌操를 죽인 놀라운 장수입니다. 제가 뒷조사를 해 보았습니다. 그는 본시 파군巴郡 임강臨江 사람이온데 글과 『사기』에도 능통할 뿐 아니라 힘이 또 천하장사요, 협기가 대단한 사람이올시다. 천하에 망명亡命한 무리들을 모아서 강호江湖 사이로 떠돌아다니는 녹림당綠林

黨이 되었습니다. 이 사람들은 구리로 방울을 만들어 허리에 차고 다니니 사람들은 방울 소리만 들으면 두려워서 피해 달아났다 합니다. 뿐만 아니라 서천西川의 좋은 비단으로 돛(帆)을 만들어 강호상으로 출몰하니 사람들은 그들을 금범적錦帆賊이라 불렀다 합니다. 그 후에 감녕은 전비前非를 후회하고 무리를 거느려 유표劉表에게 가 보았으나 유표의 인물이 성공할 사람이 아닌 것을 짐작하고 동오東吳 우리한테로 오는 도중에 황조를 만나서 지난번 싸움에 큰 공을 세웠다 합니다. 그러나 그 후에 황조는 감녕을 겁강劫江하던 도둑이라 해서 중용해 쓰지 아니하니 감녕은 이곳으로 다시 항복하러 온 것입니다. 그러나 그는 지난번 싸움에 우리 장수 능조를 죽인 사람입니다. 받아 주실는지 처분을 내려 주십시오."

손권은 감녕이 항복하러 왔다는 여몽의 말을 듣자 크게 기뻤다.

"내가 감녕을 얻었으니 황조를 패하게 하기는 여반장如反掌이다. 곧 받아들이게 하라."

여몽은 손권의 명을 받아 감녕을 데려왔다.

감녕이 손권한테 절하여 뵈었다.

손권은 얼굴에 가득 웃음을 띠고 말했다.

"감 장군이 나를 찾아왔으니 내 마음 무한 기쁘오. 내 어찌 능조 죽인 일을 한스럽게 생각하겠소. 조금도 의심하지 마시고 황조를 격파할 방책을 가르쳐 주시오."

손권의 말이 떨어지니 감녕이 대답했다.

"이제 한나라 사직은 나날이 위태해서 장차 조조가 역적질할 때가 되었습니다. 형주는 조조가 항상 노리는 곳입니다. 그러나 형주의 주인 유표는 먼 장래를 바라볼 줄 모르고 큰아들은 또한 업을 이어 터를 전할 사람이 못됩니다. 명공께서는 빨리 도모하십시오. 만약 더디게 움직이면 조조가 먼저 취할 것입니다. 그러하니 지금 먼저 황조를 취하십시오. 황조는 나이 이제 연만해서 노욕이 버썩 나서 제 앞에만 욕심을 부리니 백성들은 원망하지 않는 사람이 없습니다. 뿐만 아니라 그는 군법을 몰라 용병할 줄 모릅니다. 명공께서 치기만 하시면 반드시 이기실 것입니다. 한번 황조를 깨치신 후에 북을 울려 서편으로 행진하여 초관楚關에 웅거하시어 파촉巴蜀을 도모하신다면 패업霸業을 이룩하실 것입니다.”

손권은 감녕의 말을 듣자 크게 칭찬했다.

“장군의 말은 금과 같고 옥과 같은 소리오.”

찬양한 후에 곧 주유로 대도독을 삼아 수륙군병을 총통總統하게 하고 여몽으로 선봉대장先鋒大將을 삼고 동습董襲과 감녕으로 부장副將을 삼은 후에 손권은 친히 대군 10만을 거느려 호호탕탕하게 황조를 치러 나갔다.

황조의 염탐꾼이 급히 이 사실을 황조한테 보했다. 황조는 깜짝 놀라 급히 장수를 모아 의논한 후에 소비蘇飛로 대장을 삼고 진취陳就와 등룡鄧龍으로 한 떼 전선戰船을 거느려 면구沔口에 정박한 후에 배 위에는 강한 활이며 굳센 쇠뇌 천여 벌을 배치한 후에 큰 동아줄로 묶어 배들을 물 위에 띄워 놓았다.

이때 동오 손권의 군사가 당도하니 황조의 배에서 북 치며 활을 쏘아 살과 쇠뇌가 일시에 나니 동오 군사들은 당해 낼 수가 없었다. 뒤로 두어 마장 물러가게 되었다.

감녕이 동습한테 말했다.

“일이 이쯤 되었으니 나갈 수 없소.”

말을 마치자 명령을 내려 작은 배 백여 척을 물 위에 띄우고 배마다 날랜 군사 50명씩 배치한 후에 20명은 노를 젓고 30명은 갑옷을 입고 손에 강도鋼刀를 잡고 살과 돌을 피하지 않으며 황조의 배 앞으로 나가 도끼로 전함을 연결시킨 동아줄을 끊어 버렸다.

황조의 전함은 일제히 옆으로 쓰러져 버렸다.

감녕甘寧은 기회를 잃지 아니하고 쓰러지는 배 위로 뛰어올랐다.

칼을 번쩍 들어 등룡鄧龍을 찍어 죽이니 진취陳就는 배를 버리고 달아났다.

이 모양을 본 동오의 여몽은 배로 뛰어내려 노질을 하면서 적의 쓰러지는 배를 향하여 불을 놓아 화공을 했다.

화광火光은 하늘을 찌르는 듯하면서 배는 와지끈 뚝딱 타올랐다.

황조의 장수 진취는 급했다. 맨발로 배에서 뛰어내려 언덕으로 달아났다.

여몽은 목숨을 버릴 각오를 하고 진취를 쫓다가 가슴을 찔러 쓰러뜨렸다.

이때 황조의 장수 소비蘇飛는 구원병을 거느리고 강변으로 나왔으나 동오의 장수들이 일제히 언덕으로 오르니 형세를 당해 낼 수가 없었다.

급히 말을 채쳐 달아나다가 동오의 대장 반장潘璋을 만났다.

두 장수는 교전한 지 수합이 못 되어 소비는 반장한테 생금生擒이 되어 버렸다.

반장은 소비를 결박 지어 손권의 배로 끌고 갔다.

손권은 좌우 장수한테 명령을 내렸다.

"함거에 실어 가둔 후에 황조를 마저 잡거든 함께 군법 시행을 해서 죽이게 하라."

명령을 내린 후에 삼군을 동독하여 하구夏口를 공격하게 했다.

황조는 당해 내는 수가 없었다. 강하江夏를 버리고 형주로 향하여 달아났다.

감녕은 황조가 형주로 달아날 것을 미리 요량했다. 동문 밖에 복병을 매복시켜 기다리고 있었다.

황조는 감녕의 계책을 알 까닭이 없었다.

수십 기를 거느리고 동문을 뚫고 나와 달아날 때, 별안간 함성이 천지를 진동하면서 일원 대장이 황조의 달아나는 길을 가로막았다.

황조가 깜짝 놀라 앞을 바라보니 다른 장수가 아니라 바로 감녕이었다.

황조는 감녕한테 애원했다.

"내 일찍 너를 박하게 대접한 일이 없는데 어찌하여 오늘 이같이 핍박하느냐?"

감녕은 눈을 부릅뜨고 황조를 꾸짖었다.

"무슨 놈의 소리냐. 내가 너한테 있을 때 기가 막힌 공적을 많이 세웠건만 너는 나를 겁강적劫江賊이라 해 놓고, 다시 무슨 놈의 말을 하느냐?"

황조는 감녕을 당해 내지 못할 줄 알자 말을 채쳐 달아났다.

감녕은 군사를 헤치고 달아나는 황조를 살같이 쫓았다.

홀연 후면에서 고함 소리가 천지를 진동하면서 한 사람의 장수가 나타났다.

감녕이 바라보니 정보였다.

감녕은 공을 정보한테 뺏길까 보아 급히 활을 당기어 황조의 등판을 쏘았다.

황조는 몸을 번드쳐 말 아래 떨어졌다.

감녕은 황조의 머리를 베어 정보의 군사와 합세한 후에 손권한테 황조의 머리를 바쳤다.

손권은 나무 상자에 황조의 수급을 담아 강동으로 돌아가 망부亡父 영전靈前에 바치고 제를 지냈다. 아버지의 원수를 갚은 것이었다.

손권은 삼군을 크게 호궤한 후에 감녕으로 도위都尉를 삼고, 군사를 나누어 강하를 지키라 하니 장소가 의견을 말했다.

"외로운 성을 지킬 수 없습니다. 아직 강동으로 돌아가는 것만 같지 못합니다. 유표가 만약 우리가 황조를 파한 것을 안다면 반드시 와서 원수를 갚으려 할 것입니다. 우리는 편안히 앉았다가 저가 피곤할 때를 기다린다면 유표는 저절로 패할 것입니다. 그가 패한 후에 승세해서 친다면 형주와 양주는 우리 땅이 되고 말 것입니다."

손권은 그럴듯하다고 생각했다. 강하를 버리고 군사를 휘동하여 강동으로 돌아갔다.

소비蘇飛는 함거 속에서 밀사를 감녕한테 보내서 목숨을 구해 달라 애원했다.

감녕은 황조한테서 손권한테로 올 때, 소비가 눈치를 채고도 황조한테 고자질하지 아니한 일을 고맙게 생각했다.

"내 어찌 소비의 고자질 아니한 공을 모르랴."

사자한테 한마디 하여 소비의 마음을 위로했다.

손권의 대군이 오회吳會에 당도하니 손권은 군중에 영을 내렸다.

"소비의 목을 베어 황조의 수급首級과 함께 제를 지내게 하라."

감녕은 손권한테로 들어가 머리를 조아리고 울면서 고했다.

"지난번에 소비가 아니었다면 어떻게 제 목숨이 살아서 장군 휘하에 있게 되었겠습니까? 저는 벌써 황조의 손에 죽어서 뼈가 시궁창에 썩었을 것입니다. 소비의 죄는 죽여 마땅하오나 저한테는 은인이옵니다. 저의 벼슬을 도로 바칠 터이오니 소비의 죄를 속량해 주시기 바랍니다."

손권은 감녕의 말에 감동되었다.

"소비가 그대한테 은혜를 끼쳤다면 그대를 위하여 사해 주리라. 그러나 저 자가 만일 도망을 간다면 어찌할 텐가?"

"만약 죽음을 면한다면 감은感恩 무지無地할 터이온데 어찌 달아나겠습니까? 만약 달아난다면 제가 목을 베어 계하階下에 바치겠습니다."

손권은 소비를 놓아주고, 황조의 목만 제사상에 올려 제를 지낸 후에 문무백관을 모아 잔치를 베풀고 경사를 치하하면서 술을 마시고 있을 때, 홀연 좌상에서 한 사람이 통곡을 하면서 칼을 빼어 들고 감녕한테로 달려들었다.

감녕도 의자에서 벌떡 일어나 칼을 들었다.

손권이 깜짝 놀라 바라보니 감녕을 죽이려는 사람은 소년 대장 능통凌統이었다.

감녕이 강하에 있을 때, 능통의 아버지 능조凌操를 쏘아 죽인 때문에 오늘 원수를 갚으려 하는 것이었다.

손권은 급히 능통의 손을 잡고 만류했다.

"감녕이 너희 아버지를 죽인 것은, 그때는 황조의 사람인 때문이다. 어찌 주인을 위하여 힘을 아니 쓰겠느냐? 지금은 이제 한집 사람이 되었으니 어찌 옛 원수를 생각하겠느냐? 만사는 내 낯을 보아 용서하라."

손권의 말을 듣자 능통은 머리를 조아려 다시 통곡하며 목이 메어 울부짖었다.

"감녕이란 자는 소인의 불공대천不共戴天의 원수올시다. 어찌 아비의 원수를 갚지 않겠습니까?"

"그래도 내 낯을 보아 참아 다오."

손권은 다시 능통의 손을 잡고 타일렀다.

여러 장수들도 능통의 앞으로 나와 만류했다.

"명공께서 말씀이 돈독하시니 자네는 잠시 분함을 참도록 하게."

능통은 노한 눈을 부릅떠 감녕을 흘겨보고 섰다.

손권은 당일로 감녕에게 5천 병마와 전선 백 척을 주어 하구를 지키라했다. 능통을 피하게 한 것이었다. 감녕이 사은하고 군사를 거느려 하구로 떠나니, 손권은 능통에게 승렬丞烈 도위都尉를 삼아 벼슬을 돋워 주었다. 능통은 한을 머금고 아버지의 원수를 갚지 못했다.

손권은 이후부터 더욱 전선을 만들어 강안江岸을 파수하고, 다시 숙부 손정孫靜으로 일지 군마를 거느려 오회吳會를 지키게 한 후에 자기는 스스로 큰 군사를 거느려 시상柴桑에 둔병屯兵하여 있고, 주유는 날마다 파양호鄱陽湖에서 수군을 교련하여 앞으로의 전쟁에 대비하고 있었다.

한편 유현덕의 사람은 강동으로 가서 손권의 소식을 탐지한 후에 돌아와 보고를 드렸다.

"동오東吳 손권은 그동안 황조黃祖를 공격하여 원수를 갚고 지금 시상에서 대군을 거느려 둔병하고 있습니다."

현덕은 보고를 받고 제갈공명을 청하여 의논하려 할 때, 홀연 형주 유표한테서 사람이 왔다.

"의논할 일이 있으니 현덕께서는 잠깐 와 주시기 바랍니다."

현덕은 공명한테 물었다.

"유표가 어찌해서 나를 청합니까?"

"이것은 손권이 황조를 격파한 소식을 듣고 주공을 청해서 원수를 갚자는 것입니다. 제가 주공을 모시고 가서 기회를 보아 방책을 올리겠습니다."

현덕은 공명의 말을 좇아 관운장으로 신야新野를 지키게 하고 장비에게 5백 군사를 거느려 뒤따르게 한 후에 형주로 향해 나갔다.

현덕이 마상馬上에서 공명한테 물었다.

"오늘 유표를 대하게 되면 뭐라 대답하면 좋겠습니까?"

"먼저 양양 일을 사례하시고 다음에 강동 손권을 함께 치자거든 절대로 응낙하시어서는 아니 되십니다. 다만 신야에 돌아가 군사를 정비해야겠다고 대답만 해 두십시오."

현덕은 형주에 당도하여 장비를 성 밖에 머물러 두고 공명과 함께 유표를 찾았다.

인사를 마친 후에 현덕은 뜰에 내려 양양 일을 사례하니 유표가 황망히 대답했다.

"나는 현제賢弟가 해를 당한 일을 잘 알고 있소. 곧 채모의 머리를 베어 현제에게 보내고 싶었으나 여러 사람들이 만류하므로 아직 그대로 두어 용서했던 것이오. 현제는 과히 나를 허물하지 마시오."

공명은 공자 유기한테 계교를 주고

현덕은 얼굴빛을 부드럽게 하여 대답했다.

"그것은 채 장군이 간여한 일이 아닌가 합니다. 모두 다 아랫사람들의 소행이올시다."

현덕은 한마디 말로 점잖게 양양 일을 풀어 버렸다.

유표의 마음은 흡족했다.

"지금 강하를 잃고 황조가 죽었으니 딱한 일이오. 현제를 청한 것은 이 일을 의논하려 한 것이오. 좋은 방책이 없겠소?"

"황조는 성미가 사나워서 사람을 잘 쓰지 못한 까닭에 이러한 참화를 입었습니다. 지금 군사를 일으켜 남정南征을 하신다면 조조는 북편에서 움직일 테니 곤란한 일입니다."

현덕의 말을 듣자 유표가 대답했다.

"나는 지금 나이 늙고 병이 잦아서 일을 처리하기 어렵소. 현제는 와서 나를 도와주시오. 그리고 나 죽은 후에 아우는 형주의 주인이 되어 주시기 바라오."

"형님께서는 왜 그런 말씀을 하십니까? 제가 어찌 그 같은 중책을 맡겠습니까?"

공명은 현덕을 바라보고 자주 눈짓을 했다.

현덕은 유표를 향하여 다시 말했다.

"천천히 좋은 방책을 생각해 보겠습니다."

현덕은 공명과 함께 자리에 일어나서 유표를 작별하고 역관驛館으로 돌아왔다.

공명이 현덕에게 물었다.

"유경승劉景升이 형주荊州를 주공께 드리겠다 하는데 왜 물리치셨습니까?"

현덕은 얼굴빛을 추연히 하여 대답했다.

"경승景升이 나를 은혜와 예로 지극히 대접하는데 내 어찌 차마 그 위태로운 때를 타서 형주를 달라 하겠소?"

"참으로 주공께서는 너무나 인자하십니다!"

공명은 탄식했다.

두 사람이 한참 이야기할 때 큰 공자 유기가 찾아와서 현덕에게 뵙기를 청했다.

현덕이 들어오라 하니 유기는 절하여 뵙고 눈물을 흘렸다.

"계모가 저를 용납하지 아니하여 목숨이 조석간에 달려 있습니다. 바라건대 숙부께서는 불쌍하게 생각하여 구해 주십시오."

"그것은 현질賢姪의 집, 집안일인데 낸들 어찌하겠나? 나한테 물어도 대답할 말이 없네."

옆에 있는 공명은 미소를 지었다.

현덕은 공명을 바라보며 물었다.

"선생의 생각에는 어떠하시오?"

"그것은 유 씨네 댁 가간사입니다. 제가 참견할 일이 아닌가 합니다."

조금 있다가 공자 유기는 현덕한테 절하고 물러갔다.

현덕은 유기를 전송하면서 귀에 대고 가만히 말했다.

"내일 내가 공명을 자네한테로 보내서 회사回謝할 테니 현질은 약시약

시하게 졸라 보라. 공명은 반드시 좋은 묘계를 가르쳐 줄 것일세."

공자 유기는,

"고맙습니다."

하고 물러갔다.

다음 날 현덕은 복통이 난다고 핑계한 후에 대신 공명을 공자한테 보내서 어제 찾아온 회사回謝를 하게 했다.

공명은 응낙하고 공자의 댁으로 가서 말에 내려 공자에게 상면하기를 청했다.

공자는 황망히 후당으로 맞아들였다.

차가 나온 후에 유기는 공명에게 하소연했다.

"저는 항상 괴로운 처지에 있습니다. 계모한테 미움을 받으니 어찌하면 좋겠습니까?"

공명은 미소하며 대답했다.

"손으로 온 사람이 남의 골육에 대한 일을 어찌 참견하겠습니까? 만약 누설이 된다면 도리어 해가 될 것입니다."

제갈양은 말을 마치자 곧 자리에 일어나 돌아가려 했다.

유기는 일어나는 공명을 만류했다.

"특별히 찾아오셨는데 그대로 섭섭하게 가실 수 있습니까. 아니 되십니다."

공자는 공명의 손을 잡고 밀실로 들어가 술을 내어 대접했다.

술이 서너 잔 돌았을 때 공자는 다시 공명한테 졸랐다.

"계모가 너무나 박대하니 좀 구해 주십시오."

"아까도 말씀했습니다마는 그 일은 제갈양의 아랑곳할 일이 아닙니다."

공명은 말을 마치자 또 자리에서 일어나려 했다.

공자 유기는 또다시 제갈공명의 손을 잡았다.

"말씀을 아니하시면 그만이지 가실 것까지야 없지 않습니까?"

공명은 하는 수 없어 다시 앉았다.

"저한테 고서 한 권이 있습니다. 선생께서 한번 보시지 않겠습니까?"

유기는 일변 말하고 일변 공명을 인도하여 소루小樓로 올랐다.

"책이 어디 있습니까?"

공명이 물었다.

유기는 울면서 공명한테 절하며 말했다.

"계모한테 용납이 되지 못하고 있습니다. 저의 목숨은 아침이 아니면 저녁에 달려 있습니다. 이러한데 선생께서는 차마 한 말씀도 아니 내려 주십니까, 원망스럽소이다."

공명은 공자의 말을 듣자 발연히 얼굴빛을 고치고 누 아래로 내려가려 했다.

이때 누로 오르내리는 사다리가 어느 틈에 철거되었다.

공자는 다시 공명의 앞으로 가서 말했다.

"이곳은 아무도 없는 조용한 다락 안이올시다. 선생의 말씀이 새어 나 갈 까닭이 없습니다. 다만 유기의 귀로만 들려올 뿐이올시다. 선생님, 가 르쳐 주십시오."

"골육을 이간질 치는 일은 할 수 없습니다."

공명은 여전히 계책을 말하지 아니했다.

공자는 애가 탔다.

"선생께서는 최후까지 이 몸을 구해 주시지 아니하십니다그려. 이제 저 는 계모한테 죽는 몸이올시다. 차라리 선생 앞에서 죽는 편이 낫겠습니다."

공자 유기는 칼을 빼어 자기의 목을 찌르려 했다.

공명은 황망히 공자의 칼을 뺏었다.

"좋은 계책을 가르쳐 줄 테니 잠깐 참으시오."

공자는 다시 절을 했다.

"어서 말씀을 내려 주십시오."

"공자는 신생申生[9]과 중이重耳[10]의 이야기를 듣지 못하셨습니까? 신생은 안에 있다가 죽었고 중이는 밖에 있어서 살았습니다. 지금 황조가 죽어서 강하를 지키는 사람이 없으니 공자께서는 왜 위에 말씀하시어 군사를 거느려 강하江夏를 지키지 아니하십니까? 이리된다면 자연히 화를 면할 수 있습니다."

공자 유기는 무한히 기뻤다. 곧 공명한테 절하고 손뼉을 쳐서 사다리를 놓게 했다.

공명이 공자를 작별하고 역관으로 돌아가서 현덕에게 자세한 전말을 고하니 현덕은 만족하게 생각했다.

다음 날 공자 유기는 유표한테 강하를 지키겠다 말하니 유표는 얼른 결단을 내리지 못하고 현덕을 청하여 의논하였다. 현덕이 의견을 말했다.

"강하는 중요한 땅이올시다. 다른 사람을 보내서 지키는 것보다 공자가 가서 친히 지킨다면 이보다 더 좋을 데가 없습니다. 동남편 일은 형님 부자분이 지키시고 서북의 일은 비가 맡도록 하겠습니다."

"근자에 들으니 조조는 업군鄴郡에 현무지玄武池를 파 놓고 수군을 조련한다고 하니 필시 남정南征할 뜻이 있는 모양이오. 우리도 불가불 방비를 해야 하겠소."

---

9)신생 : 춘추春秋 때 진晉 헌공獻公의 태자太子. 헌공獻公의 총희寵姬 여희驪姬는 제 아들 해제奚齊로 태자太子를 삼으려 하여 참소하니 신생申生은 자살함.

10)중이 : 신생申生의 아우. 타국他國으로 도피하여 후後에 진晉 문공文公이 됨.

"그 일은 저도 벌써 짐작하고 있습니다. 형님께서는 과히 염려하지 마십시오."

현덕은 유표를 작별하고 신야로 돌아왔다.

유표는 유비의 말을 들어 큰아들 유기에게 군사 3천을 주어 강하를 진수鎭守케 했다.

한편 조조는 삼공三公의 제도를 폐한 후에 혼자 승상丞相을 겸직하였다.

모개로는 동조연東曹掾을 삼고 최담으로는 서조연西曹掾을 삼고 사마의司馬懿로 문학연文學掾을 삼았다.

원래 사마의의 자는 중달仲達이라 부르는 하내河內 온溫 땅 사람이었다.

영주穎州 태수太守 사마전司馬雋의 손자요, 경조윤京兆尹[11] 사마방司馬防의 아들이요, 주부主簿 사마랑司馬朗의 아우였다. 이후로부터 조조의 밑에는 글 잘하는 문관이 상당히 많았다.

조조는 문관 무장들을 모아 놓고 의논하니 하후돈이 말했다.

"이사이 들으니 유비는 매일 신야에서 군사 교련을 맹렬히 하고 있다 하오. 그대로 두었다가는 반드시 후환이 있을 터이니 빨리 도모하는 것이 좋겠소이다."

조조는 하후돈의 말을 들어 하후돈으로 도독을 삼고 우금, 이전, 하후란, 한호로 부장副將을 삼아, 군사 10만을 거느려 박망성博望城으로 나가 신야를 노리게 하라는 영을 내렸다.

---

11) 경조윤: 서울 시장과 같음.

박망파 싸움에 공명의 첫 용병

조조의 영이 내리니 모사 순욱이 간하였다.

"유비는 영웅이올시다. 이번에 다시 제갈양을 얻어서 군사軍師를 삼았다 합니다. 경적을 해서는 아니 됩니다."

옆에 하후돈이 있다가 반대했다.

"유비는 쥐새끼 같은 무리인데 영웅이 무슨 놈의 영웅이란 말씀이오. 내가 이번에 꼭 산 채로 잡아 오리다."

서서徐庶가 앉아 있다가 하후돈을 향하여 말했다.

"장군은 유현덕을 가볍게 보아서는 아니 됩니다. 지금 현덕은 제갈양을 얻었으니 범에 날개가 돋친 셈입니다."

조조가 물었다.

"제갈양은 어떤 사람인가?"

서서가 대답했다.

"제갈양의 자는 공명이요, 도호道號는 와룡臥龍 선생先生인데 경천위지經天緯地하는 재주와 신출귀몰하는 계교를 가진 사람으로 당금 세상에 그 짝을 구할 수 없는 기사奇士올시다. 함부로 얕볼 사람이 아닙니다."

조조는 미소하여 서서에게 물었다.

"공과 비교한다면 어떠하겠소?"

"저 같은 사람은 비교할 거리가 되지 아니합니다. 저는 개똥벌레의 형광螢光이라면 제갈양은 호월皓月 천리千里의 밝은 달입니다.”

하후돈이 벌컥 열을 내며 말했다.

“원직(元直:徐庶의 字)의 말이 틀리오. 나는 제갈양 보기를 초개草芥같이 보오. 그까짓 자가 무엇이 두렵소. 내가 만약 한번 싸워서 유비를 생금生擒하고 제갈양을 산 채로 잡아 오지 못한다면 내 목을 잘라서 승상께 바치오리다.”

조조는 하후돈에게 분부를 내렸다.

“네 의기가 장하다. 일찍이 이겼다는 쾌한 첩서捷書를 보내서 나의 마음을 위로하라.”

하후돈은 기고만장이 되었다. 어깨를 으쓱거려 조조에게 하직을 고한 후에 군사를 거느려 나갔다.

한편 현덕은 공명을 군사軍師로 삼은 후에 너무나 대접이 융숭하니 관공과 장비는 항상 마음에 기뻐하지 아니했다.

“형님께서는 너무나 제갈양을 우대하십니다. 그가 비록 재주가 있다 하나 아직 나이 젊고, 실지로 우리는 아직 그를 써 보지 아니했습니다. 너무 지나친 대접은 불가합니다.”

현덕은 웃으며 대답했다.

“나는 공명을 얻은 후에 고기가 마치 물을 얻은 것 같으이. 두 분 아우는 다시 말을 하지 말게나.”

두 사람은 그래도 마음이 풀리지 아니했다. 잠자코 불평을 품어 물러갔다.

하루는 어떤 사람이 이우미犛牛尾를 바치는 사람이 있었다.

현덕은 꼬리털을 뽑아서 친히 모자를 만들고 있었다.

공명이 들어오다가 보고 정색하며 말했다.

"명공께서 큰일을 생각하지 아니하시고 이런 소소한 일을 하고 계십니까?"

현덕은 공명의 말을 듣자 무안했다.

짜고 있던 모자를 땅에 던지고 사례하여 말했다.

"너무나 무료하길래 시름을 잊으려 소견법으로 한 것입니다."

제갈양은 자리에 앉아 옷깃을 바로잡고 현덕에게 물었다.

"명공께서는 스스로 조조한테 비하시어 어떠하다 생각하십니까?"

"따라갈 수 없습니다."

현덕이 대답했다.

공명은 계속해서 물었다.

"명공께서 거느리고 계신 군사는 수천 명에 불과합니다. 만일 조조의 군사가 쳐들어온다면 어떠한 방법으로 막아 내시겠습니까?"

"나는 지금 그 일을 근심하고 있소이다. 아직 좋은 방책을 정하지 못했소이다."

"빨리 민병을 초모招募하십시오. 제가 교련을 시켜서 적의 침략에 대비하겠습니다."

현덕은 제갈양의 말을 들었다. 곧 신야新野의 민병 3천여 명을 뽑았다.

공명은 날마다 아침과 저녁으로 진법을 교련시키고 있었다.

홀연 염탐하는 군사가 보고를 올렸다.

"조조가 하후돈을 보내서 군사 십만을 거느리고 호호탕탕하게 신야로 무찔러 들어옵니다."

장비가 이 소식을 듣고 빈정대면서 관운장을 보고 말했다.

"재주 많다는 공명을 보내서 적병을 막아 내라고 하면 편하겠구려."

장비의 말이 채 떨어지기 전에 현덕은 사람을 보내서 두 아우를 불렀다.

"빨리 들어오시라 합니다."

관우, 장비는 현덕의 앞에 나타났다.

"조조의 대장 하후돈이 군사 십만을 거느리고 신야로 쳐들어온다 하는데 어찌하면 적병을 막겠나?"

장비가 화를 벌컥 내며 말했다.

"형님은 제갈양을 얻은 후에 항상 말씀하시기를 고기가 물을 얻은 듯하다고 하셨습니다. 걱정하실 것 있습니까? 물보고 가서 적을 막으라고 하시구려."

비꼬아 대답했다.

현덕이 타일렀다.

"지혜는 공명의 힘을 빌고 용맹은 자네들 두 사람을 믿고 있는 터인데, 서로 밀기만 한다면 곤란하지 아니한가!"

두 사람은 현덕의 말씀을 듣고 묵묵히 물러갔다.

현덕은 다시 공명을 청했다.

"어찌하면 좋습니까?"

"암만해도 관공과 장비가 나의 호령을 아니 들을 것 같습니다. 주공께서 만약 제갈양으로 군사를 거느려 나가라 하신다면 총지휘권을 가질 수 있는 주공의 보검寶劍과 인신印信을 내려 주십시오."

현덕은 선뜻 공명에게 칼과 인수를 내주었다.

공명은 대장청大將廳을 배설하고 모든 장수를 불렀다.

장비가 운장한테 말했다.

"어디 꼴을 보러 가십시다. 어떻게 지휘를 하나!"

두 사람은 장수 틈에 끼여 장청으로 들어갔다.

공명은 장청將廳에 높이 앉아 영을 내렸다.

"박망파 좌편에 산 하나가 있는데 이름을 예산豫山이라 하고, 우편에 숲이 있는데 이름은 안림安林이라 한다. 이곳이 군마를 매복해 둘 만한 곳이다. 관운장은 일천 군마를 거느려 예산에 매복했다가 적병이 통과하거든 남편에 횃불 드는 것을 군호로 하여 후진後陣으로 달려들어 적의 병량兵糧과 무기를 빼앗아 불로 태워 버리게 하라. 그리고 관평과 유봉은 오백 군마를 거느리고 불지를 인화물을 준비해서 박망파 뒤 좌우편에 등대하고 있다가 초경 때 적병이 당도하거든 곧 불을 놓아 군호를 삼게 하라. 장익덕은 일천 군마를 거느리고 안림 등 뒤로 가서 산골 속에 매복해 있다가 남쪽에 화광이 일어나거든 적의 양식을 모조리 태워 버리라."

공명은 번성樊城을 지키고 있던 상산 조자룡을 불렀다.

"조자룡은 선봉장이 되라. 적의 군사를 만나거든 이기려 하지 말고 다만 수세守勢를 취하라."

제갈공명은 장청에 임석臨席한 현덕한테 아뢰었다.

"주공께서는 일지 군마를 거느리시고 뒤에서 후원만 해 주십시오."

공명은 지휘를 마친 후에 다시 영을 내렸다.

"모든 장수들은 내 지휘를 받아 일호도 틀림이 없이 거행하라!"

이때 관공이 일일이 지휘하는 제갈양의 태도를 보자 좀 아니꼽다고 생각했다. 앞에 나와 말했다.

"그럼, 우리는 모두 나가서 적병을 맞이해서 죽도록 싸우려니와 군사軍師는 무슨 일을 하고 계시렵니까?"

공명은 태연히 대답했다.

"나는 앉아서 고을을 지킬 뿐이오."

장비가 큰소리로 깔깔 웃으면서 말했다.

"하하하. 우리들은 모두 나가 목숨을 내걸고 싸우고 당신은 집안 속에 평안히 앉아 있겠단 말이구려! 하하하.”

공명은 소리를 높여 꾸짖었다.

“주공께서 내리신 칼과 인이 여기 있다. 영을 어기는 자는 참하리라!”

현덕도 장비와 관공을 꾸짖었다.

“너희들은 ‘운주유악지중運籌帷幄之中에 결승천리지외決勝千里之外’라는 말을 듣지 못했느냐? 영을 어겨서는 아니 된다.”

장비는 냉소하고 물러나고 관공은,

“어디 제 계교가 들어맞나 안 맞나 그때 가서 따져 보아도 늦지 아니하리라.”

혼잣말하고 나갔다. 두 사람이 나간 후에 여러 장수들도 공명의 용병하는 수단을 알 수 없었다. 비록 영을 받았으나 모두 다 마음속으로 의심을 품고 물러갔다.

장수들이 나간 후에 공명은 현덕한테 품하였다.

“주공께서는 오늘 안으로 군사를 거느리시고 박망산 아래에 둔병하십시오. 내일 황혼 때는 적병이 반드시 당도할 것입니다. 그때 주공께서는 영채를 버리고 달아나셨다가 화광이 충천하거든 곧 군사를 돌려 적병을 엄살掩殺하십시오. 저는 미축, 미방과 함께 오백 군사를 거느리고 고을을 지키면서 손건孫乾, 간옹簡雍을 시켜서 잔치를 배설하고 공로부功勞簿를 준비해서 승전하시고 돌아오시는 것을 기다리고 있겠습니다.”

현덕은 얼마쯤 공명을 믿었으나 역시 내심으로는 의아하게 생각했다.

한편 하후돈夏侯惇은 우금于禁과 함께 박망파에 당도하자 정병 반을 나누어 전위부대를 삼고, 나머지 반은 양식 실은 수레를 호위하여 나가게 했다. 때마침 가을철이라 달빛은 물같이 밝은데 가을바람이 서늘하게 불어왔다.

사람과 말이 겯거니틀거니 나가는 중에 홀연 전면에서 티끌이 자욱하게 일어났다.

하후돈은 군사와 말을 멈추어 놓고 길잡이한테 물었다.

"이곳은 어느 곳이냐?"

"전면은 박망파라 하는 산이고 후면은 나구천羅口川이라 하는 냇물입니다."

하후돈은 우금과 이전에게 진을 지키게 한 후에 친히 말을 달려 진 앞에 서서 티끌을 일으키며 달려오는 군사를 바라보다가 홀연 소리를 내어 껄껄 웃었다.

"하하하. 핫하하하."

모든 사람들이 물었다.

"장군께서는 어찌해서 웃으십니까?"

"까닭이 있어 웃네. 엊그제 서원직이 승상 앞에서 제갈양은 하늘이 낸 사람이라고 하더니 지금 그의 용병하는 솜씨를 보니 졸렬하기 짝이 없네. 저 따위 군사로 선봉을 삼는다는 것은 마치 개 떼와 양 떼를 몰아서 범하고 싸우라는 격일세. 하하하. 나는 승상께 말씀 드린 대로 산 채로 유비와 제갈양을 잡겠네."

말을 마치자 하후돈은 말을 달려 앞으로 나갔다.

이번에 티끌을 일으켜 나오는 군사는 상산 조자룡의 군사였다.

조자룡도 말을 달려 나왔다.

하후돈이 자룡을 꾸짖었다.

"너희 놈들이 유비를 따라다니는 것은 마치 의지할 데 없는 외로운 혼이 낮도깨비를 따라다니는 것이나 매일반이다."

조자룡은 크게 노했다. 말을 달려 하후돈을 취하려 들었다.

원체 명장들이었다. 싸운 지 수십 합에 승부가 나지 아니했다.

조운의 머리에 문득 제갈양이 힘들여 싸우지 말라는 말이 머리에 떠올랐다.

조운은 거짓 패해서 달아났다.

하후돈은 조운의 뒤를 10여 리나 쫓았다.

부장 한호韓浩가 급히 말을 몰아 따라가며 하후돈에게 간하였다.

"조운이 유인을 합니다. 앞에 복병이 있을까 두렵습니다. 쫓아가지 마십시오."

"적병의 꼴이 저 모양인데 비록 십 면面으로 매복한 적병이 있다 하나 무엇이 두려우랴."

하후돈은 한호의 말을 듣지 아니하고 박망파를 향하여 조운의 뒤를 쫓았다.

별안간 박망파에서 큰 포 소리가 일어나면서 현덕은 군사를 거느려 하후돈과 싸우려 했다.

하후돈은 또 한 번 껄껄 웃으며 한호를 향하여 말했다.

"이것이 소위 매복한 군사란 말인가. 오늘 밤 안으로 내가 신야에 당도하지 못한다면 맹세코 군사를 파하지 아니하리라."

하후돈은 군사를 재촉하여 앞으로 나아갔다.

현덕과 조운이 군사를 거두어 달아난 후에 날은 완전히 저물었고 짙은 구름은 하늘에 가득했다. 달빛도 안개에 가려 흐렸다.

낮에도 바람이 사나웠지만 밤에는 더욱 바람이 세찼다.

하후돈은 군사를 동독董督하여 앞으로 몰아 나가고 이전李典과 우금于禁은 뒤따라 나가다가 길이 좁은 산골로 들어섰다. 자세히 보니 양편이 모두 다 갈대(葦) 천지였다.

이전이 우금더러 말했다.

"적을 속이는 자는 반드시 패하는 법인데, 지금 길이 좁아서 산과 내가 너무 가까울 뿐 아니라 수목이 울창해서 만일 적병이 화공火攻을 한다면 큰일이오. 어찌하겠소?"

우금이 산세를 둘러보니 이전의 말이 과연 옳았다.

"과연 당신의 말씀이 옳소. 나는 전군前軍으로 달려가서 도독都督한테 말할 테니 당신은 후군의 행군을 늦추시오."

우금의 말을 듣자 이전은 급히 말 머리를 돌려 후군한테 크게 외쳤다.

"후군은 천천히 군마를 움직이라!"

이전의 주의가 떨어졌으나 몰고 나오던 행군하는 여세餘勢는 얼른 멈추어지지 아니했다.

한편 우금은 전군前軍으로 향하여 급히 말을 달려 크게 외쳤다.

"전군前軍 도독都督은 잠깐 말을 멈추시오."

하후돈이 급히 달리다가 뒤를 돌아보니 뒤에서 우금이 달려오는 모양이 보였다.

"왜 그러시오?"

"길이 좁고 골이 너무 깊은데다가 나무가 빽빽하게 둘러 있으니 적이 만약 화공을 한다면 큰일입니다."

우금의 말을 듣는 하후돈은 비로소 깨달았다. 급히 소리를 질러 행군을 저지했다.

"군사들은 더 나가지 말라!"

말이 채 떨어지기 전에 별안간 고함 소리가 천지를 진동하면서 한 줄기 줄불이 데굴데굴 구르다가 마른 갈대로 옮겨 붙었다. 바람이 강하니 삽시간에 사면팔방은 모두 다 불이었다.

바람은 더욱더 지둥 치듯 불었다. 조조의 군사들은 불길을 피하면서 서로 밟고 쓰러져 죽는 자가 부지기수였다.

조자룡은 기회를 놓치지 아니했다. 공명이 지휘한 대로 급히 군마를 돌려 시살했다. 하후돈은 자욱한 연기와 타오르는 불길을 무릅쓰고 목숨을 구하여 달아났다.

뒤에 따르던 이전은 형세가 좋지 아니한 것을 보자 급히 박망성博望城으로 돌아가려 할 때, 화강이 충천한 속에 한 떼 군마가 길을 막았다. 앞에 선 대장은 바로 관운장이었다.

이전은 혼비백산이 되어 말을 놓아 길을 앗아 달아나고 우금은 군량미와 수레를 영거하여 지름길로 나가다가 불길 속에 함빡 타 버리고 단기로 달아났다.

한편 하후란夏侯蘭과 한호韓浩는 불타오르는 양초糧草를 구하다가 장비를 만났다.

싸운 지 몇 합이 채 못되어 장비의 창끝에 하후란은 말에 떨어져 죽고, 한호는 길을 앗아 달아났다.

동이 환하게 터 올 때 좌우를 둘러보니 시체는 들에 가득하고 피는 흘러 만산편야했다.

뒷 시인은 제갈공명의 박망파 싸움을 칭찬하여 글을 지었다.

博望相持用火攻

指揮如意笑談中

眞須驚破曹公膽

初出茅廬第一功

박망파 한 싸움에 화공법을 썼구려.

웃고 말하는 동안 여의봉如意棒을 쓰듯 하다.

참말로 조조의 담이 떨어졌구나.

남양 초당에서 나온 후 첫 번 공일세.

공명은 박망파에서 크게 승리를 거둔 후에 군사를 정돈하니 관운장이 장비한테 말했다.

"그런 줄 몰랐더니 제갈공명은 참 영걸스런 사람일세!"

"과연 나도 그렇게 생각하오. 이제부터는 다시 보아야 하겠소."

관공과 장비는 서로들 탄복하면서 몇 리를 앞으로 나갔다.

돌연 미축과 미방이 군사를 거느려 한 채 작은 수레를 옹위하고 나왔다.

두 사람이 바라보니 수레 위에는 제갈공명이 단정히 앉아 있었다.

관공과 장비는 자기도 모르는 결에 공경하는 마음이 솟구쳤다. 얼른 말에 내려 공명의 수레 앞에 엎드렸다.

조금 있으려니 유현덕, 조자룡, 유봉, 관평이 모두 나타났다.

제갈공명은 현덕에게 말씀을 고했다.

"이번 박망파에서 얻으신 모든 노획품들을 장수와 군사들에게 상급으로 나누어 주십시오."

현덕은 공명의 말에 의지하여 산더미 같은 노획품을 전군에 상사하니, 군사들의 기뻐하는 환호성은 천지를 진동했다.

현덕은 승전고를 울리며 신야로 돌아오니 백성들은 티끌을 바라보면서 길가에 엎드려 절하여 맞았다.

"저희들 백성들이 이번에 다시 살아나 생명을 보전한 것은 모두 다 사군使君께서 어진 사람을 얻으신 덕택이올시다."

손을 모아 축하했다.

공명은 신야로 돌아온 후에 현덕에게 고했다.

"하후돈이 비록 패해 달아났으나 조조는 가만히 있지 아니할 것입니다. 반드시 큰 군사를 이끌고 올 것입니다."

"그렇다면 어찌하면 좋겠소?"

"양이 한 계교가 있는데 이대로만 하신다면 가히 조조의 십만 대병을 당해 내리라 생각합니다."

현덕은 공명 앞으로 무릎을 바싹 내밀었다.

"어떠한 계책이오니까?"

공명이 미소하며 대답했다.

"신야는 작은 골이올시다. 오래 거접하실 곳이 못됩니다. 요즈음 소문 들으니 유표는 병이 대단히 위중하다 합니다. 이 기회를 타서 형주를 손에 넣으신다면 가히 조조를 막아 낼 수 있습니다."

"군사軍師의 말씀은 알아듣겠소이다. 그러나 유비는 항상 유표의 후한 은혜를 받았는데 어찌 차마 형주 땅을 내 것으로 만들겠습니까?"

현덕은 가만히 한숨을 지었다.

"이때 만약 형주를 취하시지 않는다면 후회해도 소용이 없습니다."

"나는 차라리 죽을지언정 차마 어찌 의를 저버리는 사람이 되겠소?"

현덕은 차마 못하겠다고 결단을 내리지 못했다.

"다시 의논하기로 하십시다."

공명은 잠깐 뒤로 미루었다.

의인 공융의 죽음

하후돈은 패잔병을 거느리고 허창으로 돌아가 스스로 몸을 결박하고 조조 앞에 나가 죽음을 청했다.

"그저 죽여주십시오. 사뢸 말씀이 없습니다."

"죽인들 패한 싸움을 다시 이길 수 있느냐. 이번만은 특별히 용서하리라."

하후돈은 감격한 눈물이 비 오듯 쏟아졌다.

"다시 승상을 뵈올 낯이 없습니다. 이번 패한 원인은 제갈양의 화공법을 쓰는 속임수에 넘어가서 그만 이 지경이 되었습니다."

"너는 젊어서부터 곧잘 용병을 한 사람인데, 산골 속 좁은 곳에서는 반드시 화공법을 쓰는 것이 병법에 중요한 조건으로 되어 있다. 어찌 이것을 몰랐더란 말이냐?"

"제가 너무 제갈양을 가볍게 보았습니다. 이전과 우금이 지형을 살펴보고 주의를 주었으나 조수불급 어찌할 수가 없었습니다. 죄는 모두 제가 졌습니다."

"아아, 이전과 우금이 화공법을 쓸 것을 미리 짐작했더란 말이냐, 제법이다."

조조는 두 장수를 불러 후한 상금을 내렸다.

하후돈이 조조한테 다시 품하였다.

"유비가 이같이 창궐猖獗하니 실로 배 안에 든 복통증이올시다. 불가불 급히 제거해 버리지 아니하면 아니 되겠습니다."

조조는 빙긋 웃으며 대답했다.

"네 말이 옳다. 내가 염려하는 사람은 유비와 손권뿐이다. 그 나머지 인물들은 족히 개의할 거리가 되지 않는다. 이 기회를 타서 깡그리 강남을 소탕해 버리리라."

조조는 말을 마친 후에 곧 대군에 영을 내렸다.

"오십만 대병을 일으켜 강남으로 진출하라! 조인, 조홍은 제일 대가 되고 장요, 장합은 제이 대를 거느리고 하후연, 하후돈은 제삼 대가 되고 우금, 이전은 제사 대를 거느리고 나는 스스로 십만 대병을 영솔하여 제오 대가 되리라. 군대는 매 대마다 십만으로 수를 정하고, 별도로 허저는 삼천 병마를 거느려 선봉대장이 되라!"

조조는 영을 내린 후에 날을 택하여 건안建安 13년十三年 추秋 7월七月 병오일丙午日에 출사出師하기를 결정하였다.

대중大中 대부大夫 공융孔融이 간하였다.

"유비와 유표는 한실의 종친입니다. 함부로 정벌하지 못할 것이오. 강동 손권孫權은 여섯 골에 범같이 웅거해 있을 뿐 아니라 장강長江의 험한 곳을 끼고 앉아 있으니 가볍게 취해지지 아니할 것입니다. 이제 승상께서 의義 없는 군사를 움직이신다면 천하의 바라는 바를 잃으시리라 생각됩니다."

공융의 말을 듣자 조조는 노했다.

"유비, 유표, 손권은 모두 천자의 영을 거스르는 신하들인데 어찌 토멸하는 군사를 의 없는 군사라 하오?"

조조는 공융을 꾸짖어 물리친 후에 다시 영을 내렸다.

"만약 또다시 공융같이 간하는 자가 있다면 반드시 참하리라!"

공융은 승상부에서 나와 하늘을 우러러 탄식했다.

"지극히 어질지 못한 자로서 지극히 착한 이를 치니 어찌 패하지 않겠느냐?"

이때 어사御史 대부大夫 극려郗慮란 자가 있었다.

극려의 집으로 드나드는 문객 한 사람이 공융의 탄식하는 말을 듣고 극려한테로 달려가 고했다.

극려는 항상 공융의 업신여김을 받던 자였다. 항상 공융한테 한을 품었다.

절호한 기회라고 생각했다. 곧 조조한테로 들어가 고자질을 했다. 뿐만 아니라 덧붙여서 거짓말을 꾸며 댔다.

"공융은 평일에 매양 승상 어른을 업신여겼습니다. 그리고 그는 죽은 예형과 좋게 지냈습니다. 예형은 공융을 칭찬하여 중니仲尼 불사不死라 해서 공자孔子님에 그를 비했고, 공융은 예형을 칭찬해서 안회顔回 부생復生이라 하여 안자顔子에 견주었습니다. 전에 예형이 승상 어른께 욕을 한 것도 기실은 공융이 시킨 것입니다."

조조는 극려란 자의 참소를 듣자 크게 노했다. 정위廷尉에게 영을 내려 공융을 잡아 옥에 내렸다.

이때 공융은 아들 형제를 두었다.

아직 나이 어려서 집에 있었다.

"노 대감께서 잡혀가시어 곧 참형에 처하시게 되었습니다. 또다시 무슨 변이 날지 모릅니다. 두 분 공자께서는 빨리 몸을 피하십시오."

두 형제는 서로 바라보며 천천히 대답했다.

"부서지는 새둥주리 속에 알이 어찌 성하겠소(破巢之下, 安有完卵). 달아난들 소용 있소?"

말이 채 떨어지기 전에 정위는 공융의 가속들을 모조리 잡아가서 어린 두 아들까지 죽여 버리고 공융을 참하여 시체를 조리돌렸다.

경조京兆 벼슬한 지습脂習이 공융의 시체 앞에 절하여 통곡했다. 조조는 듣고 크게 노했다.

"어떤 놈이 감히 나라에 죄를 얻고 참형을 당한 시체에 조상을 한단 말이냐? 도대체 누구란 말이냐?"

호령이 추상같았다.

"경조 지습이란 사람이올시다. 공융의 친구올시다."

"죽여 버려라!"

조조는 잔인한 명령을 내렸다.

순욱荀彧이 간하였다.

"소문 들으니 지습脂習은 공융과 가까운 친구로서 항상 공융을 보고 간하기를, '자네는 너무나 성정이 강직하여 큰 탈일세. 그 성미를 고치지 아니하면 반드시 큰 화를 면치 못할 것일세. 조심하게.' 이같이 타일렀다 합니다. 그러나 그는 공융의 죽음을 보고 조상한 것은 친구의 우정이올시다. 우정을 막을 도리야 있겠습니까. 그를 마저 죽이시면 세상 사람의 비난을 받으십니다."

조조는 순욱의 말을 듣고 지습을 놓아주었다.

그러나 또 하나의 의사 지습의 면목은 뛰어났다.

옥에서 놓인 후에 저자에 나가 공융 부자의 시체를 거두어 산에 올라 장사 지내 주었다.

모든 사람들은 가만히 혀를 둘러 지습의 의기를 마음속으로 깊이 칭찬했다.

孔融居北海　豪氣貫長虹

坐上客常滿　樽中酒不空

文章驚世俗　談笑侮王公

史筆褒忠直　存官紀大中

공융이 북해에 살아 호기는 무지개를 꿰뚫다.

자리에는 항상 손이 가득했고,

잔에는 술이 비지 아니했네.

문장은 세상을 놀라게 했고,

웃고 말하는 풍채, 왕공을 능가한다.

춘추 사기는 그를 충직하다 표창해서

벼슬 이름을 두어

대중 대부라 하다.

불쌍하다, 유종은 조조에 항복하고

조조는 공융을 죽인 후에 군대를 다섯 부대로 나누어 차례차례 강남으로 행군을 하고, 다만 순욱의 무리로 허창을 지키게 했다.

이때 형주에서는 유표의 병이 중했다.

사람을 현덕한테 보내어 후사를 부탁하기로 했다.

현덕은 유표의 청함을 받고 관공과 장비와 함께 형주로 가서 유표를 보았다.

유표는 현덕의 손을 잡고 눈물을 머금어 당부하였다.

"내 몸은 이미 병이 깊어 오래지 아니하여 세상을 떠나게 되었소. 모든 일을 현제賢弟한테 부탁하오. 내 자식이 있으나 재질이 없어 아비의 업을 이을 수 없으니 나 죽은 후에는 현제가 스스로 형주를 영솔해 주어야 하겠소."

현덕이 울며 절하여 대답했다.

"비는 힘을 다하여 현질賢姪을 돕겠습니다. 어찌 감히 다른 뜻이 있겠습니까?"

두 사람이 말하고 있을 때 사람이 급히 들어와 고했다.

"조조가 오십만 대군을 영솔하고 형주로 향하여 쳐들어옵니다."

현덕은 급히 유표를 작별하고 밤을 도와 신야로 돌아갔다.

유표는 병중에 조조가 쳐들어온다는 말을 듣고 깜짝 놀랐다.

여러 사람을 모아 상의한 후에 장자長子 유기劉琦로 형주의 주인을 삼아 달라는 유서를 써서 현덕에게 부탁했다.

부인 채蔡 씨氏는 이 말을 듣고 크게 노했다.

안으로 통하는 문을 잠근 후에 채모와 장윤 두 사람으로 바깥문을 파수해 지키게 했다.

이때 큰아들 유기는 강하에 있다가 아버지 병이 위독하단 소문을 듣고 형주로 와서 병 문안을 올리러 바깥문에 당도했다.

채모는 들어오는 유기를 막고 받아들이지 아니했다.

"공자는 부명父命을 받들어 강하를 지키고 계십니다. 그 임무가 중대한데 직무를 버리고 나오셨으니 큰일이올시다. 만약 동오東吳의 군사가 강하로 온다면 어찌하실 텝니까? 지금 만약 주공을 뵈러 들어가신다면 반드시 크게 노하시어 진노하실 것이요, 병환이 더하실 테니 효도하시는 도리가 아닙니다. 속히 돌아가십시오."

유기는 하는 수 없었다. 대문 밖에서 목을 놓아 일장통곡을 한 후에 말에 올라 풀기 없이 강하로 돌아갔다.

유표의 병세는 점점 더 위독했다.

큰아들 유기가 오기를 바랐으나 영영 만나 보지 못하고 8월 무신戊申에 큰소리로 고함치며 죽어 버렸다.

유표가 죽으니 채 부인은 채모와 장윤과 의논하고 가짜로 유서를 다시 만들어 자기의 소생인 유종劉琮으로 형주의 주인을 삼으라 했다고 선언한 후에 발상發喪 거애擧哀하니, 이때 유종의 나이는 14세로 매우 총명했다.

모든 부하들을 불러 말했다.

"아버님께서 세상을 떠나신 후에 내 형님은 현재 강하에 계시고 숙부 현덕께서는 신야에 계신데 나를 세워 주인을 삼으니 만약 형님과 숙부가 군사를 일으켜 죄를 묻는다면 무어라 대답할 터인가?"

모든 사람들이 채 대답을 못했을 때 막관幕官 이규李珪가 대답했다.

"공자의 말씀이 옳으십니다. 지금이라도 늦지 아니합니다. 급히 슬픈 글을 강하로 보내서 큰 공자를 청하시어 형주의 주인이 되게 하시고 숙부 현덕으로 함께 일을 다스리게 한다면 북으로 가히 조조를 대항할 수 있고, 동으로 가히 손권을 막을 수 있습니다. 이는 만전의 대책입니다."

옆에 섰던 채모가 소리쳐 꾸짖었다.

"너는 어떤 사람이기에 감히 어지러운 말을 내어 주공의 유명遺命을 거역하느냐?"

이규도 지지 않고 채모를 꾸짖었다.

"네 이놈, 너희들이 안팎으로 음모를 해서 가짜로 유서를 꾸며 가지고 폐장廢長 입유立幼해서 형주와 양주 아홉 골을 송두리째 채 씨네 손 속으로 넘겨 버리려 하니, 옛 주인께서 만약 영이 계시다면 반드시 너를 죽이시리라."

이규의 꾸짖는 소리를 듣고 채모는 크게 노했다.

무사를 시켜 이규를 끌어내어 참하라 하니, 이규는 죽기까지 채모를 꾸짖는 소리가 입 안에서 떠나지 아니했다.

채모는 유종으로 주인을 삼은 후에 채 씨네 일가가 전부 형주를 거느려 병권을 잡고 치중治中 등의鄧義의 별가別駕 유선劉先으로 형주를 지키라 한 후에, 채 부인은 유종과 함께 양양襄陽으로 나아가 유기劉琦와 유비劉備를 대비해 있으면서 한편으로 유표의 영구靈柩를 양양襄陽 성동城東 한양漢陽 언덕에 장사 지내면서 유기와 유비한테는 통지도 아니했다.

이때 유종이 양양에 당도하여 잠깐 말을 멈추고 있을 때 염탐이 급히 말을 달려 고했다.

"조조의 대군이 양양으로 쏟아져 들어옵니다."

유종은 깜짝 놀랐다.

괴월劃越과 채모를 청하여 물었다.

"어찌하면 좋겠소?"

동조연東曹椽 부손傅巽이 나와서 말했다.

"특별히 조조의 군사만 두려운 것이 아닙니다. 지금 큰 공자는 강하에 계시고 현덕은 신야에 있는데 우리는 장사 지내는 일을 그들에게 고하지 아니했습니다. 만약에 그들이 군사를 일으켜 문죄를 한다면 형주와 양주 는 위태로울 것입니다. 제가 한 계교가 있는데 형주와 양주 백성들을 태 산같이 편안하게 할 수 있고, 또 주인어른의 명작名爵을 영구하게 보전케 할 수 있습니다."

유종이 물었다.

"어떤 계교요, 말을 해 보오."

"형주와 양주 아홉 골을 조조한테 바치는 것입니다. 이리한다면 조조 는 주공을 중하게 대접할 것입니다."

조조에게 항복하라는 부손의 말을 듣자 유종은 부손을 꾸짖었다.

"그게 무슨 소린가? 내가 아버님의 기업을 계승한 지 몇 날이 못되어서 형주와 양주 땅을 송두리째 남에게 내주라 하니 될 뻔이나 한 말이오?"

유종은 펄펄 뛰었다.

옆에 있던 괴월이 말했다.

"부손의 말이 일리가 있습니다. 일에는 역逆과 순順이 있고 강강과 약弱 이 있는 법입니다. 이것은 때를 타서 움직일 수 있는 것이니 천리를 거역 할 수 없습니다. 지금 조조는 남정북벌을 하는 중 반드시 조명朝命이라 팔 고 있습니다. 만약에 항거한다면 역逆이 되는 것입니다. 지금 우리는 내우

외환으로 지내는 중에 백성들은 조조의 대군이 온다는 말을 듣고 싸우기전에 벌써 간담이 서늘하여 어찌할 줄 모르고 황황망망하고 있습니다. 이래 가지고 싸울 도리는 없을 것입니다.”

“여러분의 말씀을 듣지 아니하려는 것이 아닙니다. 아버지가 다스리시던 땅을 하루아침에 남에게 내주라 하시니 어찌 기막히지 아니하오. 온천하 사람들이 나를 사람이 아니라 비웃을 것입니다.”

유종의 말이 채 떨어지기 전에 한 사람이 자리로 나왔다.

“부손傅巽과 괴월의 말이 옳은가 하오. 주인어른께서는 두 사람의 말을좇으십시오.”

유종이 말하는 사람을 바라보니 산양山陽 고평高平 사람 왕찬王粲이었다.

왕찬은 본시 용모가 파리하고 몸체는 단소하지만 어렸을 때 중랑中郞 채옹蔡邕을 보러 가니 때마침 선비들이 모여 있었다.

주인 채옹은 왕찬이 찾아왔다는 말을 듣자 당에서 뛰어내려 신을 거꾸로 신고 왕찬을 맞아들였다.

당에 가득히 모여 앉았던 손들은 깜짝 놀라지 아니할 수 없었다.

한 사람의 손이 채옹을 향하여 물었다.

“그 아이가 누구길래 채 중랑께서 그다지 분에 넘치도록 대접하시오?”

채옹은 빙그레 웃으며 대답했다.

“이 아이는 천하의 기재奇才입니다. 이 사람, 채옹도 당해 내지 못합니다.”

이만큼 채옹은 왕찬을 소중히 대접했던 것이다.

왕찬은 널리 알고 기억력이 좋았다.

한 번은 길가에 서 있는 빗돌의 비문을 한번 읽고는 줄줄 외었다. 뿐만 아니었다. 바둑판이 한참 어우러졌을 때 왕찬은 판을 쓸어 엎은 다음 다시 바둑을 벌여 놓았다. 한 점 차착 없이 전대로 벌여 놓았다.

뿐만이 아니었다. 산술에 능통하고 글을 절묘하게 지었다.

나이 겨우 열일곱 살에 황문黃門 시랑侍郎의 물망에 올랐으나 나가지 아니했고 그 후에 난리를 피하여 형양榮陽으로 갔더니, 유표가 그의 재주를 사랑하여 상빈으로 삼은 것이었다.

왕찬은 유종에게 고했다.

"장군께서 스스로 생각하시기에 조조와 비교하여 어떠하다 생각하십니까?"

"조조를 내가 어찌 따라갈 수 있소?"

"조조는 군사가 강하고 장수들이 용맹합니다. 여기다가 슬기 많은 모사가 그의 앞에 많습니다. 여포를 하비성下邳城에서 사로잡았고 원소를 관도官渡에서 꺾었으며 유비를 농우隴右에 쫓고 오환을 백등白登에 깨쳤으니 호호탕탕 그 세력이 대단합니다."

왕찬은 잠깐 유종의 얼굴을 바라보았다.

유종은 고개를 숙여 왕찬의 말을 들었다.

왕찬은 다시 말을 계속했다.

"조조는 이러한 모든 영웅호걸들을 깨친 세력으로 다시 큰 군사를 몰아 형양으로 내려오니 그 형세를 무슨 힘으로 당해 내겠습니까? 부손과 괴월의 말씀은 앞을 내다보는 좋은 양책이라 하겠습니다. 장군께서는 공연히 지체하고 의심하시지 마시고 결단하시어 뒷날 후회하는 일이 없도록 하십시오."

유종의 마음이 쏠리기 시작했다.

"세 분께서 보시는 바가 그러하다면 좋을 대로 하시오. 내 의견을 들어보지 아니해도 좋지 아니하오."

유종은 말을 마친 후에 항복할 것을 결심했다.

항서降書를 쓰게 한 후에 송충宋忠에게 주어 조조 군전에 바치라 했다.

송충은 유종의 명을 받들고 완성宛城으로 향하여 조조한테 항복하는 글을 바쳤다.

조조의 기쁨은 한량없었다.

송충에게 후한 상금을 주고 분부를 내렸다.

"그대는 돌아가 너의 주인 유종한테 일러두라. 내가 나갈 테니 유종은 친히 성 밖까지 나와서 나를 영접하라 이르라. 나는 저를 극진히 보호하여 형주의 주인을 삼으리라."

송충은 조조한테 하직을 고한 후에 급히 말을 몰아 형양을 향하여 강을 건너려 할 때, 홀연 한 떼 인마가 자욱하게 먼지를 일으키며 달려왔다.

송충이 깜짝 놀라 바라보니 앞에 선 대장은 관운장이었다.

송충은 몸이 벌벌 떨렸다. 말을 달려 피하려 했으나 피할 도리가 없었다.

관운장은 송충을 보자 반가웠다.

"송 장군이 아니시오?"

"네, 그렇습니다."

"어디를 갔다 오시오?"

"잠깐……."

송충은 주저하고 더 말을 하지 못했다.

"요사이 형주는 어떠하오?"

관운장이 물었다.

송충은 처음엔 숨기려 했으나 관운장이 재삼 물으니 하는 수 없었다. 유종이 조조한테 항복했다는 소식을 이실직고했다.

관운장은 깜짝 놀랐다.

송충을 잡아 가지고 신야에 있는 유현덕한테로 말을 달렸다.

현덕은 이 기막힌 소식을 듣고 방성대곡放聲代哭하고 장비는 팔을 걷어붙이고 떠들어 댔다.

"일이 이쯤 되었으니 먼저 송충의 목을 벤 후에 군사를 일으켜 강을 건너서 양양襄陽을 뺏고 채蔡 씨氏와 유종을 죽인 후에 조조와 한번 싸워야 하겠소."

현덕은 장비를 타일렀다.

"너는 잠깐 입을 닥쳐라. 내가 요량하여 처리하리라."

현덕은 말을 마친 후에 송충을 꾸짖었다.

"왜 너는 저들의 하는 짓을 나한테 와서 알리지 아니했더냐? 지금 네 목을 벤다 해도 아무런 유익한 일이 없다. 어서 빨리 돌아가거라."

송충은 백배 사례하고 머리를 싸안고 돌아갔다.

현덕은 심란했다. 혼자 앉아 시름하고 있을 때 공자 유기가 이적을 보내서 문안을 드린다 했다.

현덕은 옛날 이적이 서로 구해 주던 일을 생각하고 뜰에 내려 두 번 세번 치하하며 맞았다.

이적은 공손히 현덕한테 고했다.

"큰 공자의 명을 받들어 왔습니다. 유 형주께서 별세하신 후에 채 부인은 그의 동생 채모와 의논하고 유종으로 주인을 삼았습니다. 곧 양양으로 사람을 보내서 알아보았더니 사실입니다. 사군使君께서 이 사실을 아시는지 저에게 슬픈 글월을 주시며 품하라 하셨습니다. 군사를 거느리고 양양으로 가시어 문죄해 주시기 바랍니다."

현덕은 유기의 편지를 본 후에 이적을 향하여 말했다.

"이 선생은 유종이 주인이 된 것만 아시고 더 이상 기막힌 소식은 모르는구려. 유종은 형주, 양주 두 골을 조조한테 넘겨 버렸소!"

이적은 깜짝 놀랐다.

"종琮이 조조한테 항복을 했습니까. 어떻게 아셨습니까?"

현덕은 관운장이 송충을 잡아 온 일을 자세히 설명해 주었다.

이적이 말했다.

"일이 이미 그쯤 되었다면 사군께서는 조상하신다 선언하시고 급히 양양으로 가십시오. 유종이 나와서 막거든 당장 사로잡아 버리신 후 수하장병을 처치하신다면 형주는 쉽사리 사군의 땅이 될 것입니다."

공명이 옆에 있다가 권했다.

"이 선생의 말씀이 옳습니다. 주경께서는 곧 그대로 실행하십시오."

"유표 형님이 하세하기 전에 나에게 그의 어린 자제를 부탁하셨는데 이제 와서 그의 자식을 사로잡고 그의 땅을 뺏는다는 것은 불의라 생각하오. 구천지하九泉之下에 무슨 낯으로 형님을 뵙겠소."

현덕은 눈물을 흘리며 대답했다.

"하나, 만약 이 일을 행하지 못한다면 막막강병인 조조의 군사를 어찌 막아 내시겠소이까?"

이적이 대답했다.

"우선 번성으로 가서 잠깐 피해 보기로 합시다."

서로들 이야기하는 중에 문득 파발이 뛰어들었다.

조조의 대군은 벌써 박망파博望坡에 당도했다 하였다.

현덕은 이적에게 강하로 돌아가서 군마를 정돈하라 이르고 공명과 함께 적병을 막아 낼 계획을 의논했다.

"어찌하면 좋겠소이까?"

현덕이 공명한테 물었다.

"주공께서는 안심하십시오. 지난번엔 불 한 꾸러미로 하후돈의 인마를 태반이나 불살라 버렸습니다. 이번 조조의 군사도 이러한 계교를 쓰면 아무 염려가 없습니다. 신야는 좁은 골이올시다. 조조의 오십만 대병을 막아서 싸울 수 없습니다. 곧 번성으로 옮기시는 것이 좋겠습니다."

현덕은 공명의 말을 좇았다.

사대문에 방을 붙여 번성으로 가고 싶은 백성들은 일제히 옮기라 하니 백성들은 함빡 번성으로 옮기기를 원했다.

공명은 손건으로 백성들을 호위하여 배로 건너게 하고 미축에게는 관원들의 가족을 맡아서 옮기게 한 후에 장수들에게 영을 내렸다.

"관운장은 일천 군마를 거느리고 백하白河 상류로 가서 매복하는데 제각기 포대布袋 한 개씩을 준비해 가지고 있다가 강변의 모래와 흙을 가득 담아서 백하 강물을 막도록 하라. 내일 삼경 때 하류에서 인마가 들끓거든 막았던 포대를 터놓고 하류로 가서 싸우라!"

공명의 두 번째 전투

관운장이 청령하고 물러 나가니 공명은 장비를 불러 영을 내렸다.

"장비는 일천 군마를 거느리고 박릉博陵 나룻가에 매복해 있으라. 이곳은 수세가 가장 느린 곳이다. 조조의 군사가 물에 쫓겨 이리로 올 것이다. 때를 놓치지 말고 뒤를 습격하라."

장비가 청령하고 물러갔다.

공명은 조운에게 영을 내렸다.

"조자룡은 삼천 군마를 거느리고 네 대로 나누어 한 대는 스스로 거느려 동문 밖에 매복하게 하고, 세 대는 서문과 북문과 남문에 매복시키라. 먼저 유황硫黃과 염초焰硝 등 인화할 물건을 많이 저장해 두도록 하라. 조조의 군사가 성에 들어오면 반드시 민가에서 쉴 것이다. 내일 황혼 때는 큰 바람이 일어날 것이니 바람이 일거든 즉시 성안 세 곳에 매복한 군사를 시켜서 일제히 화전을 쏘게 하라. 성중에 불길이 크게 일어나거든 성밖에서 군사들로 고함치게 하라. 사대문 중에 동문 한 곳만 남겨 놓고 모두 다 봉창해 버려라. 적은 동문으로 나올 것이다. 이때 기회를 잃지 말고 모조리 시살해 버리라. 그리고 날이 밝거든 관우, 장비와 함께 군사를 거두어 번성으로 돌아오라."

조운이 청령하고 물러갔다.

공명은 다시 미방과 유봉 두 장수를 불렀다.

"너희들은 이천 군마를 거느리고 반은 붉은 기를 들게 하고 반은 푸른 기를 들게 하여 신야新野 성 밖 삼십 리 작미파鵲尾坡에 주둔하고 있다가 조조의 군사가 오거든 붉은 기를 가진 군사들은 좌편으로 달리게 하고 푸른 기를 가진 사람은 우편으로 달리게 하라. 적병은 의혹이 들어서 감히 쫓아오지 못할 것이다. 너희들은 조용히 매복해 있다가 성안에 불길이 나는 것을 군호로 하여 적의 군사를 무찌른 후에 백하白河 상류로 와서 호응케 하라."

공명은 일일이 분별한 후에 현덕과 함께 성안 높은 곳에 올라 관전하면서 전승했다는 소식이 오기만 기다리고 있었다.

한편 조인, 조홍은 10만 군사를 거느리고 전대前隊가 되어 나왔다. 그의 앞에는 허저가 3천 철갑군鐵甲軍을 거느리고 길을 열면서 호호탕탕하게 신야로 향하여 당일 오정 때에 작미파에 당도했다.

허저가 앞을 바라보니 한 떼 인마가 붉고 푸른 기를 들고 있다가 허저의 군사가 오는 것을 보자 군사들은 두 대로 나누어 청기, 홍기가 좌우로 달렸다.

허저는 혹여나 복병이 있을까 의심했다.

군사를 멈춘 후에 스스로 말을 달려 조인한테 보했다.

조인은 고개를 가로흔들고 말했다.

"이것은 의병疑兵일세. 복병이 없을 것이니 빨리 행군하라. 나도 군사를 몰아 뒤를 받쳐 주리라."

허저는 조인의 말을 듣고 말 머리를 돌려 다시 작미파로 향했다.

군사를 거느리고 곧 쳐들어갔으나 유비의 군사는 단 한 명도 볼 수가 없었다.

어느덧 해는 서산으로 넘어가 버렸다.

허저는 군사를 정돈하여 앞으로 나가려 할 때 홀연 산 위에서 대취타大吹打 소리가 요란하게 일어나면서 산마루에는 기치창검이 바람과 햇빛을 받아 번쩍이는 곳에 두 개 푸른 일산이 떠 있었다. 자세히 보니 좌편엔 현덕이요, 우편에는 제갈공명이었다. 마주 앉아 담소하며 술을 마시고 있었다.

현덕과 공명이 일산 받고 앉아서 담소하면서 술 마시고 있는 광경을 보자 허저는 크게 노했다.

너무나 자기를 무시하는 것 같았다. 허저는 군사를 이끌고 산상으로 치올랐다. 말을 달려 중턱까지 올랐을 때, 돌연 산상에서는 일성 포향이 천지를 진동하면서 뇌목포석擂木砲石이 불을 뿜어 쏟아져 내려왔다.

허저는 더 올라갈 수가 없었다. 비 오듯 쏟아지는 포석을 무릅쓰고 주저하고 있을 때, 별안간 등 뒤에서 고함 소리가 천지를 진동했다.

허저는 곧 시살하려 했으나 해는 넘어가고 날은 어두웠다.

때마침 조인이 군사를 거느리고 뒤쫓아 당도했다.

조인은 허저에게 신야성으로 들어가 말을 쉬게 하라 영을 내렸다.

성 아래 당도해 보니 사대문이 활짝 열려 있었다. 조인의 군사는 바로 성안으로 들어갔다. 성중은 텅 비어 있었다. 일좌공성一座空城이었다.

조홍은 득의양양하여 성중으로 들어가며 말했다.

"현덕이 세고勢孤 계궁計窮하니까 백성을 데리고 도망간 것이 분명하다. 우리 군사들은 오늘 밤엔 성중에서 평안히 쉬고 내일 아침 때 다시 진군케 하라."

군사들은 종일 먼 길을 달려온 데다가 배가 고팠다. 제각기 주인 없는 빈집으로 들어가 밥을 짓고 조홍과 조인은 내아內衙에 누워 쉬었다.

과연 공명의 말대로 초경 이후에 돌연 광풍이 크게 일어나기 시작했다.

별안간 큰 소동이 일어났다.

"불이야, 불이야……."

뒤미처 수문장이 조인한테로 뛰어왔다.

"불이 났습니다."

"불이 일어났으면 얼른 끌 것이지 나한테 말하면 어찌하란 말이냐? 군사들이 밥을 짓다가 실화를 한 것이 분명하니 빨리 불을 끄고 조심하도록 해라."

조인은 대수롭지 않게 대답하고 있을 때 또다시 급보가 들어왔다.

"서문, 남문, 북문 삼문에 모두 불이 붙었습니다. 큰일 났습니다."

조인은 그제야 깜짝 놀랐다. 모든 장수들을 불러 신야에서 벗어나라 이르고 급히 말을 달려 달아났다.

그러나 때는 늦었다. 온 고을이 불바다였다. 하늘과 땅이 시뻘겠다.

이 밤의 불은 전날 박망파 싸움 때 둔소를 불살라 버렸던 그 불길보다 열 갑절이나 강했다.

조인은 모든 장수와 함께 연기와 불을 무릅쓰고 길을 찾아 달아났다.

"동문만이 불이 아니 붙었소!"

군사 한 명이 외쳤다.

조인은 동문으로 향하고 뛰어 달아났다.

군사들은 조인의 뒤를 쫓았다. 서로들 짓밟아 죽는 자가 부지기수였다.

조인이 겨우 동문 밖을 벗어났을 때 등 뒤에서 또다시 고함 소리가 천지를 진동했다.

조자룡이 군사를 이끌고 짓쳐 나오는 것이었다.

조인은 간담이 서늘했다. 일진을 대패해서 달아났다. 이때 유봉이 또 조인의 진을 꺾어 시살해 들어왔다.

때는 사경이 넘었다. 사람도 피로하고 말도 피로했다.

모두 다 불길 속에 이마를 데고 머리를 그슬렸다.

조인의 대패한 군사는 쫓겨서 백하白河에 당도하니 강물이 깊지 아니하고 잔잔히 흘러갔다.

패잔병들은 감로수甘露水를 만난 듯하였다.

사람과 말은 강물로 들어가 얼굴을 씻고 물을 마셨다.

군사들은 들레고 말은 길게 울음을 울었다.

한편 관운장은 상류에서 포대에 모래를 담아 하수 어귀를 막아 놓고 때를 기다리고 있었다.

황혼 때가 되자 신야에서 불이 일어나기 시작했다.

관운장은 좀 더 기다리고 있었다.

사경 때가 되었다.

하류에서 사람과 말이 소란하게 떠들어 대는 소리가 바람결에 역력히 들려왔다.

관운장은 급히 전령을 내렸다.

"강물을 막았던 포대를 일시에 제쳐 놓아 물꼬를 터놓아라!"

군사들은 일제히 물꼬를 텄다.

막혔던 강물은 별안간 홍수가 진 듯 소리치며 흘러갔다.

조조의 군사들은 별안간 큰물이 밀려드는 바람에 조수족을 할 도리가 없었다. 사람과 말은 물에 빠져 죽고 떠내려가는 자 부지기수였다.

조인은 구사일생으로 옅은 물목을 건너 박릉 나루를 벗어나 달아날 때, 앞에서 별안간 고함 소리가 크게 일어나면서 한 떼 군마가 길을 막았다.

조인이 황망히 바라보니 앞에 나오는 대장은 장익덕이었다. 큰소리로 조인을 꾸짖었다.

"이놈, 조인아, 쾌하게 목숨을 바쳐라."

조조의 군사는 크게 놀랐다. 어찌할지 몰랐다.

조인은 죽음을 각오하고 장비와 어우러져 싸울 때 허저가 장창을 끌고 조인을 구하러 쫓아 들었다.

조인, 허저는 모두 다 조조의 맹장이었으나 원래 기운이 빠졌다. 맥이 풀렸다. 허저는 싸울 맘이 없었다.

몸을 빼쳐 달아났다.

장비는 허저의 뒤를 쫓았다. 허저는 죽을힘을 다하여 달아났다.

이때 현덕과 공명이 장비 앞에 나타났다.

"더 쫓지 말고 내버려 두오."

공명은 장비와 현덕과 함께 상류로 향했다.

유봉과 미방은 배를 준비해 놓고 현덕과 공명의 일행을 기다리고 있었다.

공명은 현덕을 모시어 배에 오른 후에 군사들에게 명령을 내렸다.

"배와 뗏목을 전부 불살라 적이 이용하지 못하도록 하라."

공명은 지휘를 마치자 현덕을 모시어 번성으로 돌아갔다.

한편 조인은 패한 군사를 수습하여 신야로 돌아간 후에 조홍을 조조한테 보내서 이번에도 또다시 패한 일을 보했다.

조인의 두 번씩이나 패한 비보를 듣자, 조조는 노한 기운이 얼굴에 가득했다.

"제갈諸葛 촌부村夫가 감히 이럴 수가 있느냐!"

조조는 곧 삼군을 지휘하여 만산편야, 신야로 향하여 내려갔다.

조조는 신야新野에 당도하자 다시 삼군에 명령을 내렸다.

"군사를 풀어 백하白河를 메워서 제갈양이 다시는 꾀를 쓰지 못하도록 해라. 그리고 산을 샅샅이 뒤져서 유비의 군사를 모조리 잡아 죽이고 팔로路로 나누어 유비가 있는 번성으로 진격하라!"

모사 유엽이 간하였다.

"승상께서는 첫째로 득민심得民心을 하셔야 합니다. 더구나 남으로 양양은 승상께서 처음 오시는 고을입니다. 반드시 먼저 백성의 마음을 사셔야 합니다. 유비가 신야의 백성을 모조리 번성으로 데려간 것은 과연 그가 민심을 크게 얻은 까닭이라 생각합니다. 번성을 공격하시는 것보다도 유비를 초항招降하십시오. 신야와 번성 가까운 두 골에 병화兵火가 일어난다면 사람의 생명과 재산은 모두 다 콩가루가 되어 버립니다. 그리고 만약에 유비가 와서 항복을 한다면 형주 땅은 싸우지 아니하고도 정해지는 것이올시다."

조조는 고개를 끄덕였다.

"그렇다면 누구를 유비한테로 보내는 것이 좋겠나?"

"서서徐庶는 유비와 교분이 두터운 사람이올시다. 마침 이곳에 종군해 있으니 시키시면 될 것입니다."

유엽이 의견을 말했다.

"서서가 갔다가 다시 돌아오지 아니한다면?"

"서서가 유비한테 사신으로 갔다가 다시 오지 아니한다면 사람들은 그를 웃을 것입니다. 서서는 그같이 작은 인물이 아니올시다. 의심치 말고 보내십시오."

조조는 곧 서서를 청했다.

"나는 이번에 단연코 번성을 무찔러 버릴 생각이오. 그러나 죄 없는 만백성의 목숨이 불쌍하오. 차마 못하겠소. 공은 수고롭지만 유비를 찾아서 만나 보고 이치를 들어 말씀해 보시오. 만약 제가 즐겨서 항복한다면 모든 허물을 용서하고 높은 벼슬을 내리겠소. 그러나 앙탈하고 항복하지 아니한다면, 옥석玉石이 구분俱焚이 되어 백성과 군사의 구별 없이 다 죽일 것이니 이 점을 힘써 말씀하시오. 나는 공의 충의를 믿어 보내는 것이니 서로 배신하지 않도록 하시오."

서서는 조조의 영을 받고 번성으로 향했다. 현덕과 공명은 서서를 반갑게 맞아들였다. 옛정을 풀면서 지난 일을 이야기했다.

서서가 다시 말을 꺼냈다.

"조조가 나를 보내서 사군使君을 초항招降하는 것은 단지 백성들의 마음을 사려는 데 있습니다. 지금 조조는 군사를 팔 로路로 나누어 백하白河를 메우고 큰 전쟁을 일으키려 합니다. 이쯤 되니 아무래도 이곳 번성은 부지하지 못하실 것입니다. 곧 대책을 강구하십시오."

현덕이 서서한테 간곡하게 말했다.

"이번에 선생은 공명 선생과 함께 이곳에 머물러 주시면 천만다행이겠소."

"제가 만약 돌아가지 아니한다면 남들의 치소를 면치 못할 것입니다. 저는 노모께서 돌아가시어 한이 골수에까지 맺혔습니다. 몸은 비록 조조의 진에 있다 하나 맹세코 조조를 위하여 한 꾀도 내지 아니할 작정입니다. 공에게는 와룡臥龍이 있으니 아무 염려도 없습니다. 반드시 대업을 완성하실 것입니다."

서서는 말을 마치자 곧 하직을 고했다. 현덕은 더 만류하지 못했다.

서서는 조조한테 돌아가 항복할 의사가 없다고 전했다.

조조는 크게 노했다. 당일로 군사를 휘동하여 번성으로 향했다.

한편 유현덕은 공명한테 계교를 물었다.

"조조가 곧 번성을 공격할 테니 어찌하면 좋으리까?"

"빨리 번성을 버리시고 양양을 취하여 그곳에서 앞일을 생각하시는 것이 좋을 듯합니다."

공명이 의견을 냈다.

"백성들은 어찌하면 좋겠습니까?"

"방을 붙여서 백성들에게 알려 따라가겠다는 사람은 데리고 가시고 소원하지 않는 자는 두고 가시는 것이 좋겠습니다."

현덕은 관운장을 시켜서 강변에 나가 배를 정돈하게 하고 손건과 간옹에게 성안에 방을 붙여서 백성들에게 알리게 했다.

조조의 적병이 곧 당도하게 되었다. 외로운 성을 지킬 수 없으므로 양양으로 옮기기로 했다. 소원하는 사람은 함께 양양으로 가자.

신야와 번성 두 고을 백성들은 함빡 따라가기를 원했다.

"가다가 죽는 한이 있더라도 우리는 유 사군을 따라가겠소!"

백성들은 늙은이를 부축하고 어린이를 업어 강변으로 쏟아져 나왔다.

고향을 버리고 떠나는 백성들은 마음이 서글펐다. 곡성이 천지를 진동했다.

현덕은 배 위에서 이 모양을 보고 목을 놓아 울었다.

"나 한 사람으로 인해서 만백성들이 이 고생을 당하니 내가 어찌 죄를 받지 아니하랴!"

현덕은 강물 속으로 몸을 날려 빠지려 했다.

좌우에 모신 사람들이 급히 잡아 만류했다.

이 소문은 삽시간에 백성들의 귀로 들어갔다. 모두들 감격했다. 통곡하지 않는 백성이 없었다.

배는 남쪽 언덕에 당도했다. 현덕이 뒤를 돌아보니 아직 강을 건너지 못한 백성들은 이편을 바라보고 통곡을 하고 있었다.

현덕은 속히 관운장을 시켜서 배를 가지고 남은 백성을 건너게 했다.

일행은 육지에 오른 후에 양양성 동문 앞에 당도하니 성 위에는 기가 펄럭거리고 해자垓字가에는 울타리를 빽빽하게 둘러쳤다.

현덕은 말을 세우고 성을 향하여 크게 외쳤다.

"유종劉琮 조카야, 현덕이 왔다. 나는 다만 백성들의 생명, 재산을 구하려 할 뿐 다른 생각은 추호도 없다. 빨리 성문을 열라."

유종은 현덕이 온 것을 알자 두려워서 감히 나오지 못했다.

채모蔡瑁와 그의 부하는 군사에게 영을 내려 성 위에서 현덕을 향하여 어지럽게 활을 쏘았다.

기막힌 광경이었다. 백성들은 문루를 향하여 통곡했다.

홀연 성안에서 한 장수가 수백 기를 거느리고 문루 위로 치달려 채모를 꾸짖었다.

"매국적賣國賊 채모蔡瑁 놈아, 네 어찌 유劉 사군使君에게 감히 활을 쏘느냐? 유 사군은 인인仁人 군자君子시다. 백성을 구하러 오지 아니하셨느냐?"

모두들 수문장을 꾸짖는 사람을 바라보니 키는 여덟 자나 되고 얼굴빛은 무른 대춧빛이요, 위풍이 늠름한 의양義陽 사람 위연魏延이었다.

위연은 곧 칼을 빼어 들고 수문장의 목을 벤 후에 성문을 열고 적교弔橋를 내렸다.

"유 황숙께서는 빨리 군사를 이끌고 들어오시어 국적들을 처치하십시오."

위연은 큰소리로 외쳤다.

장비는 기운이 벌컥 났다. 곧 말을 채쳐 성안으로 뛰어들려 했다.

현덕은 급히 손을 저어 장비의 달리는 말을 제지했다.

"너무 황급하게 뛰닫지 마라. 백성들을 놀라게 하지 말라."

위연魏延은 연하여 소리쳐서 현덕의 군사와 말을 불러들였다.

성안에서 일원 대장이 군사를 거느리고 급히 나오면서 큰소리로 위연을 꾸짖었다.

"위연아! 네 한 개 이름 없는 군사로서 함부로 요동하느냐? 대장 문빙文聘이 여기 있다!"

위연은 문빙의 꾸짖는 소리를 듣자 크게 노했다. 창을 잡고 말을 달려 문빙을 취하려 했다.

문빙과 위연의 군사들은 양편으로 갈라지면서 고함을 치며 격전이 벌어졌다.

현덕은 이 모양을 보자 공명을 돌아보았다.

"나는 본시 백성들을 구하러 양양성으로 들어가려 한 것인데 이제 백성들을 상하게 되었으니 이리된다면 나는 양양으로 들어가지 않겠소."

공명이 대답했다.

"그러시다면 강릉江陵으로 가시는 것이 좋겠습니다. 강릉은 형주의 요해처입니다. 먼저 그리로 가서 근거를 잡으시는 것이 좋겠습니다."

"공명의 말씀은 내 의향과 같소이다."

현덕은 곧 백성들을 거느리고 양양 대도를 떠나 강릉을 향하여 나갔다.

이 모양을 보자 양양성의 백성들도 수라장이 된 성을 빠져 나와 현덕의 뒤를 쫓았다.

한편 위연과 문빙은 계속해서 싸웠다. 사시巳時에서 미시未時까지 싸웠으나 승부가 나지 아니했다.

수하 군사들은 죽고 도망쳐서 한 사람도 남지 아니했다.

위연은 슬며시 말 머리를 돌려 문빙을 버리고 현덕의 종적을 살폈다. 그러나 찾을 길이 망연했다.

위연은 하는 수 없었다. 장사長沙 태수太守 한현韓玄을 찾아 잠시 몸을 의탁하고 있었다.

현덕의 일행은 쉬지 않고 길을 걸었다. 현덕을 따르는 군사와 백성의 수는 10만여 명이요, 크고 작은 수레는 수천 채였다. 이 밖에도 남부여대해서 뒤를 따르는 백성들의 수는 헤아릴 수가 없었다.

길은 마침 유표의 무덤 앞으로 지나게 되었다.

현덕은 장수들을 거느리고 묘 앞에 나가 절하고 간곡하게 고했다.

"아우 유비는 무재 무덕하여 형님의 부탁하신 말씀을 이행치 못하니 감창하오이다. 죄는 유비한테 있습니다. 백성들이 무슨 죄가 있습니까? 만약 영령英靈이 계시다면 죄 없는 백성들을 구해 주시옵소서."

현덕의 말은 비창하고 간절했다. 군사와 백성들은 모두 다 눈물을 머금었다.

홀연 보발이 보했다.

"조조의 대병이 벌써 번성으로 들어가 진을 치고 배와 뗏목을 거두어 강을 건너 우리의 뒤를 쫓고 있습니다."

모든 장수들이 현덕에게 품하였다.

"강릉은 요해처라 족히 적을 막을 만합니다. 그러나 지금 십만여 백성들을 이끌고 하루에 겨우 십여 리밖에 못 가니 딱하기 그지없습니다. 이러다가 만약 조조의 군사를 만난다면 도저히 대적할 길이 없습니다. 미안하지만 잠시 백성들을 버리고 가시는 것이 좋을 듯합니다."

현덕은 눈물을 머금고 대답했다.

"큰일을 하려는 사람은 어진 것으로 근본을 삼아야 한다. 나 한 사람을 바라고 따라온 저 불쌍한 백성들을 차마 어찌 버린단 말이냐?”

현덕의 말은 당장 백성들의 귀로 전해졌다. 백성들은 모두 다 감격하여 눈물을 흘렸다.

현덕은 백성들을 보호하여 전과 같이 걸어 나갔다.

공명이 현덕한테 고했다.

“조조의 추병追兵이 오래지 아니하여 당도할 것입니다. 곧 운장을 강하江夏로 보내시어 공자 유기한테 구원병을 청하여 수로로 강릉에 모이도록 하십시오.”

현덕은 공명의 말을 들었다. 곧 글월을 써서 운장에게 주었다.

“운장은 오백 군마를 거느리고 손건을 대동하여 강하로 가서 유기를 만나 나의 편지를 전하라. 유기가 만약 구원병을 내거든 함께 물길로 강릉에 모이게 하라.”

운장이 분부를 받들어 물러갔다.

현덕은 다시 장비를 불러 영을 내렸다.

“너는 이곳에서 머물러 적병이 오거든 뒤를 끊게 하라.”

장비가 청령하고 물러가니 현덕은 조운을 불렀다.

“그대는 늙고 어린 백성들을 보호하여 실수가 없게 하라. 나는 백성들을 거느리고 계속하여 걸어가리라.”

현덕은 모든 일을 분별한 후에 공명과 함께 백성을 거느려 앞으로 나갔다.

이때 조조는 번성에 진을 친 후에 사람을 양양으로 보내서 유종을 불렀다.

유종은 겁이 났다. 두려워서 감히 가지를 못했다. 하는 수 없어 채모와 장윤이 유종을 대신하여 가기로 했다.

왕위가 가만히 유종한테 고했다.

"장군께서 조조한테 이미 항복을 하셨고 현덕이 또한 멀리 피했으니 조조는 얼마큼 마음을 놓고 있을 것입니다. 이때를 타서 기습을 한다면 조조를 사로잡을 수 있을 것입니다. 이리된다면 장군의 위엄은 천하에 진동할 것이요, 중원이 비록 넓다 하나 한번 격서檄書를 뿌려서 천하를 정할 것입니다. 천재일우의 좋은 기회라 생각합니다. 장군께서는 이 좋은 기회를 놓치지 마시기 바랍니다."

유종은 어리석은 위인이었다.

왕위의 말을 곧 채모한테 전했다.

채모는 곧 왕위를 꾸짖었다.

"너는 천명을 알지 못하고 어찌 감히 망령된 말을 함부로 하여 주상의 마음을 어지럽게 하느냐?"

왕위는 크게 노했다.

"나라를 팔아먹은 매국적 놈아, 내가 너를 산 채로 씹지 못하는 것이 한이다."

왕위의 꾸짖는 말을 듣자 채모는 대로했다.

"저놈을 잡아 내려 참형을 처하라."

좌우 시자에게 영을 내렸다.

괴월이 급히 간하였다.

"백성들의 마음이 안정되지 아니한 이때 왕위를 죽인다면 세상의 평이 좋지 아니할 것입니다."

채모는 괴월의 말을 듣고 왕위를 죽이지 아니하고 장윤과 함께 번성으로 가서 다시 조조한테 절하여 뵈었다.

채모가 조조한테 곡진하게 아첨을 올린 일은 이루 다 기록하지 아니해도 독자가 짐작할 것이다.

조조는 채모와 장윤을 보며 물었다.

"형주에는 지금 군마軍馬와 전량錢糧이 얼마나 있는가?"

"마군馬軍이 오만이요, 보군步軍이 십오만이요, 수군水軍이 팔만이니 도합 이십팔만 명입니다. 그리고 돈과 양식은 대부분이 강릉江陵에 있습니다."

"각처에 있는 양곡도 일 년 동안은 공급할 수 있습니다."

"전선戰船들은 누가 관리하고 있나?"

조조가 또 물었다.

"전함은 크고 작은 것을 합쳐서 모두 칠천여 척이나 됩니다. 원래 저희들 두 사람이 관리하고 있었습니다."

조조는 채모에게 진남후鎭南侯 수군水軍 대도독大都督을 봉하고 장윤에게는 조순후助順侯 수군水軍 부도독副都督을 제수하니 두 사람은 크게 기뻤다. 조조한테 백배치사했다.

조조는 만면에 웃음을 띠고 두 사람한테 말했다.

"유경승이 이미 죽고 그 아들이 항복하여 귀순했으니 내 천자께 아뢰어 유종으로 길이 형주의 주인이 되게 하리라."

채모와 장윤은 더욱 좋아서 조조한테 인사를 드리고 물러갔다.

모사 순유가 조조한테 나와 물었다.

"채모와 장윤은 간사한 무리들이올시다. 너무 지나친 벼슬을 주시었습니다. 뿐만 아니라 수군을 도독都督하는 책임을 주셨으니 믿을 수 없는 사람에게 과한 대우이십니다."

조조는 빙긋 웃으며 대답했다.

"내 어찌 사람을 몰라보겠소? 내가 거느리고 있는 북편 사람들은 물에 익숙하지 않아서 수전水戰을 하지 못하니 잠깐 권도로 두 사람을 쓴 것뿐이오. 일이 성사된 후에는 별로 생각할 테니 과히 염려 마오."

순유는 비로소 조조의 뜻을 알고 물러갔다.

채모와 장윤은 조조한테 후대를 받은 후에 유종한테 가서 모든 전말을 이야기하고, 또 천자께 아뢰어 영원히 형주 땅을 유종한테 주겠다는 조조의 말을 전했다.

유종은 기뻤다. 다음 날 어머니 채 씨와 함께 인수印綬와 병부兵符를 받들고 친히 강을 건너 조조를 영접했다.

조조는 유종의 모자를 위로하여 무마한 후에 군사를 거느려 양양성 밖에 주둔하고 있었다.

채모와 장윤은 백성들을 시켜서 분향焚香하여 조조의 대군을 영접하게 했다.

조조는 좋은 말로 형주의 백성들을 위로했다.

"나는 형주 땅을 얻은 것보다 형주 백성들의 법도 있는 예절을 기뻐하오."

형주 백성들을 흠뻑 치켜세워 주었다.

조조는 성에 들어가 부중府中에 좌정하자 괴월에게는 강릉江陵 태수太守 번성후樊城侯를 봉하고, 부손傅巽과 왕찬王粲에게는 관내후關內侯를 봉하고, 유종에게는 청주靑州 자사刺使를 임명하여 당일로 발정하라 하니 유종은 깜짝 놀랐다. 천자께 아뢰어 영원히 형주 땅을 주겠다 하던 말은 금방 식언食言이 된 셈이었다.

유종은 조조한테 나가 절하고 고했다.

"소인은 벼슬하는 것도 소원이 아니올시다. 그저 부모들이 살던 향토鄕土에서 목숨을 부지해 살기가 소원이올시다."

"그런 것이 아닐세. 청주는 제도帝都가 가까운 곳이야. 자네한테 장차 내직內職 벼슬을 주자는 작정일세. 그래야만 자네는 생명을 유지할 수 있네. 이곳에는 자네의 적이 많단 말야. 알아듣겠나?"

조조는 간특한 웃음을 얼굴에 가득 지었다.

유종은 두 번 청주 자사 되는 것을 미루고 사양했으나 조조는 듣지 아니하였다.

유종은 하는 수 없었다. 그의 어머니 채 부인과 함께 청주 길을 향하여 떠나는 수밖에 없었다. 그들을 따라가는 사람은 옛 신하 왕위 한 사람이 있을 뿐, 나머지 사람들은 강가에 나가 전별만 하고 돌아갔다.

조조는 장수 우금을 불러 가만히 분부를 내렸다.

"너는 경기輕騎를 거느리고 모자의 뒤를 쫓아가다가 적당한 곳에서 죽여 버려라. 아주 후환을 없이해 버릴 작정이다."

우금은 조조의 밀지를 받고 경기를 거느려 유종의 뒤를 쫓았다.

얼마 가지 아니해서 유종의 모자를 만났다.

우금은 큰소리로 유종을 꾸짖었다.

"나는 승상의 명령을 받들어 너희 모자를 죽이러 왔다. 목을 늘여 죽음을 받으라!"

채 부인은 아들 유종을 얼싸안고 목을 놓아 통곡했다.

우금은 군사들을 시켜 유종의 모자를 죽여 버렸다. 왕위는 분함을 못 이겨 칼을 들어 대항했으나 많은 군사를 당해 낼 수 없었다. 마침내 의를 지켜 죽음을 당했다.

우금은 유종의 모자와 왕위를 죽인 후에 조조한테 회보하니 조조는 우금에게 후한 상을 준 후에, 사람을 시켜 융중隆中으로 가서 제갈공명의 아내와 아들을 잡아 오라 했다.

그러나 공명의 가족은 벌써 종적을 감추어 찾을 길이 묘연했다.

원래 공명은 조조가 식구들을 찾을 것을 예측했다.

삼강三江 안으로 급히 피신을 시켰던 것이었다.

조조는 깊이 한을 했으나 소용이 없었다.

조조가 양양 땅을 얻은 후에 순유가 건의를 했다.

"강릉은 형주와 양주가 처해 있는 중요한 요해처일 뿐 아니라 돈과 양식이 극히 풍부한 곳입니다. 유비가 만약 이 땅을 차지한다면 앞으로 내쫓기 어렵습니다."

"내가 어찌 그들을 잊을 리가 있소."

조조는 대답한 후에 양양에서 항복한 장수 속에서 보낼 만한 사람을 물색해 보았다.

문빙文聘을 찾았으나 보이지 아니했다. 의심하고 있을 때 문빙이 찾아왔다.

"너는 어찌해서 이제야 나를 찾아보러 오느냐?"

"남의 신하가 되어서 주인과 영토를 보전하지 못하였으니 실로 마음이 슬프고 부끄러워서 일찍 와서 뵙기가 무안해서 늦었습니다."

문빙은 말을 마치자 눈물을 흘리며 느껴 울었다.

"과연 충신이로다."

조조는 크게 칭찬한 후에 강하江夏 태수太守를 제수하고 관내후關內侯를 봉한 후에 군사를 이끌어 선봉이 되게 했다.

이때 탐마探馬가 보했다.

"유비는 백성을 거느리고 하루에 겨우 십여 리밖에 가지 못했는데 그동안 간 길이 모두 합해서 삼백여 리밖에 가지 못했습니다."

조조는 부하 장수에게 급히 영을 내렸다.

"철기 오천을 정선하여 하루낮 하룻밤 안으로 유비를 쫓아가 잡게 하

라. 나는 대군을 휘동하여 뒤를 쫓으리라.”

모든 장수들은 청령하고 5천 철기로 유현덕의 뒤를 쫓았다.

이때 유현덕은 십수만 백성과 3천여 명 군대를 이끌고 강릉을 바라보며 나갔다.

조운은 늙고 어린 백성들을 보호하여 나가고, 장비는 뒤에서 쫓아오는 군사를 막았다.

공명이 현덕한테 말했다.

“관운장은 유기를 만나러 강하로 간 지가 오랜데 여태껏 아무 소식도 없으니 어찌 된 까닭을 모르겠습니다.”

“군사軍師께서 한번 몸소 유기를 만나러 가 보셨으면 좋겠소이다. 옛날의 은공을 생각해서라도 빨리 구원병을 내줄 것입니다.”

현덕이 대답했다.

“그러면 제가 친히 가 보도록 하겠습니다.”

공명은 곧 응낙하고 유봉과 함께 5백 군사를 거느려 강하로 향하여 급히 달렸다.

현덕은 공명을 강하 유기한테로 보낸 후에 간옹, 미축, 미방과 함께 앞을 향하여 나가는데 홀연 일진광풍一陣狂風이 말 앞에 일어나면서 흙먼지가 하늘에 자욱하여 햇빛이 무색했다.

현덕은 깜짝 놀랐다. 함께 가던 간옹한테 물었다.

“괴상한 이 바람이 무슨 바람인가?”

간옹은 음양 이치에 밝은 사람이었다.

소매 속에서 산통을 꺼내서 흔든 후에 첨을 뽑아 보고 깜짝 놀랐다.

“이 바람은 크게 흉한 조짐입니다. 오늘 밤이 가장 불길한 시각이올시다. 주공께서도 빨리 백성들을 버리고 달아나십시오.”

"백성들은 신야서부터 따라온 사람들인데 여기까지 와서 차마 어찌 버리고 가겠소."

현덕은 난처한 얼굴빛을 지었다.

"만약 주공께서 연연하게 생각하시어 백성들을 버리지 아니하신다면 큰 화가 곧 박두해 올 것입니다."

현덕이 시자들한테 물었다.

"앞에 보이는 전면은 무슨 동네라 하느냐?"

시자들이 대답했다.

"전면은 당양當陽이란 골이구, 앞에 보이는 산은 경산景山이란 산이올시다."

"잠깐 산에 올라 백성들을 쉬게 하라."

현덕은 행군하던 군사와 백성들을 쉬게 했다.

때는 마침 가을이 다하고 겨울철로 들어서 입동의 계절이 되었다.

싸늘한 바람은 뼛골 속으로 스며드는데 배는 고프고 갈 길은 처량하게 황혼 때가 되니 곡성哭聲이 들에 가득했다.

사경 때가 되자 홀연 서북편에서 함성이 진동했다.

현덕은 크게 놀랐다. 급히 말에 올라 본부 정병 2천여 기를 거느리고 적병을 맞이했다.

몰려드는 군사는 조조의 군사였다.

원체 수가 많으니 당해 내는 수가 없었다.

현덕은 죽을힘을 다하여 싸웠으나 막아 낼 도리가 없었다.

위급하기 한량없을 때, 다행히 장비가 군사를 거느리고 와서 한 굽이 혈로를 뚫고 현덕을 구해서 동편을 바라보고 달아났다.

그러나 앞길이 또 막혔다.

문빙이 말을 달려 나오며 현덕을 가로막았다.

현덕은 정색하고 문빙을 꾸짖었다.

"주인을 배반한 역적 놈아, 무슨 낯짝을 들고 사람을 대하느냐?"

문빙은 유종의 대장으로 조조한테 항복한 장수였다. 아직도 한 조각 양심이 있었다. 얼굴에 가득 부끄러운 빛을 띠고, 군사를 거느려 동북편으로 가 버렸다.

장비는 현덕을 보호하여 한편으로 싸우고 한편으로 달아났다.

동이 환하게 터 올 무렵 조조 군사들의 고함 소리는 점점 더 멀리 들렸다.

장판파의 상산 조자룡

현덕은 비로소 정신을 수습하여 말에서 내려 좌우편을 돌아보았다. 기막히지 아니한가. 따라온 군사는 겨우 백여 기요, 미축, 미방, 간옹, 조운이며 늙고 어린 가속 등 수천 명은 어디로 떨어졌는지 알 길이 막연했다.

현덕은 목을 놓아 크게 울었다.

"십수만 생령生靈이 다 나를 생각하고 따라오다가 이 변을 당했으니, 모든 장수와 백성들은 어찌 되었는가! 비록 흙이나 나무로 만든 허수아비라도 어찌 슬프지 아니하겠는가?"

현덕이 푸념하고 있을 때, 돌연 미방이 얼굴에 살을 맞아 가지고 절뚝거리며 분함을 참지 못하여 푸념하며 걸어왔다.

"조자룡이란 놈이 반해서 조조한테로 가 버렸습니다."

현덕은 미방을 나무랐다.

"나오는 대로 말을 함부로 지껄여서는 아니 된다. 자룡은 나의 옛 친구인데 어찌 반하겠느냐?"

장비가 불쑥 나타나 말했다.

"그거 사람의 일이란 알 수 없습니다. 요새 우리가 세궁역진한 것을 그자가 보고, 부귀영화를 누리려고 조조한테 항복했는지도 모르지요."

현덕은 다시 타일렀다.

"자룡이란 사람은 나와 환난 속에서 만난 사람이다. 마음이 철석같은 사람인데 부귀영화가 그를 흔들게 할 사람이 아니다.”

미방이 말했다.

“제가 조조의 진인 서북편으로 향하여 가는 것을 눈으로 똑똑히 보았습니다.”

장비가 큰소리로 떠들었다.

“내가 가서 친히 찾아보겠소. 만약에 정말 조조한테로 갔다면 창을 들어 찔러 죽이고 말겠소.”

현덕은 두 사람을 무마했다.

“너무 의심들을 하지 마라. 너의 둘째 형 운장이 조조한테 가서 안량顔良과 문추文醜를 목 베던 일을 생각하지 못하느냐? 자룡이 이번에 갔다면 반드시 무슨 곡절이 있을 것이다. 자룡은 결코 나를 버릴 사람이 아니다.”

장비는 현덕의 말을 듣지 아니하고 20여 기의 군사를 거느리고 장판교長板橋로 향하여 나갔다.

장비가 눈을 들어 바라보니 다리 동편에 수목이 무성해 푸르렀다.

장비는 문득 한 계교를 내었다.

군사들에게 영을 내렸다.

“제각기 나뭇가지를 꺾어서 말꼬리에 달고 수풀 속으로 말을 달려서 자욱하게 티끌을 일으키게 하라.”

장비는 명령을 내린 후에 홀로 장팔사모창을 비껴들고 장판교 위에 우뚝 서서 서편을 바라보고 섰다.

한편 조운은 새벽 사경 때 조조의 대군을 만나 말을 달려 시살하다가 날이 밝아 현덕을 찾으니 보이지 아니했다. 현덕뿐만이 아니었다. 자기가 보호했던 현덕의 집안 식구들도 다 잃어버리고 말았다. 기가 막혔다. 어찌해야 좋을지 정신이 아득했다.

조자룡은 혼자 마음속으로 한탄했다.

'주공께서 감 부인, 미 부인과 작은 주인 아두阿斗를 나한테 부탁하셨는데 오늘 다 잃어버리고 말았으니 무슨 면목으로 주인을 보러 간단 말인가. 죽기를 무릅쓰고 한번 결전을 한 후에 주모主母와 작은 주인의 간 곳을 찾으리라.'

조자룡은 이같이 결심한 후에 좌우를 돌아보니 겨우 30~40기의 군사가 남아 있을 뿐이었다.

조자룡은 군사들에게 말한 후에 말을 달려 서북편으로 향해 나갔다.

전쟁터로 나가며 앞을 바라보니 현덕을 따라왔던 두 고을 백성들의 호곡하는 소리는 천지를 진동하는데, 살에 맞고 창에 찔려서 남편은 아내를 버리고, 아내는 남편을 잃고 달아나는 사람들이 길을 메워 꽉 찼다.

조운은 가슴이 아팠다. 말을 달려 다시 나갈 때 한 사람이 풀숲 속에 쓰러져 있었다.

조운이 자세히 바라보니 간옹이었다. 반가웠다. 급히 물었다. 우선 감 부인과 미 부인이며 아두의 소식을 알고 싶었다.

"두 분 주모를 뵈었소?"

"두 분 주모께서는 의장儀仗을 버리신 채 아기씨를 품에 안고 달아나시는 것을 보고 나는 곧 말을 달려 뒤에 따랐는데 산모퉁이를 넘어서자 한 장수가 나타나서 나를 창으로 찌르는 바람에 나는 이곳에 죽은 체하고 쓰러져 있었고 말은 적군이 가지고 가 버렸소."

조자룡은 군사가 탄 말을 간옹에게 주어서 타게 한 후에 간옹에게 말했다.

"당신은 주공께 먼저 돌아가시어 모든 일을 보고해 드리시오. 나는 하늘 꼭대기나 땅속에까지라도 내 목숨이 다할 때까지 두 분 주모와 아기씨를 찾아서 돌아가겠다고 말씀을 해 주시오."

조자룡이 간웅을 작별한 후에 장판파長板坡를 향하여 말을 달려 나갔다.

홀연 길가에서 한 군사가 소리쳐 불렀다.

"조 장군이 아니십니까. 어디로 가십니까?"

조자룡은 말을 멈추며 물었다.

"너는 어떤 사람이냐?"

"소인은 유 사군 장하帳下에서 수레를 호위하던 군사올시다. 살에 맞아 이같이 쓰러져 있습니다."

조운은 부인과 아기의 소식이 더 궁금했다.

"혹시 두 분 주모를 못 뵈었느냐?"

"아까 뵈었습니다. 감 부인께서 머리를 풀어 산발하시고 맨발로 피난 가는 여인들 틈에 섞여서 남쪽을 바라고 가시었습니다."

조자룡은 군사의 말을 듣자 그를 위로할 틈도 없이 말을 채쳐 남으로 달렸다.

조자룡이 앞을 바라보니 떼를 지어 가는 남녀 백성 수백 명이 앞을 다투어 달아났다.

조자룡은 소리를 높여 외쳤다.

"피난 가는 남녀 속에 혹시 감 부인이 계십니까?"

이때 감 부인은 백성들 틈에 섞여 있었다. 발이 아파서 촌보도 옮길 수 없었다. 맨 뒤에 처져 따라가다가 조자룡의 찾는 소리를 들었다.

감 부인이 고개를 돌려 바라보니 바로 조자룡이었다.

감 부인은 저승에서 반가운 고향 사람을 만난 듯했다.

"조 장군!"

한마디를 부르고 목을 놓아 통곡했다.

자룡은 급히 말에 내려 창을 꽂고 울면서 말했다.

"주모로 하여금 이같이 고생을 하시게 한 것은 조운의 허물이올시다. 미 부인과 아기씨는 어디 계십니까?"

감 부인이 울면서 대답했다.

"나는 미 부인과 함께 적군한테 쫓겨서 수레를 버린 채 백성들 틈에 섞여서 천방지축 걸어가던 중, 또 다른 한 떼 적병이 달려들어 쫓기는 바람에 미 부인과 아기는 어디로 간 곳을 모르고 나만 혼자 구명도생을 해서 이곳까지 밀려온 것입니다."

정히 말하고 있을 때 피난민들이 일제히 고함을 쳤다.

"저기 또 한 떼 적군이 쫓아온다!"

조자룡은 백성들의 고함 소리를 듣자 창을 잡고 마상에 올라 앞을 바라보니 미축을 마상에 묶어 가지고 한 장수가 천여 명 군사를 거느리고 손에 큰 칼을 들고 나왔다. 자세히 보니 조인의 부장 순우도淳于導가 미축을 사로잡아 가지고 조조한테 공치사를 하러 가는 길이었다.

조자룡은 대갈일성 순우도를 꾸짖고 말을 달려 취하려 덤벼들었다.

순우도는 조자룡을 당해 낼 수 없었다. 자룡의 찌르는 창을 받고 말 아래 떨어졌다.

자룡은 급히 미축을 구하여 말을 태운 후에 감 부인도 말을 타게 한 후 조조의 진을 뚫고 큰길로 장판파를 향하여 말을 달려 나갔다.

장판교 위에는 장비가 장팔사모창을 비껴들고 말을 다리 위에 세워 지키고 있다가 조자룡을 보자 큰소리로 외쳤다.

"자룡아, 너는 어찌하여 우리 형님을 배반했느냐?"

조운이 큰소리로 대답했다.

"반하다니 무슨 소리오? 나는 주모와 아기씨를 찾아다니다가 잠깐 뒤

떨어졌을 뿐인데 어찌 나보고 반했다 하오."

"간옹이 먼저 와서 알려 주었기에 망정이지 그렇지 아니했다면 자네는 내 손에 죽었을 것일세!"

"주인어른은 지금 어디 계십니까?"

"앞에 멀지 않은 곳에 계시네."

조자룡은 미축을 돌아보고 말했다.

"미공은 감 부인을 보호하여 먼저 주공께서 계신 곳으로 가시오. 나는 미 부인과 작은 주인을 찾아서 모시고 가리다."

조자룡은 말을 마치자 두어 명 말 탄 군사를 거느리고 다시 오던 길로 말을 채쳐 나갔다.

한동안 말을 달려 나가는데 한 장수가 손에 철창을 잡고 등에는 한 자루 보검寶劍을 메고 수십 기를 거느려 말을 달려 나왔다.

조자룡은 적장에게 향하여 아무 말 없이 창을 들어 싸우기 시작했다.

단 한 번에 자룡의 창은 오는 장수를 찔러 말 아래 떨어뜨려 버렸다.

조조의 군사는 아우성을 치며 사방으로 흩어져 달아났다.

조자룡의 한 번 쓰는 창에 찔려 죽은 사람은 조조의 몸을 호위해 모시는 배검장背劍將 하후은夏侯恩이었다.

원래 조조는 보검 두 자루를 가졌는데 한 자루의 이름은 의천검倚天劍이요, 한 자루는 청홍검靑紅劍이었다.

의천검은 조조 자신이 차고 청홍검은 하후은에게 맡겨서 등에 지고 있게 했다.

청홍검은 날카롭기 서리 같아서 쇠를 끊으면 마치 이겨 놓은 흙을 베는 듯했다.

이때 하후은은 오직 저의 용맹만 믿고 조조한테서 떨어져 군졸을 데리고 함부로 노략질을 하다가 생각 밖에 조자룡을 만나서 한번 쓰는 창에 죽음을 당했던 것이었다.

조자룡은 하후은의 등에 있는 칼을 보니 칼등에는 '청홍' 두 자를 금으로 메워 새겨 놓았다. 비로소 보검인 것을 알았다.

조자룡은 칼을 거두어 허리에 찬 후에 다시 겹겹이 에워싼 적진으로 뛰어들었다. 좌우를 돌아보니 따라왔던 군사들은 다 없어지고 단지 한 사람의 종졸이 남아 있을 뿐이었다. 외롭기 한량없었다.

그러나 조자룡은 반점도 물러갈 마음이 없었다. 말을 달려 좌충우돌하면서 백성을 만나는 족족 미 부인의 소식을 물었다.

한 사람이 손으로 무너진 담을 가리키며 말했다.

"부인께서 왼편 넓적다리를 창에 찔려 상하셨는데 행보를 하실 수가 없어서 아기를 안으신 채, 저 앞 무너진 담 안에 앉아 계십니다."

조자룡은 백성의 말을 듣자 황망히 무너진 담을 향하여 말을 달렸다.

난리 통에 불에 타 무너진 담 안에 미 부인이 아두를 안고 말라붙은 우물가에 앉아 울고 있었다.

자룡은 급히 말에 내려 부인 앞에 절하여 뵈었다.

미 부인이 얼른 조자룡을 알아보았다.

"이같이 장군을 다시 뵙게 되니 아기의 명이 긴가 봅니다. 장군께서는 이 애를 가엾게 생각해 주십시오. 이 애 부친께서 반세半世를 표탕飄蕩하신 나머지 다만 일점혈육이 있게 된 것입니다. 장군께서는 이 애를 보호해서 저의 부친과 상면케 해 주신다면 첩은 오늘 죽어도 한이 없습니다."

미 부인은 말을 마치자 눈물이 비 오듯 했다.

"부인께서 이렇듯 고생을 하시는 것은 모두 다 조운의 죄올시다. 긴말 씀하실 것 없이 부인께서는 말을 타십시오. 저는 걸어서 싸우면서 부인을 모시고 나가겠습니다."

자룡의 말을 듣는 미 부인은 고개를 가로흔들었다.

"아니 됩니다. 장군께서 말없이 어찌 적진을 뚫고 나가시겠습니까. 첩은 이미 중상을 당한 몸이라 죽어도 아까울 것이 없습니다. 이 자식이나 보호해서 안고 가십시오. 첩으로 해서 누를 끼쳐서는 아니 되겠습니다."

"적군의 함성이 가깝게 들립니다. 부인께서는 사양하시지 말고 빨리 말을 타십시오."

조자룡은 세 번 네 번 미 부인을 향하여 말을 타라고 권했다.

그러나 미 부인은 사양하고 듣지 아니했다.

"이러다가는 양실이 됩니다. 첩은 상처를 입어 갈 수 없는 몸입니다."

이때 사면에서 적군의 함성이 천지를 진동했다.

조자룡은 큰소리로 미 부인께 아뢰었다.

"저거 보십시오. 적군들이 곧 우리를 쫓아옵니다. 어쩌자고 이러십니까? 어서 말을 타십시오."

"장군께서는 빨리 아두를 데리고 피하십시오. 천한 첩의 몸으로 인하여 양실이 되어서는 아니 됩니다."

미 부인은 말을 마치자 품 안에 안았던 아두를 땅에 내려놓고 몸을 번드쳐 우물 안으로 뛰어들었다.

조자룡은 외마디소리를 치며 쫓아갔다. 그러나 가엾게도 미 부인은 깊은 우물 속으로 떨어져 목숨을 잃었다.

조자룡은 기가 막힐 지경이었다. 하나 어찌할 도리가 없었다.

적군한테 시체를 뺏기면 큰일이라 생각했다.

무너진 토담을 번쩍 들어서 우물을 덮어 버리고 갑옷 끈을 풀어서 엄심경掩心鏡을 내린 후에 아두를 품에 품었다.

창 짚고 말에 올라 앞으로 달렸다. 한 떼 적군이 함성을 지르며 뒤에서 쫓아왔다.

조자룡이 머리를 돌려 바라보니 조홍의 부장 안명晏明이었다.

안명은 조자룡을 바라보자 세 가닥으로 뻗친 삼첨검三尖劍을 휘두르며 조자룡을 취하려 덤벼들었다.

조자룡은 3합이 못되어 창을 번쩍 들어 안명을 찔러 말 아래 떨어뜨렸다. 모든 군사들은 아우성을 치며 흩어져 달아났다.

조자룡은 아두를 품은 채 창을 두르며 길을 뚫고 비호처럼 달렸다.

한동안 앞을 향하여 달릴 때 또다시 함성이 천지를 뒤흔들며 일지 군마가 앞을 가로막았다.

바람에 대장기가 펄펄 날렸다. '하간河間 장합張郃'이라 크게 썼다.

조자룡은 말없이 창을 들어 장합을 취했다.

싸운 지 10여 합에 승부가 나지 아니했다.

조운은 품 안에 아두가 있으니 힘을 다하여 싸울 수가 없었다. 슬며시 길을 뺏어 달아났다.

장합은 조운의 달아나는 것을 보자 급히 뒤를 쫓았다.

조자룡은 달리는 말에 채를 더했다.

그러나 뜻밖이었다. 조운의 달리는 길 앞에는 적군들이 구덩이(土坑)를 파 놓았다.

조운의 달리던 말은 사람과 함께 구덩이 속으로 푹 빠져 버렸다.

뒤를 쫓던 장합은 하늘이 주는 좋은 기회라 생각했다.

"이놈 조자룡아! 네 어디로 가려느냐!"

큰소리로 외치며 창을 들어 조자룡을 향하여 찌르려 할 때, 별안간 한 줄기 붉은 기운이 구덩이 속에서 뻗쳐 일어나면서 조자룡의 말은 어훙 소리를 치면서 구덩이 밖으로 뛰어나왔다.

장합은 깜짝 놀랐다. 손발이 후들후들 떨렸다. 몸을 피하여 달아났다.

조자룡은 다시 말을 놓아 달렸다.

등 뒤에서 또다시 말굽 소리가 드높았다.

조자룡은 뒤도 돌아보지 아니하고 말을 달렸다.

뒤에서 쫓아오는 말굽 소리는 더욱 드높았다.

홀연 앞에서 티끌이 자욱하게 일어나면서 두 사람의 장수가 군사를 거느려 짓쳐 나오며 큰소리로 외쳤다.

"조자룡은 어디로 달아나느냐?"

앞에서 길을 막는 장수는 초촉焦觸, 장남張南이요, 뒤에서 쫓는 장수는 마연馬延, 장기張覬였다.

모두 다 원소의 부하로 조조한테 항복한 장수들이었다.

조자룡은 힘을 다하여 앞뒤에서 덤벼드는 네 장수와 싸웠다.

이때 조조의 군사는 사면에서 구름 뫼듯 몰려들었다.

조자룡은 전리품으로 얻었던 조조의 청홍검을 뽑아 들었다.

칼이 번득하기만 하면 갑옷은 뚫어지고 피는 댓줄기같이 뻗쳤다. 적군들은 구슬픈 외마디소리를 지르며 죽어 넘어지는 자가 부지기수였다.

조운은 일진을 대패시키면서 비호처럼 말을 달렸다.

이때 조조는 경산景山 높은 곳에서 관전을 하고 있다가 유비 편 한 장수가 말을 달려 좌충우돌하는데 마치 무인지경을 달리는 듯 위세를 당할 수 없는 것을 보았다.

"저 장수가 누구냐?"

급히 좌우한테 물었다.

"모르겠습니다. 알아보고 오겠습니다."

조조를 모시고 있던 조홍이 급히 말을 달려 산 아래로 내려가 큰소리로 물었다.

"군중에서 싸우는 장수는 누구신가? 성명을 밝히라!"

조자룡은 큰소리로 대답했다.

"나는 상산 땅의 조자룡이다!"

조홍은 나는 듯이 말을 달려 조조한테 보했다.

"범같이 달리는 유비의 장수는 상산 땅의 조자룡이라 합니다."

"참말 범 같은 장수로구나! 내 저 사람을 산 채로 잡아서 내 사람으로 만들어야 하겠다."

조조는 다시 각처 영문에 비마飛馬를 띄워 전령을 내렸다.

"조자룡한테는 절대로 활을 쏘아서는 아니 된다. 산 채로 사로잡게 하라."

조조의 영이 한번 떨어지니 장수와 군사들은 조자룡에게 활을 쏘지 아니했다.

그러나 자룡을 사로잡을 만한 명장은 조조의 진에 없었다.

이로 인하여 조자룡은 아두를 품에 품은 채 조조의 포위망을 뚫고 무사하게 나오게 되었다.

세상 사람들은 모두 다 아두의 큰 복이라 했다.

당양當陽 장판파長板坡 싸움에 조운이 아두를 품에 품고 겹겹이 에워싼 적의 중위를 뚫고 나올 때, 칼로 큰 기를 찢어 쓰러뜨린 것이 둘이요, 뺏은 창이 셋이요, 칼로 찍고 창으로 찔러 조조의 대장을 죽인 수가 50여 명이나 되었다.

조운이 겹겹이 싸인 조조의 중위를 뚫고 큰 진에서 벗어나니 피는 전포戰袍에 가득하여 비 오듯 흘렀다.

숨을 돌려 앞으로 나갈 때 또다시 두 패 군마가 소리치며 언덕 아래서 길을 막았다.

조자룡이 길을 막는 두 패 군마를 바라보니 하후돈의 부장 종진鍾縉과 종신鍾紳 형제의 부대들이었다.

종진은 큰 도끼를 두르며 달려들고 종신은 화극畵戟을 비껴 잡고 쫓아들었다.

"조자룡아, 빨리 항복하라!"

종진이 호통을 쳤다.

조자룡은 아두를 품에 품은 채 또다시 접전을 시작했다. 싸운 지 3합이 채 못되어 자룡은 종진을 찔러 마하에 거꾸러뜨리고 길을 앗아 달아났다.

이 모양을 본 종신이 화극을 비껴들고 뒤를 쫓았다.

종신은 창을 번쩍 들어 조운의 등판을 찌르려는 찰나 조자룡은 번개같이 말 머리를 돌려 왼손에 잡은 창으로 화극을 막아 대고 오른손으로 청홍검을 잡아 종신의 머리를 내리쳤다.

종신의 두개골이 두 쪽으로 갈라져 땅 아래 떨어졌다.

장수들의 죽는 것을 보자 적의 군사들은 거미알 헤어지듯 뿔뿔이 흩어졌다.

조자룡은 급히 말을 몰아 장판교를 향하고 달렸다.

등 뒤에서는 또다시 추병이 급했다.

유표의 옛 장수 문빙이 군사를 거느리고 뒤를 쫓아오는 것이었다.

조자룡은 말을 채쳐 달아났다. 다리 앞에 가까이 와 보니 장비가 아직도 창 잡고 말 타고 다리 위에 서 있었다.

조자룡은 큰소리로 외쳤다.

"익덕은 나를 구하라!"

장비가 큰소리로 대답했다.

"자룡인가, 염려 말고 달리라. 뒤에 오는 적병은 내가 막으리라."

조자룡은 힘이 백 배나 용솟음쳤다. 현덕의 진을 향하여 말을 달렸다.

자룡이 20여 리쯤 나가니 현덕은 장병들과 함께 정자나무 아래서 쉬고 있었다.

조자룡은 황망히 말에 내려 현덕한테 절하며 목을 놓아 통곡했다.

현덕도 눈물을 흘려 조자룡의 손을 잡았다.

"조운의 죄는 만 번 죽어도 오히려 가볍습니다. 미 부인께서는 몸에 중한 상처를 입으시고 무너진 민가의 담 안에 계셨습니다. 아무리 청해도 말을 타지 아니하시고 우물에 몸을 던지셨습니다. 혹시나 적병들이 시체를 도적질할까 보아 토담으로 우물을 덮고 아기를 품에 안아 싸우면서 데리고 왔습니다. 아까까지도 아기의 우는 소리가 났는데 지금 아무 소리가 없으니 이상합니다."

조자룡은 말을 마치자 급히 갑옷을 헤쳐 아기를 꺼내 보니, 아두는 쌔근쌔근 자고 있었다.

조자룡은 기뻤다.

"공자께서는 다행히 무량하십니다."

벙글벙글 웃으며 두 손으로 아기를 받들어 현덕한테 바쳤다.

장판교 상의 연인 장익덕

현덕은 아두를 받아 들자 얼굴빛을 고치고 번쩍 들어 땅에 내동댕이쳤다.

"이 못난 핏덩이로 인해서 하마터면 나의 일원 대장을 상할 뻔했구나!"

조운은 깜짝 놀랐다. 땅에 떨어져 까르르 우는 아두를 급히 껴안고 울면서 현덕한테 절하며 말했다.

"조운은 간뇌도지肝腦塗地를 하더라도 주공의 은혜를 다 갚을 길이 없습니다."

시인은 글을 지어 현덕의 넓은 마음을 칭송했다.

曹操軍中飛虎出

趙雲懷內小龍眠

無由撫慰忠臣意

故把親兒擲馬前

조조의 군중에 비호가 뛰달린다.

조자룡의 품속엔 작은 용이 자고 있네.

충신의 뜻을 위로할 길이 없어

아들을 말 앞에 던져 미안한 뜻 밝혀 둔다.

이때 문빙은 조자룡을 쫓아 장판교까지 당도했다. 앞을 보니 장비가 고리눈을 부릅뜨고 호랑이 수염을 뻗쳐서 장팔사모창을 짚고 마상에 높이 앉아 전면을 노려보고 있었다. 겁이 덜컥 났다.

뿐만이 아니었다. 다리 동편 무성한 숲 속에는 티끌이 자욱했다.

문빙은 복병이 있는 줄 알고 말을 멈춘 채 감히 가까이 가지 못했다.

조금 있다가 조인曹仁, 이전李典, 하후돈夏侯惇, 하후연夏侯淵, 악진樂進, 장요張遼, 장합張郃, 허저許褚 등 맹장들이 쏟아져 나왔으나 장비가 노한 눈을 부릅뜨며 창을 비껴들고 다리 위에 말 타고 서 있는 것을 보자, 제갈양이 계교를 내어 유인하는 것이 아닌가 하여 모두 다 가까이 가지 못하고 다리 서편에 진을 친 후에 사람을 조조한테 보내서 사실을 보고했다.

조조는 곧 말을 달려 장판교로 향하여 친히 나왔다.

이때 장비는 고리눈을 부릅떠 앞을 바라보니 조조의 후군이 움직이며 푸른 일산과 금부 은월이 햇빛에 번쩍거렸다.

조조가 친히 군사를 거느려 장판교로 나오는 것이 분명했다.

장비는 목청을 가다듬어 크게 꾸짖었다.

"나는 연인燕人 장익덕張翼德이다! 누가 감히 나하고 죽기를 한하고 결전을 하겠느냐?"

장비의 호통 치는 소리는 마치 뇌성벽력이 일어나는 듯했다.

조조의 장수와 군사들은 모두 다 다리가 후들후들 떨렸다.

조조도 겁이 났다.

"이애, 일산을 치워 버려라."

조조의 좌우들은 얼른 일산을 걷어 버렸다. 조조는 다시 장수들을 향하여 말했다.

"내 일찍이 관운장한테 들으니 장익덕은 백만 군중에서 상장上將의 머리 취하기를 주머니 속의 물건 취하듯 한다 하더니 오늘 만나 보니 과연 무서운 장수다. 너희들은 경적輕敵을 하지 말라."

조조의 말이 채 떨어지기 전에 장비는 고리눈을 부릅뜨고 장팔사모창을 휘두르며 또다시 호통을 쳤다.

"연인燕人 장익덕이 여기 있다. 누구든 빨리 나와서 한번 결전을 하라!"

조조는 장비의 무서운 기세에 눌렸다.

정신이 아찔했다. 싸울 맘이 없었다. 후군을 물리기 시작했다.

장비는 조조의 후군이 움직이는 것을 보자 기백이 더한층 솟구쳤다. 큰소리로 또 한 번 대갈일성 벽력같이 부르짖었다.

"이놈들아, 싸울 테면 싸우고 물러갈 테면 물러가거라! 싸우지도 아니하고 물러가지도 아니하니 도대체 웬 놈의 수작이냐? 빨리 나오너라. 한번 싸워 보자!"

천둥같이 얼러 댔다. 장비의 호통 소리는 어찌나 무섭던지 조조의 곁에 섰던 하후걸夏侯傑이 너무나 놀라서 간담이 파열되면서 정신이 아뜩하여 말 아래 가로 떨어져 버렸다.

조조도 겁이 났다. 급히 말 머리를 돌려 채를 쳐 달아났다.

조조의 달아나는 것을 보자, 모든 장수와 군사들도 어마뜨거라 하고 일제히 서편을 바라보고 달아났다.

마치 젖먹이 어린애가 벽력 소리에 놀라고, 병든 초부樵夫가 호랑이 울음소리에 놀라 달아나는 격이었다.

창과 투구를 버리고 달아나는 군사가 부지기수였다. 사람들은 조수처럼 밀리고, 말은 산이 뭉그러져 내리는 듯했다. 서로 짓밟고 쓰러져 상하고 죽는 군사의 수를 헤아릴 수가 없었다.

시인은 글을 지어 장비를 칭찬했다.

長板橋頭殺氣生

橫鎗立馬眼圓睜

一聲好似轟雷震

獨退曹家百萬兵

장판교 다리 위에 살기가 있네.

창 잡고 말을 세워 고리눈 부릅뜨다.

벽력같은 큰소리로 천지를 뒤흔들다.

조조의 백만 대병을 혼자서 물리치네.

조조는 장비의 위세에 눌려 말을 달려 서편으로 향하여 달아나니 갓끈은 떨어지고 머리는 풀어져 산발이 되었다.

장요와 허저가 뒤에서 쫓아오면서 창황망조해 달아나는 조조의 말고삐를 붙들었다.

장요가 숨이 가빠서 헐떡이는 조조를 향하여 말했다.

"승상께서는 너무 놀라지 마십시오. 장비 한 사람쯤, 무엇을 그리 두려워하십니까? 지금 곧 급히 회군을 하여 시살한다면 유비를 산 채로 잡을 수 있습니다."

조조는 비로소 얼굴빛이 조금 가라앉았다.

"그럼 너희들이 다시 장판교로 가서 소식을 알아보고 오너라."

조조는 장요와 허저를 다시 장판교로 보냈다.

한편 장비는 대갈일성으로 조조의 백만 대병을 조수 물밀듯 밀어낸 후에 수하 군졸 20기를 불러서 장판교 다리를 뭉그러뜨려 끊어 놓고 말꼬리에 걸어 놓았던 나뭇가지를 걷어 치운 후에 현덕한테로 돌아가 조조 쫓은 사연과 다리 끊어 논 일을 일장 설파했다.

현덕은 장비의 말을 듣자,

"우리 아우가 용맹스럽기는 하나 꾀 없는 것이 아깝구나!"

하고 한탄했다.

"무슨 말씀입니까? 제가 어찌해서 꾀가 없습니까?"

"조조 놈 꾀가 비상한 사람이다. 네가 다리 끊은 것을 보면 반드시 쫓아 올 것이다."

"다리를 끊었는데 어떻게 쫓아옵니까? 뿐만 아니라 제 호령 한 소리에 혼비백산이 되어 달아난 조조가 어찌 다시 쫓아옵니까?"

"그건 그렇지 아니하다. 다리를 그대로 두었던들 혹시나 복병이 있을까 의심해서 군사를 내지 아니할 텐데 이제 네가 다리를 끊어 놨으니 조조는 우리가 저희들의 쫓아오는 것을 겁내서 다리를 끊어 논 줄 짐작하고 반드시 쫓아오고야 말 것이다. 저들은 백만 대병을 가졌다. 혈강을 메고라도 건너 올 텐데 그까짓 다리 하나 끊어진 것을 겁내서 건너오지 못한단 말이냐?"

현덕은 말을 마치자 곧 부하 장병에게 급히 영을 놓았다.

"너희들은 빨리 군사를 거느리고 곧 이 자리를 떠나서 나의 뒤를 쫓으라!"

이동 명령을 내린 후에 시각을 지체치 아니하고 지름길로 한진漢津으로 들어서서 면양沔陽을 바라보고 말을 달렸다.

이때 조조는 장요와 허저를 장판교로 보내서 형편을 알아보라 하니 다리가 끊어지고 장비는 종적이 없었다.

"장비는 장판교 다리를 끊어 버리고 본진으로 돌아가 없습니다."

조조는 다리를 끊었다는 보고를 듣자 잠깐 고개를 숙여 생각하더니 입이 딱 벌어졌다. 손뼉을 치고 혼잣말했다.

"장비가 다리를 끊은 것은 마음속으로 겁이 난 것이다!"

벙긋벙긋 웃음을 웃었다.

곧 군령을 내렸다.

"끊어진 장판교 다리 옆에 만 명 군사를 휘동해서 세 개의 부교浮橋를 달아매어 밤 안으로 대군이 진격해 나가도록 하라."

이전이 아뢰었다.

"다리를 끊은 것은 제갈양의 속임수인지도 모르겠습니다. 경솔하게 진군할 것이 아니라 두고 보는 것이 좋겠습니다."

조조는 고개를 가로흔들었다.

"장비는 한개 용부勇夫에 지나지 않는다. 제가 무슨 꾀가 있느냐. 두말 말고 빨리 진격하라!"

한편 현덕은 한진으로 들어서서 후면을 돌아보니 티끌이 자욱하게 일어나는 곳에 북 치는 소리는 하늘에 연했고 고함 소리는 땅을 진동했다.

어우러진 삼파 전국

현덕은 말을 멈추고 탄식했다.

"앞에는 큰 강이 있고 뒤에는 조조의 군사가 쫓아오니 장차 어찌하면 좋단 말인가!"

이내 조운을 불렀다.

"적병이 급히 쫓아오니 막아 댈 일을 궁리하라."

한편 조조는 군중에 영을 내렸다.

"인제 유비는 물 끓는 가마 속의 고기요, 함정 속에 빠진 범이다. 만약 이때 사로잡지 못한다면 고기를 바다로 놓아 보내는 격이요, 범을 산중으로 돌려보내는 셈이나 매일반이다. 모든 장수들은 힘을 합하여 유비를 잡으라!"

모든 장수들은 조조의 명을 받자 제각기 힘을 다하여 유비를 잡으려 했다.

홀연 산 뒤에서 북소리가 둥둥 울리며 한 떼 군마가 쏟아져 나오는데, 일원 대장이 앞에 서서 큰소리로 외쳤다.

"내가 이곳에서 너희들을 기다린 지 이미 오래다."

모두들 바라보니 앞에서 소리치는 대장은 손에 청룡도를 잡고 적토마 위에 높이 앉았는데 수염은 삼각수요, 얼굴은 무른 대춧빛이었다. 확실히 관운장이 분명했다.

원래 관운장은 지난번에 강하江夏 유기劉琦한테로 간 후에 군사 만 명을 빌려 가지고 현덕한테로 돌아오다가 당양當陽 장판長板의 싸움 소식을 탐지하고 급히 군사를 몰아 조조의 나가는 길을 끊은 것이었다.

조조는 한번 관운장을 바라보자 입맛이 쓴 모양이었다. 급히 말 머리를 돌렸다.

혀를 차며 모든 장수들을 돌아보며 말했다.

"또 제갈양의 꾀에 넘어갔구나! 하는 수 없다. 군대를 물려라."

삼군에 급히 전령을 내렸다.

관운장은 조조의 물밀듯 밀리는 군사의 뒤를 쫓아 10리 이상을 호령하며 달렸다.

조조는 관운장의 추격을 받자 혼비백산이 되어 달아났다.

운장은 그제야 말 머리를 돌려 현덕한테로 가서 반갑게 뵌 후에 현덕을 보호하여 나룻가에 당도하니 벌써 배는 강변에 준비되어 있었다.

운장은 현덕과 감 부인과 아두를 배에 올려 좌정케 한 후에 현덕한테 물었다.

"둘째 형수께서 보이지 아니하시니 웬일이오니까?"

현덕은 당양 장판파에서 조자룡이 아두를 품에 품어 구해 내고 미 부인이 우물에 몸을 던진 일을 일장 설파했다.

관운장은 눈물을 머금고 길게 탄식했다.

"연전에 황제를 모시고 허전許田에서 사냥할 때, 내 말을 듣고 조조를 죽였던들 이러한 근심이 없었을 것을 그랬소이다."

"내 어찌 모르겠나마는 쥐를 잡다가 그릇을 깨뜨릴까 보아 만류했던 것일세."

현덕이 대답하고 있을 때, 강 남편 언덕에 홀연 북소리가 요란하게 일어나면서 강상에 크고 작은 전선이 개미 떼처럼 떠내려 왔다.

현덕은 깜짝 놀랐다.

앞의 배는 점점 가까이 왔다. 한 사람이 백포白袍 입고 은 투구 쓰고 뱃머리에 서서 큰소리로 말했다.

"아저씨께서는 그동안 안녕하셨습니까? 조카아이는 아저씨께 큰 죄를 졌습니다."

현덕이 자세히 보니 유표의 큰아들 유기劉琦였다.

배가 가까이 오자 유기는 울며 절하고 말했다.

"아저씨께서 조조한테 곤란을 당하신다는 말씀을 듣고 특별히 찾아와서 접응을 합니다."

현덕은 기뻤다. 곧 전선戰船을 한곳으로 모아 하류로 내려가면서 유기와 함께 지난 일을 이야기할 때, 서남편 강상에 난데없는 전선이 일자로 늘어서서 바람을 타고 이편으로 향해 왔다.

유기가 깜짝 놀라 말했다.

"강하에 있는 전선은 소질이 함빡 거느리고 이곳으로 왔는데 지금 전선들이 또다시 떠 오니 이것은 필시 조조의 군사가 아니면 강동 손권의 전선이 분명합니다. 이를 장차 어찌하면 좋겠습니까?"

현덕이 급히 뱃머리에 나가 보니 한 사람이 윤건도복綸巾道服으로 뱃머리에 단정히 앉아 있는데 다른 사람이 아니라 바로 공명이요, 그의 등 뒤에 서 있는 사람은 손건이었다.

현덕은 기쁨을 이길 수 없었다. 급히 배를 당기어 물었다.

"공명이 어찌 여기 계시오?"

"양이 강하로 가는 길로 운장을 시켜서 한진으로 가서 육지에 올라 접응하라 하였습니다. 그리고 가만히 생각해 보니 조조가 뒤를 쫓는다면 주공께서는 강릉으로 가시지 아니하고 한진 길을 취하실 듯하므로, 먼저 공자께 청하여 접응케 하고 양은 다시 하구夏口로 가서 그곳 군사를 모조리 일으켜 도우러 온 것입니다."

현덕은 제갈공명의 말을 듣자 크게 기뻤다.

배를 한곳으로 모아 조조 깨칠 계책을 상의했다.

공명이 말을 꺼냈다.

"하구는 성이 험하고 튼튼할 뿐 아니라 돈과 양식이 넉넉하니 가히 오래 유할 수 있습니다. 주공께서는 하구로 가시어 주둔하시고, 공자께서는 강하로 돌아가시어 전선을 정돈하시고 군기를 수습하시어 의각지세犄角之勢를 삼는다면 가히 조조의 백만 대병을 저당하실 것입니다. 그러지 아니하고 함께 강하江夏로 가신다면 형세가 도리어 고단하실 것입니다."

유기가 의견을 말했다.

"군사軍師의 말씀이 심히 옳습니다. 다만 어리석은 생각에는 숙부께서 잠깐 강하로 가시어 군마를 정돈하신 후에 다시 하구로 가서도 늦지 아니한가 합니다."

현덕이 대답했다.

"현질賢姪의 말이 또한 옳소."

현덕은 곧 관운장에게 5천 군마를 주어 하구를 지키라 하고 공명과 유기는 현덕과 함께 강하로 향하여 배를 띄워 내려갔다.

한편 조조는 관운장이 군사를 이끌어 길을 막는 것을 보자 혹시나 복병이 있을까 염려하여 감히 뒤를 쫓지 못하고 또 한편 현덕이 물길로 강릉을 먼저 취할까 하여 밤을 도와 군사를 이끌어 강릉으로 향했다.

형주에 있는 치중治中 등의鄧義와 별가別駕 유선劉先은 이미 양양에서 유종이 항복한 일을 잘 알고 있었다. 조조에게 능히 저항할 수 없다 생각했다. 형주의 군민들을 거느리고 성에 나와 항복했다.

조조는 군사를 거느리고 성에 들어가 백성을 안돈시킨 후에 옥에 갇혀 있는 한숭韓嵩을 석방하여 대홍려大鴻臚의 높은 벼슬을 주고 나머지 장수들에게 각각 흡족하도록 상을 주었다.

조조는 봉상封賞을 마친 후에 모든 장수를 불러 의논하였다.

"지금 유비는 강하 유기한테로 투신을 했으니 앞으로 동오東吳 손권과 결탁한다면 큰일이다. 무슨 계교로 유비를 격파할 수 있겠나?"

순유가 말했다.

"우리는 군위軍威를 크게 떨쳐서 사신을 강동 손권한테로 보내서 강하江夏에서 사냥을 하자 약속하고, 함께 유비를 사로잡아 형주 땅을 나눈 후에 길이 동맹을 하자 한다면 손권은 반드시 놀라고 두려워서 항복할 것입니다. 이리한다면 우리 일은 잘될 것입니다."

조조는 순유의 계책을 좇았다. 한편으로 격문을 지어 사신을 동오로 보내고, 한편으로 마보馬步 수군水軍 80만 명을 점고하여 백만이라 거짓 떠들어 댄 후에 수로와 육로로 배와 말과 사람이 아울러 나가니 서편으로는 형주와 섬주에 연했고, 동으로는 기주와 황주에 접하여 조조의 영문과 진터는 3백 리에 연결해 뻗었다.

이때 강동 손권은 시상군柴桑郡에 둔병하고 있다가 조조의 대군이 양양까지 나와 유종劉琮이 항복하고, 또다시 밤을 도와 강릉으로 나온다는 소문을 듣고 모든 모사들을 모아 놓고 방어할 대책을 의논하였다.

노숙이 나와서 말했다.

"형주는 우리 땅과 이웃해 있는 좋은 고장입니다. 강산은 험고하고 사민士民들은 은부殷富합니다. 우리가 만약 이곳을 차지한다면 제왕이 될 자본이라 생각합니다. 지금 유표는 죽었고 유비는 패했습니다. 노숙 제가 명을 받들고 강하로 가서, 유비를 달래서 유표의 여러 장수를 무마하여 마음을 한 가지 하고 뜻을 같이하여 함께 조조를 치자 해서 유비가 만약 기쁘게 듣는다면 큰일을 과히 정할 것입니다."

손권은 노숙의 말을 기껍게 좇았다.

곧 노숙에게 예물을 갖추어 강하로 가서 유기와 유비를 찾아 조위하는 예를 차리게 했다.

한편 유기와 강하로 나간 유비는 공명과 함께 앞으로 취할 방책을 의논했다.

공명이 말했다.

"조조의 병력은 호대하니 급히 대적하기 어렵습니다. 동오 손권한테로 가서 응원을 구하여 조조와 손권이 서로 얼러서 남북에 상지케 한 후에 우리는 중간에서 이익을 취한다면 불가한 것이 없습니다."

현덕이 대답했다.

"강동江東에는 인물이 극히 많아서 반드시 무슨 대책을 마련했을 것입니다. 어찌 우리와 서로 일을 하려 하겠소?"

공명은 빙긋 웃으며 현덕의 말에 대답했다.

"지금 조조는 백만 대병을 거느리고 범의 자세로 강한江漢에 걸터앉아 있으니 강동 사람들이 어찌 사람을 보내서 그의 허하고 실한 것을 탐지하지 아니하겠습니까? 만약에 사람이 이곳으로 온다면 제갈양은 한 척 범선帆船을 타고 바로 강동으로 가서 세 치 문드러지지 아니한 혀를 놀려서 남북 두 군사가 서로 탄병呑倂하도록 일을 만들어 놓겠습니다. 만약 남군이 이기면 조조를 토멸하여 형주 땅을 취하고, 만약에 북군이 이기면 우리는 강남을 취하여 안전하게 자리를 잡을 수 있습니다."

"높은 식견을 가지신 좋은 말씀이외다마는 강동 사람들이 이곳으로 물어보러 올 까닭이 있습니까?"

현덕은 의심하여 탄식하고 있을 때 사람이 와서 보했다.

"강동 손권이 노숙을 보내서 조상한다 합니다. 배가 벌써 언덕에 닿았습니다."

공명이 빙긋 웃고 현덕을 바라보며 말했다.

"일이 잘되게 되었습니다!"

공명은 말을 마치자 다시 유기한테 물었다.

"지난해 손권의 형님 손책이 죽었을 때 양양에서 사람을 보내서 조상을 간 일이 있습니까?"

"강동은 예로부터 우리 집과 살부殺父의 원수가 있는 터입니다. 어찌 경조상문하는 예를 취하겠습니까?"

유기가 고개를 가로저어 대답했다.

"그렇다면 노숙이 이곳에 오는 것은 조상을 위해서 오는 것이 아니라 군정을 탐지하러 온 것이 분명합니다."

공명은 말을 마치자 다시 현덕한테 당부했다.

"노숙이 와서 만약 조조의 동정을 묻거든 주공께서는 다만 제갈양한테 물어보라는 말씀만 해 주십시오."

현덕은 고개를 끄덕였다.

계책이 정해진 후에 현덕은 사람을 보내서 노숙을 영접하여 성에 들어오게 했다. 유기는 조상과 예물을 받고 현덕을 청하여 노숙과 상면하게 했다.

현덕은 노숙과 첫인사를 마치고 후당으로 청하여 술을 대접했다.

술이 서너 순배 돌았을 때 노숙은 현덕을 향하여 말을 붙였다.

"오랫동안 황숙의 큰 이름을 받들어 들었으나 연이 없어 만나 뵐 기회가 없었더니 이제 다행히 뵙게 되니 실로 기쁘고 위로됩니다. 요사이 듣자오니 황숙께서는 조조와 함께 회전會戰을 하셨다 하니 저의 허실虛實을 짐작하실 것입니다. 감히 묻자옵니다. 조조의 병력은 얼마나 됩니까?"

현덕은 대답했다.

"유비의 군졸은 미약하고, 장수의 수는 적어서 한번 조조의 군사가 온다는 말만 들으면 모두 다 달아나 버립니다. 이런 까닭에 저편의 허실을 모릅니다."

"황숙께서는 제갈공명의 계책을 쓰시어 두 번 화전火戰에 조조의 혼담을 서늘하게 만드셨다 하는데 어찌 모른다 하십니까?"

"공명한테 물어보시면 자세한 것을 알 것입니다."

"공명은 어디 있습니까? 한번 만나 보기를 원합니다."

현덕은 시자를 불러 공명을 청해 나왔다.

노숙은 공명을 향하여 예를 마친 후에 공손히 물었다.

"항상 선생의 재덕을 사모했으나 일찍이 만나 뵐 기회가 없었더니 이제 다행히 서로 만나게 되니 천만다행입니다. 목전에 천하의 안위安危가 어찌 될지 감히 묻습니다."

공명이 미소하여 대답했다.

"조조의 간계는 양이 이미 다 알고 있습니다. 그러나 다만 힘이 모자라서 한이올시다. 그래서 아직 피하고 있습니다."

노숙이 말했다.

"황숙께서는 앞으로도 이곳에 계시겠습니까?"

"우리 주인께서는 창오蒼梧 태수太守 오신吳臣과 구교가 계시니 그곳으로 가실 것입니다."

"오신은 양식도 적고 군사도 미약해서 자기 자신도 보존하기 어려운 터인데 어찌 다른 사람을 받아들일 수 있겠습니까?"

노숙이 공명을 향하여 의사를 표시했다.

"오신한테 오래 있기가 부족합니다마는 우선 잠깐 의지해 보려 합니다. 별로 좋은 수가 있겠지요."

"손 장군은 범같이 여섯 고을에 웅거하여 군사는 날쌔고 양식은 족합니다. 이런 데다가 어진 이를 공경하고 선비를 예로 대접하니 강동의 영웅호걸이 모두 붙좇아 돌아옵니다. 지금 황숙을 위하시려면 심복을 동오로 보내서 좋게 지낼 것을 약속한 후에 앞으로 함께 큰일을 도모하는 것이 상책일까 합니다."

노숙의 말을 듣자 공명이 대답했다.

"우리 주공께서는 본시 손 장군과 구교가 없으니 공연히 말만 허비할 뿐 성과가 없을까 염려됩니다. 이러한 중 심복으로 믿고 보낼 만한 사람이 없습니다."

"선생의 영형令兄께서는 지금 강동의 참모로 계십니다. 날마다 선생의 얼굴을 보고 싶어하십니다. 노숙이 비록 불민합니다마는 선생과 함께 가서 손 장군을 뵙고 큰일을 함께 의논하는 것이 어떻겠습니까?"

현덕은 공명과 함께 가겠다는 노숙의 말을 듣고 고개를 가로흔들었다.

"공명은 나의 스승입니다. 촌시라도 서로 떨어질 수 없습니다. 어찌 가겠습니까?"

노숙은 현덕한테 공명과 함께 갈 것을 재삼 간청했다.

"아니 됩니다. 공명을 보낼 수는 없소이다."

현덕은 거짓 허락하지 아니했다.

노숙은 다시 세 번 네 번 청했다.

"잠깐만 다녀오라고 허락을 내려 주십시오."

현덕은 여전히 고개를 가로흔들었다.

"나는 눈 깜짝할 사이라도 공명이 없으면 살아 나갈 수가 없소이다."

공명이 현덕한테 아뢰었다.

"일이 급하니 잠깐 명을 받들어 갔다 오겠습니다."

"공명도 가겠다 하시오? 정 그렇다면 잠깐 다녀오시오."

현덕은 마지못해 허락하는 시늉을 했다.

노숙은 현덕한테 치사한 후에 유기를 작별하고, 공명과 함께 배에 올라 시상군柴桑郡으로 향해 가면서 배 안에서 의논하였다.

"선생께서는 손 장군을 보시고 절대로 조조의 군사가 장대하고 장수가 많다고 말씀하셔서는 아니 됩니다."

공명은 빙긋 웃고 노숙의 말에 대답했다.

"자경子敬께서 정녕하신 말씀이 아니라도 대답할 말을 대강 준비하고 있습니다."

자경은 노숙의 자였다. 두 사람은 껄껄 웃었다.

배는 어느덧 언덕에 닿았다. 노숙은 공명을 청하여 관역館驛에 쉬게 하고 먼저 손권을 찾아보았다.

손권은 마침 문무백관을 당상에 모아 놓고 일을 의논하고 있다가 노숙이 돌아왔다는 보고를 받자 급히 불러 물었다.

"자경은 몸소 강하江夏로 가서 조조의 허실을 탐지하러 가더니 형편이 어떠합디까?"

"대강 알아보았습니다. 차차 말씀 드리겠습니다."

손권은 조조가 보낸 격문을 노숙한테 보이며 말했다.

"조조가 어제 사신을 보내서 격문을 가져왔소이다. 나는 먼저 사신을 돌려보내고 지금 문무백관을 모아 의논하는 중인데 아직 결정을 내리지 못하였소이다."

노숙은 격문을 읽어 보았다.

조조는 이 사이 황제의 명을 받들어 죄 있는 자를 치려 하여 깃발을 남으로 날리고, 유종의 손을 묶어 항복시키고 형양荊襄의 백성들은 바람에 휩쓸리듯 귀순하였소. 이제 웅병雄兵 백만을 통솔하니 상장上將만이 천 명이나 됩니다. 장군과 강하에 모여 사냥하면서 함께 유비를 쳐서 땅을 나누고 길이 동맹하여 좋게 지내려 하니 관망만 하지 말고 속히 회답을 주신다면 다행이겠습니다.

노숙은 읽기를 다한 후에 손권에게 물었다.

"존의尊意는 어떠하십니까?"

"아직 결정을 내리지 못했소이다."

손권이 대답했다.

옆에 있던 장소가 의견을 말했다.

"조조는 백만 대병을 거느리고 천자의 이름을 빌어서 사방을 정복하는데 만약 막는다면 불순이 됩니다. 주공께서 여태껏 조조에게 항거하셨던 것은 장강長江 때문이었는데 이제 조조는 형주를 얻었으니 장강의 험한 요새要塞는 우리와 공유하게 되었습니다. 이러하니 대적하기 극난합니다. 어리석은 생각에는 항복을 하는 일이 만 번 온전한 일이라 생각합니다."

장소의 말이 떨어지니 모든 모사들은 일제히 찬성했다.

"장자포張子布의 말씀이 옳습니다. 천의天意에 합하는 일이올시다."

자포는 장소의 자였다.

손권은 잠자코 궁리하면서 대답이 없었다.

장소는 다시 우겼다.

"주공께서는 의심하실 때가 아닙니다. 만약 조조한테 항복하신다면 동오의 백성들은 편안하고 여섯 골이 보전될 것입니다."

손권은 그래도 고개를 숙이고 말이 없었다.

이윽고 손권은 옷을 갈아입으러 별실로 들어갔다.

노숙이 뒤를 따랐다.

손권은 노숙의 뜻을 짐작했다.

노숙의 손을 잡고 말했다.

"경卿은 어찌할 테요?"

노숙은 얼굴빛을 엄숙히 해서 말했다.

"모든 사람들은 장군을 그르치고 있습니다. 모든 사람들은 다 조조한테 항복을 하라 하지만 장군은 조조한테 항복하지 못하십니다."

"어찌한 말씀이오?"

손권은 노숙한테 물었다.

"숙 같은 사람이 조조한테 항복한다면 조조는 숙에게 고향으로 가게 하여 자사刺史나 군수 벼슬을 줄 것이니 금의환향錦衣還鄉이 된다 하겠습니다. 그러나 장군께서 조조한테 항복하신다면 가실 길이 어디 있습니까? 기껏해야 후侯를 봉하는 데 지나지 아니할 것입니다. 수레는 일승一乘밖에 되지 못하고 말을 탄다면 한 필 말에 구종 별배가 겨우 두어 사람 따를까 말까 하겠습니다. 어찌 남향南向해서 고孤라고 불러 보시겠습니까? 모든 사람의 말은 다 자기를 위해서 하는 말입니다. 그들의 말을 듣지 마시고 일찍이 큰 계획을 정하십시오."

손권은 탄식하여 말했다.

"모든 사람의 의논이 내 뜻에 합당치 않더니 자경의 말씀을 들으니 내 의사에 맞소이다. 이것은 하늘이 자경을 나에게 주신 것이라 생각하오.
다만 조조는 새로 원소의 큰 군사를 얻었고 다시 형주의 병력을 차지했으
니 세력이 너무나 호대하여 대항하기 극히 어렵구려!"

　노숙이 말했다.

　"제가 강하에 가서 제갈근의 아우 제갈양을 데리고 왔습니다. 불러서
물어보시면 조조의 허하고 실한 것을 단통 아실 것입니다."

제갈공명의 현하 웅변

노숙의 말을 듣자 손권의 입은 딱 벌어졌다.

"와룡 선생이 이곳에 왔단 말이오?"

"예, 그러합니다. 지금 관역에서 쉬고 있습니다."

"오늘은 해가 저물어서 서로 보기가 어렵겠소. 내일 문무백관들을 장하에 모아 놓고 강동의 영준英俊들이 얼마나 많은 것을 보인 연후에 당에 오르게 해서 일을 의논하는 것이 좋겠소."

노숙은 손권의 명을 받고 물러갔다.

다음 날 노숙은 공명을 관역으로 찾았다.

"오늘 우리 주인을 만나시거든 절대로 조조의 군사가 많다는 것을 말씀해서는 아니 됩니다."

노숙은 또 한 번 당부했다.

공명은 빙긋 웃고 대답했다.

"제갈양은 기회를 보아 말할 테니 염려 마시오. 결코 일을 그르치지는 아니하오리다."

노숙은 공명을 인도하여 손권의 장하로 들어갔다.

이때 장소와 고옹 등 문무 재상과 장성들 20여 명은 아관박대峨冠博帶로 옷을 정제하고 단정히 앉아 있었다.

공명은 일일이 서로 보아 성명을 묻고 인사를 마친 후에 객석에 앉았다.

장소 등이 공명을 바라보니 얼굴은 청수하고 기상은 헌앙했다.

'이 사람이 우리들을 달래러 왔구나!'

마음속으로 짐작한 후에 장소는 먼저 말을 꺼내 수작을 붙여 봤다.

"장소는 강동의 미미한 선비올시다. 감히 묻습니다. 선생께서는 융중隆中에 높이 누워 계시어 스스로 관중管仲과 악의樂毅한테 비하셨다 하는데 과연 그렇습니까?"

공명이 대답했다.

"네, 그저 자그맣게 나의 평생을 견주어 말한 것이지요."

제갈양은 지지 않고 버티어 봤다.

장소는 다시 말을 꺼냈다.

"들으니 유 예주는 선생을 세 번 초려草廬로 찾은 후에 다행히 선생을 얻어서 고기가 마치 물을 얻은 듯하여 형주와 양주를 자리 말듯 취하려 하더니, 이제 보니 조조한테로 돌아갔으니 이 어이한 까닭입니까?"

장소는 공명을 한번 놀려 댔다.

공명은 가만히 속으로 생각해 보았다. 장소는 손권 수하의 첫손을 꼽는 모사였다. 만약 먼저 쓰러뜨려 놓지 아니하면 앞으로 손권을 달랠 수 없다 생각했다.

"내가 보기에는 한토漢土의 땅을 취하기는 손바닥을 뒤집는 것보다도 더 쉽다고 생각하오. 유 예주는 몸소 인의仁義를 행하여 차마 동종同宗의 기업基業을 뺏기 싫은 까닭에 그리된 것입니다. 유종劉琮 어린 사람은 망령되게 간신의 말을 듣고 몰래 조조한테 항복하여 조조가 이같이 창궐하게 되었소이다. 지금 우리 주인께서는 강하에 둔병을 하시고 따로 좋은 계책을 세우고 계십니다. 등한한 사람이 알 바 아니지요."

장소는 공명의 말을 듣고 한번 싱긋 웃으며 비꼬아 말했다.

"나는 선생의 말씀과 행동이 일치하지 않다고 봅니다. 선생은 스스로 관중, 악의한테 비하지만 관중은 환공桓公을 도와서 제후 중의 제일가는 패覇 제후諸侯가 되게 해서 천하를 한번 바로잡았고, 악의는 미약한 연燕나라를 붙들어 일으켜서 제齊의 칠십여 성城을 항복 받았으며, 이 두 사람은 실로 제세濟世의 재목입니다. 오늘날 선생은 초려草廬 속에서 풍월을 높이 읊으시고 무릎을 꿇어 세상을 흰 눈으로 바라보셨습니다. 이제 유 예주를 좇아 일을 하시니 당연히 생령生靈들을 위하여 이로운 일을 하셔야 하고, 해로운 자를 제거시켜서 난신적자를 토멸해야 할 것입니다. 그러나 유 예주가 선생을 얻기 전에는 그래도 천하로 종횡하면서 성지城池를 차지했습니다. 유 예주가 처음 선생을 모신 후에 사람들은 모두 다 선생을 우러러보았습니다. 비록 삼척동자三尺童子라 할지라도 유 예주가 선생을 얻은 것은 범의 겨드랑이에 날개가 돋친 격이라 해서 한실漢室은 다시 일어나고, 조 씨는 곧 멸망될 것이라 했습니다. 그리하여 조정의 옛 신하의 산림에 숨은 선비들은 모두 다 눈을 씻어 다시 푸른 하늘을 바라보고 해와 달의 밝은 빛을 우러러보아 백성들을 수화水火 속에서 건져 내고, 천하를 반석 같은 자리에 놓을 것이라 해서 기대가 진실로 컸던 것입니다. 그러나 선생이 한번 예주로 오신 후에는 조조의 군사가 한번 움직이니 당신의 군사들은 갑옷을 버리고 창을 내던져서 바람에 불리듯 흩어졌습니다. 위로는 유표한테 은고를 갚아서 뭇 백성을 편안케 못하였고, 아래로는 외로운 고자孤子를 도와주지 못한 채로 신야를 버려 번성으로 달아나고 당양當陽에서 패한 후에 하구夏口로 도망쳐서 오늘날의 용신容身할 곳이 없게 되었으니 이것은 유 예주가 선생을 얻은 후에 도리어 선생을 얻기 이전, 처음만 같지 못하게 된 것입니다. 관중과 악의가 과연 그러했습니까? 우직한 내 말씀을 괴이쩍다 생각하지 마시기 바랍니다."

장소는 공명을 까붙였다.

공명은 장소의 말을 듣자 아연하지 않을 수 없었다. 그러나 소리 높여 껄껄 웃으며 대답했다.

"붕鵬새가 만 리를 날 때 조그마한 뭇 새들이 어찌 붕새의 큰 뜻을 알겠소. 지금 예주의 일을 사람의 병세에 비한다면 기막힌 중병 환자입니다. 병자를 다스리는데 먼저 미음과 죽이며 부드러운 약을 써서 장부가 조화되고 형체가 평온한 연후에 육식으로 보해 주고 맹약猛藥으로 다스려서 병 뿌리를 뽑아야만 사람은 살 수 있는 것입니다. 만약에 기맥氣脈이 화하게 풀어지기 전, 허한 사람에게 독한 약과 기름진 음식을 급히 쓴다면 도리어 탈이 나서 병자는 죽어 버리고 마는 법입니다. 병법을 쓰는 일도 이와 같이 매일반입니다."

공명은 말을 계속했다.

"우리 주인 유 예주가 지난날 여남汝南에서 패해서 유표한테 몸을 의탁했을 때, 군사는 천 명에 지나지 아니했고 장수라고는 관우, 장비, 조운 세 사람뿐이었습니다. 이것은 사람의 병에 비한다면 병이 골수에까지 깊이 들어가 극히 쇠약해진 때 일입니다. 여기다가 신야라는 곳은 산간벽지올시다. 인민은 희소하고 양식은 없는 곳이니, 이곳에 오래 머물러 있을 곳이 아닙니다. 군사가 완전치 못하고 성곽이 견고하지 못하고 양식이 부족하면서도 유 예주는 박망博望에서 적병을 화공火攻하여 대패시켰고, 백하白河에서 수공水攻법을 써서 하후돈夏侯惇과 조인曹仁의 무리가 간담이 서늘해 달아났으니 모르면 모르되 관중과 악의라도 용병하는 법이 이보다 더 나을 수는 없었을 것입니다. 그리고 유종劉琮이 조조한테 항복한 일에 대해서는, 유 예주는 실로 모르는 일일 뿐 아니라 예주는 차마 어지러운 난국을 타서 동종同宗의 기업基業을 뺏을 수 없다고 여러 번 사양했으니 이것이야말로 대인大仁이요, 대의大義의 일입니다. 또 말하겠습니다. 당양當陽에서 패한 원인은 예주가 차마 수십만 붙좇는 백성들을 버리고 갈 수 없어 늙은이를 붙들고 어린이를 이끌어 하루에 겨우 십 리밖에 아니 가고, 강릉江陵 취할 것을 생각하지도 아니했으니 이것은 일부러 인의仁義를 지켜서 스스로 패를 취한 것이나 매일반입니다. 이 역시 대인大仁 대의大義의 처사입니다. 적은 병력으로 많은 병세를 당해 내지 못하는 것은 병가의 상사입니다. 옛적에 고조高祖는 자주 항우項羽한테 패했으나 해하垓下 한 싸움에 공을 이루었으니 이것은 한신韓信의 좋은 방책으로 된 것이 아닙니까? 한신이 오랫동안 고조를 섬기었으나 번번이 자주 이긴 것은 아닙니다. 대개 국가의 큰 계획과 사직社稷의 평안하고 위태로운 일은 주장하는 사람이 정론定論을 내릴 것이요, 말깨나 한다는 친구들이 헛되이 말재주나 부려서 임기응변으로 그럴 듯 사람의 마음을 흔들어서 길거리에 집을 짓듯 작사도방作舍道傍으로 참견한다는 것은 백 가지에 한 가지도 좋을 것이 없습니다. 진실로 천하의 웃음거리를 살 뿐입니다."

도도 수천 언을 말하는 제갈양의 말에 장소는 코가 맥맥해서 한마디 대답을 못했다.

좌중에서 홀연 한 사람이 큰소리로 겨루어 물었다.

"지금 조조는 둔병이 백만이요, 일등 가는 맹장은 천여 명이나 됩니다. 용이 달리고 범이 뛰닫듯 강하를 한 입에 삼켜 버렸으니 공은 어떻다고 생각하십니까?"

공명이 보니 우번이란 사람이었다. 공명은 웃으며 대답했다.

"조조는 원소의 개미 떼 같은 군사를 모았고 유표의 오합지중烏合之衆을 거느렸으니 수는 비록 백만이라 하나 족히 두려울 것이 없습니다."

공명의 말을 듣자 우번은 냉소했다.

"당양에서 패하고 하구夏口에서 궁하게 되어 구구하게 남에게 도움을 받으려 하면서 그래도 두려울 것이 없다고 큰소리만 탕탕 치니 참말 큰 사기꾼이로군!"

공명은 지지 않고 대답했다.

"유 예주는 수천밖에 아니 되는 인의仁義의 군사로 어찌 능히 백만 명이나 되는 잔포殘暴한 군사를 대항하겠소? 물러가 하구夏口를 지키는 것은 때를 기다리는 까닭이외다. 지금 강동江東은 군사가 날래고, 양식은 족한 데다가 장강長江의 험한 요새가 있는 데도 불구하고 주인으로 하여금 무릎을 꿇어 조조에게 항복하라 하여 천하의 웃음거리가 되게 하니 가소로운 일이오. 이로 본다면 우리 주인 유 예주께서는 참으로 조조를 두려워하지 않습니다."

우번은 주인의 무릎을 꿇려 항복하게 한다는 공명의 말에 기가 질려서 꼼짝달싹 대답을 못했다.

좌중에 또 한 사람이 일어나 물었다.

"공명은 소진蘇秦, 장의張儀를 본떠서 동오東吳에 유세遊說를 하러 왔구려."

공명이 보니 보질步騭이었다.

공명은 빙긋 웃고 대답했다.

"보자산步子山은 소진, 장의를 말 잘하는 변사辯士로만 아시오? 소진, 장의도 호걸입니다. 소진은 육국六國의 정승 인수印綬를 허리에 둘렀고, 장의는 두 번 진秦의 정승이 되어 국가를 광부匡扶한 사람들입니다. 강한 자를 두려워하고 약한 이를 능멸하여, 칼에 떨고 무기를 피하는 사람들과 견주어 비할 사람이 아닙니다. 그대들은 조조의 간사한 편지 한 장에 벌벌 떨면서 주인보고 항복하라 하면서 감히 소진, 장의를 웃는단 말인가?"

제갈공명의 따끔하게 쏘아붙이는 한마디 말에 보질은 코가 맥맥해서 대답할 말이 없었다.

홀연 또 한 사람이 물었다.

"공명 선생은 조조를 어떤 사람이라 보시나요?"

묻는 사람의 얼굴을 보니 설종薛綜이었다.

"조조는 한나라 역적인데 그걸 모르시오?"

"공의 말씀이 틀리오. 한나라는 하늘에 운수가 이미 다했습니다. 지금 조조는 이미 천하를 삼분하여 그들을 차지했고 민심도 그에게 돌아가고 있습니다. 유 예주는 천시天時를 모르고 억지로 다투려 하니 이것은 마치 닭의 알로 돌을 치는 격입니다. 어찌 패하지 않겠습니까?"

제갈공명은 소리를 가다듬어 설종을 꾸짖었다.

"설문안薛文安은 어찌 이러한 무부무군無父無君한 말씀을 내시오. 사람이 천지간에 나서 충과 효로 입신하는 근본을 삼는 법인데, 공은 한의 신하로서 불충하는 사람이 있다면 당연히 토멸해야 할 터인데 천하 사람이 다 공분을 가진 역적을 천주로 돌려보내니 그대는 아비도 없고 인군도 없는 사람이오. 족히 더불어 말할 것이 없소. 다시는 개구도 하지 마시오."

설종은 얼굴에 가득 부끄러운 빛을 띠고 물러갔다.

좌중에 또 한 사람이 나와서 말했다.

"조조가 비록 천자를 끼고 제후를 호령한다 하지만 그래도 상국相國 조참曹參의 후예입니다. 유 예주는 비록 중산中山 정왕靖王의 후손이라 하지만 고증考證할 거리가 없고, 자리를 짜고 짚신을 삼던 천한 사람인 것은 확실한데 이러한 사람이 어찌 조 승상과 겨루어나 볼 수 있겠소?"

제갈양이 바라보니 육적陸績이란 사람이었다.

제갈공명은 미소하여 대답했다.

"그대는 원술袁術한테 귤橘을 품에 품어 첨하던 사람이 아닌가? 가만히 거기 앉아서 내 말을 들어 보시오. 옛적에 주周 문왕文王은 천하를 삼분하여 그들을 차지했건만 오히려 은殷을 섬기니 공자께서도 말씀하시기를 주周의 덕은 가히 지덕至德이라고 칭찬을 하셨소이다. 이것은 신하로서 임금을 치지 아니하는 도를 지킨 까닭입니다. 그 후에 은나라 주왕紂王은 포악한 행동이 심하니 주 문왕의 아들 무왕武王은 만부득이해서 주왕을 쳤소이다. 이때 백이伯夷와 숙제叔齊는 말고삐를 잡고 간하기를, 신하로서 임금을 공벌하는 것은 인仁이 아니라 말하니 태공망太公望은 백이, 숙제를 의사義士라 칭송했고 공자께서도 현인賢人이라 찬양하셨소이다. 신하로서 윗사람을 범하지 않는 일은 만고에 변하지 아니하는 철칙입니다. 원래 조조는 누대 내려오는 한漢의 신하로서 지금 천자께서 아무런 허물도 없으신데 불구하고 천하를 뺏으려 하니 역신逆臣이 아니고 무엇이겠소. 옛적 한漢의 고조 황제는 몸이 비록 사상泗上의 정장亭長밖에 아니지만 너그럽고 어질고 도량이 넓어서 문무의 인재를 등용해 써서 대한大漢의 사백여 년 기업을 닦았소이다. 우리 주인은 설사 유 씨네 종친이 아니라 할지라도 인자하고 충효한 것은 천하가 다 아는 일입니다. 비록 곤궁했을 때 신을 삼고 자리를 짰다 한들 부끄러울 것이 무엇이 있겠소? 그대의 어린애 같은 소견은 족히 더불어 말할 거리가 못되오."

육적은 말이 막혀서 자리에서 물러났다.

좌상에서 한 사람이 앙연히 나타나 공명에게 물었다.

"공명의 말씀은 모두 다 이치에 어그러지는 강변强辯이라 하겠소. 정론正論이 아니니 두말할 것 없으나 도대체 공명은 무슨 경전經典을 연구하셨소?"

공명이 바라보니 엄준嚴畯이란 선비였다.

공명은 지체 없이 대답했다.

"글줄이나 외고 남의 글이나 따서 쓰는 썩은 선비들이 어찌 나라를 일으키고 큰일을 세우는 길을 알겠소. 이윤伊尹이 신야에 밭을 갈고 강자아姜子牙가 위주에 고기를 낚았고 장량張良, 진평陳平이 다 천하를 공부한 훌륭한 사람이오. 그러나 평생에 무슨 경전經典을 공부했다는 말을 들은 일이 없소."

제갈양의 말을 듣자 엄준은 상기가 되어 고개를 숙이고 대답이 없었다.

또 한 사람이 일어나 큰소리로 말했다.

"공이 큰소리하기를 좋아하지만 아무리 들어 보아도 실학實學은 없는 성싶소. 암만 생각해 보아도 당신은 선비들의 웃음거리만 되겠소."

공명이 바라보니 여남汝南 정덕추程德樞였다.

공명은 곧 대답했다.

"선비에도 군자가 있고 소인이 있소이다. 어진 선비는 충군 애국하여 바른길을 지키고 악한 것을 미워하여 당세에는 그 덕이 세상에 빛나게 되고 후세에는 어진 이름을 사기에 머무르게 됩니다. 그러나 작은 선비들은 다만 글줄이나 조탁彫琢하여 젊어서는 부賦나 짓고, 머리가 허옇게 센 후에는 경서經書 권이나 주석해서 말과 글로는 천언만어千言萬語를 지껄대지만 가슴속에는 실제로 한 가지 방책도 없이 텅 비어 있습니다. 뿐만 아니라 양웅楊雄 같은 사람은 문장으로 이름은 높았으나 역적 왕망王莽한테 몸을 굽혀 섬기다가 마침내 서각書閣에서 몸을 던져 죽었으니 이런 것들은 다 작은 선비들의 일입니다. 비록 하루에 만 마디 글을 쓴다 한들 취할 거리가 없습니다."

정덕추는 꼼짝없이 말이 막혔다. 대답을 하지 못했다.

모든 사람들은 제갈공명의 대답이 청산에 흐르는 물 같고 하늘에서 하수가 굽이쳐 떨어지듯 술술 쏟아 놓는 달변을 듣자 아연히 얼굴빛을 잃었다.

좌중에 장온張溫과 낙통駱統 두 사람이 또다시 말을 꺼내려 할 때 밖에서 홀연 한 사람이 소리를 가다듬어 말하며 들어왔다.

"공명은 당세의 기재奇才인데 그대들이 입씨름만 하려 하니 손님을 경대하는 예가 아니라 생각하오. 지금 조조의 대군은 국경을 범하고 있는데 적을 물리칠 생각은 아니하고 입으로 쓸데없는 공론만 한단 말이오?"

모든 사람들이 들어오는 사람을 바라보니 영릉零陵 사람 황개黃蓋로서, 자는 공복公覆이라 하는데 지금 동궁東宮 양관糧官이 되어 있는 사람이었다.

황개는 큰소리로 여러 사람을 꾸짖은 후에 공명을 향하여 말했다.

"나는 들으니 말 많은 것이 침묵만 못하다 하는데 금싸라기 같은 소중한 말씀을 아껴 두었다가 우리 주인께 말씀하시지 아니하시고 공연히 뭇사람하고 변론만 하십니까?"

"여러분이 세상일을 판단치 못하시면서 자꾸 물으시니 어찌 대답을 아니하겠소?"

황개는 노숙과 함께 공명을 인도하여 중문中門으로 들어가다가 제갈근諸葛瑾을 만났다.

공명은 오랜만에 형을 만났다. 공경하여 예를 올렸다.

"형님, 그동안 안녕하셨습니까?"

"네가 왔구나. 이곳에 왔으면서 어찌 먼저 나를 찾지 아니했느냐?"

"아우는 지금 유 예주를 섬기고 있습니다. 공무로 온 것이라 선공후사先公後私하느라고 그리되었습니다."

"그렇다면 오후吳侯를 뵙고 내 집으로 와서 편히 쉬게 하라."

제갈근은 아우의 손을 잡아 작별하고 헤어졌다. 공근이 간 후에 노숙이

다시 공명에게 부탁했다.

"지난번에 부탁해 말씀한 일을 잊으셔서는 아니 되십니다."

공명은 고개를 끄덕여 대답했다.

당상에 당도하니 손권이 댓돌까지 내려 공명을 맞이하여 공경해 대접했다.

예를 마친 후에 손권은 공명에게 자리를 주어 앉게 했다.

옆에는 문무백관이 좌우편에 모시어 섰다.

노숙은 공명이 앉은 옆에 서서 손권과 공명의 태도를 살피고 있었다.

공명은 현덕의 뜻을 손권한테 전한 후에 가만히 눈을 들어 손권의 얼굴을 살펴보았다. 푸른 눈, 붉은 수염에 당당한 사내다운 인물이었다.

공명은 가만히 생각해 보았다.

'이 사람의 상모는 비상한 사람이다. 격동을 시킬지언정 달랠 수는 없는 사람이다. 제가 묻거든 격하게 대답하리라.'

공명은 마음속으로 말할 태도를 정하고 있었다.

차가 나왔다. 마시기를 끝낸 후에 손권이 먼저 말을 꺼냈다.

"항상 노자경魯子敬을 통하여 족하足下의 훌륭하신 재분을 들었소이다. 이제 다행히 서로 만나 보게 되니 과연 기쁘오이다. 감히 유익한 가르침을 주시기 바라오."

손권의 말을 듣자 공명은 겸손하게 대답했다.

"재주도 없고 배운 바도 없습니다. 다만 장군을 욕되게 할지 모르겠습니다. 밝히 하문하여 주십시오."

"족하께서는 요사이 신야에서 유 예주를 도우시어 조조와 결전을 하셨으니 반드시 조조의 군사의 허실을 짐작하실 것입니다."

공명이 대답했다.

"유 예주가 군사가 미약하고 장수가 적은데다가 겸하여 신야는 성이 작고 양식이 부족하니 어찌 능히 조조의 큰 군사와 상대가 되겠습니까?"

"조조의 군사는 대관절 몇 명이나 됩니까?"

손권의 묻는 말에 공명이 대답했다.

"마병, 보병, 수군을 합쳐서 대략 일백만여 명은 될 것입니다."

"그거, 터무니없는 허장성세가 아니오니까?"

"거짓이 아닙니다. 조조는 연주兗州에 나왔을 때 이미 청주靑州의 군사 이십만 명이 있었습니다. 이런데다가 원소한테서 얻은 군사가 오륙십만 이나 됩니다. 여기다가 중원中原에서 새로 모집한 군사가 삼사십만인데 지금 또 형주에서 얻은 군사가 이삼십만 명이나 되니 이로 미루어 본다면 하불하 백오십만 명가량은 됩니다. 양이 백만이라 말씀한 것은 강동江東 사람들이 깜짝 놀랄까 하여 그쯤 말씀 드린 것입니다."

노숙이 옆에 있다가 깜짝 놀랐다. 얼굴빛이 하얗게 변해지면서 눈을 들어 자주 공명을 보았다.

공명은 시치미 뚝 떼고 노숙의 눈짓을 본체만체했다.

노숙은 기가 찼다. 어찌할지 몰랐다.

손권은 제갈공명한테 또 물었다.

"조조의 부하에 쓸 만한 장수가 얼마나 있다 합니까?"

"지혜가 많고 전쟁에 능한 장수는 아마 일이천 명이나 될 것입니다."

"지금 조조는 형주와 양주를 평정한 후에 다시 멀리 도모할 생각이 있습니까?"

"장군께서 그것을 모르십니까? 조조는 지금 연강沿江에 진을 치고 전선을 준비하고 있습니다. 강동江東을 도모하려는 뜻이 아니라면 무엇 때문에 이 짓을 하겠습니까?"

손권은 공명에게 다시 물었다.

"만약 조조가 우리 땅을 먹어 삼킬 의향이 있다면 저 자하고 싸워야 하겠습니까? 화친을 해야 하겠습니까? 족하는 나를 위하여 한번 결단해 주시오."

손권의 묻는 말에 공명이 대답했다.

"제가 한 말씀 드릴 것이 있습니다마는 다만 장군께서 듣지 아니하실까 저어합니다."

"원컨대 높은 소견을 듣고 싶습니다."

"향자에 천하가 크게 어지러우니 장군은 강동에 군사를 일으키셨고, 유 예주는 한남의 무리를 수습하여 조조와 함께 천하를 다투려 했습니다. 지금 조조는 제후를 무찔러 거의 평정했고 이제 다시 형주를 격파하여 위엄이 천하에 떨쳤습니다. 지금 유 예주는 아무리 영웅호걸이라 하나 용무用武할 땅이 없습니다. 잠시 몸을 강하로 피하여 남으로 온 것이니 원컨대 장군께서는 힘을 헤아리시어 조조와 대항하실 의향이 계시다면 빨리 뜻을 결단하시어 저와 끊으시고, 만약에 힘이 모자라신다면 모든 모사의 의논대로 갑옷을 벗어서 묶어 가지고 조조한테 항복하시어 북면北面하여 조조를 섬길 것입니다."

손권이 채 대답을 하기 전에 공명은 다시 말했다.

"장군께서 밖으로 복종하는 체하시고 안으로는 지의하여 결단을 내리지 못하신다면 화는 당장 박두할 것입니다."

손권은 공명한테 다시 물었다.

"만약 그러하다면 유 예주는 어찌해서 조조한테 항복을 아니합니까?"

"옛적에 전횡田橫은 제齊의 장사올시다. 의를 지켜서 몸을 욕되게 아니했습니다. 황차 유 예주는 왕실의 후예요, 천하의 선비들이 우러러 추앙

하는 터인데 어찌 가볍게 몸을 조조한테 굽힐 분입니까?"

손권은 제갈공명의 말을 듣자 발연히 얼굴빛을 고쳐 노기가 등등해지면서 소매를 떨쳐 후당으로 들어갔다.

모든 사람들은 공명을 조소하며 흩어졌다.

노숙이 공명을 책망했다.

"선생께서는 왜 이런 말씀을 내셨습니까? 다행히 우리 주공은 소견이 넓고 마음이 너그러워서 선생을 면책하지 아니하셨습니다마는 선생은 너무나 우리 주인을 업신여겨 보셨습니다."

공명은 얼굴을 들어 하늘을 처다보며 껄껄 웃고 대답했다.

"어찌 그다지도 사람을 용납할 줄 모르시오. 조조를 깨칠 계책은 내 가슴 안에 있지만 묻지 않는 것을 어찌하오?"

노숙은 공명한테 바짝 다가앉아 물었다.

"선생께서는 과연 좋은 방책이 있으십니까? 숙이 주공께 말씀해서 가르침을 청하겠습니다."

공명은 앙연히 고개를 들어 대답했다.

"나는 조조의 백만 대군 보기를 개미 떼같이 보고 있습니다. 내가 한번 손만 댄다면 모두 다 가루가 되어 버릴 것입니다."

노숙은 공명의 말을 듣자 곧 후당으로 들어가 손권을 보고 공명의 말을 전했다.

손권은 노기가 아직도 가라앉지 아니했다. 노숙을 향하여 말했다.

"공명은 나를 너무나 속이는 사람이오."

"신도 공명을 책망했습니다마는 그는 도리어 주공께서 사람을 용납하여 조조를 격파할 계책을 묻지 않는다고 웃고 있습니다. 이 까닭에 공명은 즐거이 말하기를 싫어합니다. 주공께서 한번 청해 보십시오."

손권은 빙긋 웃으며 마음을 돌려 말했다.

"원래 공명이 좋은 계책을 가졌으므로 나를 일부러 격동시킨 것인데 내가 소견이 얕아서 큰일을 그르칠 뻔했구려."

손권은 말을 마치자 다시 공명을 청하여 노숙을 대동하고 당에 내려 맞이했다.

"아까는 너무나 내가 예를 잃었소이다. 용서해 주시기 바라오."

공명도 손권을 향하여 사례했다.

"저도 말씀이 너무나 격했습니다. 바라건대 허물을 용서해 주시오."

손권은 공명을 후당으로 인도하여 술을 내어 관대했다.

술이 두어 순배 돌았을 때 손권이 말을 꺼냈다.

"조조가 평생에 꺼려 하는 사람은 여포, 유표, 원소, 원술, 유비 그리고 나입니다. 이제 모든 사람은 다 결딴이 나서 세상에 없고 유 예주와 나만 남아 있습니다. 나는 차마 산동 땅을 조조한테 주어서 남의 절제를 받을 수 없습니다. 그러므로 나의 뜻은 이미 결정이 되었습니다. 이때에 있어 유 예주와 함께 일을 하지 아니하면 조조를 당해 낼 수 없다고 생각합니다. 그러나 유 예주는 새로 패한 끝이라 능히 조조를 저당해 낼지 의심스럽습니다."

제갈양이 대답했다.

"유 예주가 비록 패했다 하나 관운장은 아직도 정병 만 사람을 거느렸고, 유기劉琦는 강하를 차지하고 있는데 병사가 또한 만 사람에 내리지 아니합니다. 한편 조조의 군사는 멀리 와서 피곤한 중에 밤낮으로 삼백 리씩 달렸으니 이는 마치 강한 쇠뇌가 도리어 명옷을 뚫지 못한다는 비유와 같습니다. 여기다가 북편의 군사들은 수전水戰에 익지 못합니다. 그뿐 아니라 형주荊州 사람들이 조조한테 간 것은 마지못해 간 것이고 진심으로 간 것이 아닙니다. 이제 장군께서 유 예주와 함께 마음을 같이하여 협력만 하신다면 조조를 격파하기는 문젯거리도 되지 아니합니다. 조조가 패하여 북으로 쫓긴다면 형주와 강동의 세력은 강성해서 솥발 같은 형세를 이룰 것입니다. 성패의 기틀은 오늘날에 달려 있으니 장군께서는 재량하여 처결하십시오."

제갈양의 말을 듣는 손권은 크게 기뻤다.

"선생의 말씀은 돈연히 막혔던 내 가슴을 열어 주시었습니다. 나의 뜻은 이미 결정되었습니다. 다시 의논할 것이 없습니다. 곧 오늘로 상의해서 군사를 일으켜 조조를 함께 멸하기로 하겠습니다."

손권은 말을 마치자 시각을 지체치 아니하고 노숙에게 영을 내려 이 뜻을 문무백관에게 고유告諭하게 하고, 제갈공명을 관역으로 보내서 편안히 쉬게 했다.

한편 장소는 손권이 군사 일으키는 것을 알고 여러 사람들을 향하여 탄식했다.

"주공께서 공명의 계책에 넘어가셨구려."

급히 손권한테로 들어가 품했다.

"들으니 주공께서는 장차 군사를 일으키시어 조조와 싸운다 하시니 과연 그렇습니까? 딱한 일입니다. 주공께서는 스스로 원소와 비교하시어 어떻다 생각하십니까? 조조는 군사도 약하고 장수도 적었을 때도 능히 한번 북을 쳐서 원소를 이겼습니다. 그러나 오늘은 백만 대군을 거느리고 남하하는 조조올시다. 어찌 경적을 하겠습니까? 이제 제갈양의 망령된 말을 들으시고 군대를 움직이신다는 일은 차소위 섶을 지고 불 속으로 들어가는 격이올시다."

손권은 장소의 말을 듣고 고개를 숙여 대답이 없었다.

장소와 함께 들어갔던 고옹顧雍이 말을 도왔다.

"유비는 조조한테 패한 까닭에 강동 군사를 빌려 가지고 조조를 막으려 하지만 주공께서는 무슨 까닭에 유 예주한테 이용을 당하려 하십니까? 원컨대 장자포의 말을 들으시옵소서."

손권은 웅얼대며 결단을 내리지 못했다.

장소가 나온 후에 노숙이 또 들어가 손권한테 아뢰었다.

"장소는 또 들어와서 군사를 내지 말고 항복하자고 주장한 모양이올시다. 이 사람들은 모두 다 보신책으로 처자식들만 위하고 나랏일은 생각지 아니하는 자올시다. 주공께서는 듣지 마십시오."

손권은 그래도 얼른 결정을 내리지 못했다.

노숙이 다시 아뢰었다.

"너무 의심하시면 일이 낭패됩니다."

노숙은 또 한 번 우겼다.

"경은 잠깐만 기다리오. 내 다시 생각해 보리다."

노숙은 하는 수 없이 물러났다.

밖에서는 문무백관들이 하회를 기다리며 제각기 떠들어 댔다.

"한번 싸워야지 싸우지 아니하고 항복하다니 말이 되나?"

무관들이 떠들어 댔다.

"싸우기만 하면 결딴일세. 조조의 백만여 대병을 어찌 대항한단 말인가? 항복하는 것이 제일 상책일세."

문관들은 이같이 떠들어 댔다.

무관들은 싸우자 주장하고 문관들은 항복을 하자고 지껄대서 공론이 분분했다.

주유와 제갈양

손권은 안으로 들어갔다. 침식이 불안했다. 연일 결정을 내리지 못했다.

손권이 잠을 자지 못하고 음식을 달게 먹지 않는다는 소문을 듣고 돌아간 국태 부인의 동생 노태태老太太는 깜짝 놀라 조카를 찾아보고 위로하여 물었다.

"이 사이 무슨 큰 걱정이 있기에 식음을 전폐하고 근심 속에 싸여 있는가?"

"아주머님 오셨습니까? 나라에 걱정이 있어서 그리합니다. 지금 조조는 강한江漢에 둔병을 하고 있어 강남을 침략하려 합니다. 문무백관들에게 물어보니 혹은 항복하는 것이 옳다 하고, 혹은 싸우자고 합니다. 싸우고 싶은 마음은 간절합니다마는 적은 군사로 강한 조조를 대항하기 어렵고, 항복하려 하나 창피한 중에 또 조조가 진정으로 받아 줄는지 의문이 올시다. 이리하여 결단을 내리지 못하고 있습니다."

손권의 이모 노태태는 얼굴빛을 바로잡아 말했다.

"너는 너의 어머님께서 임종하실 때 하시던 말씀을 잊었느냐? 안의 일은 장소한테 의논하고 밖의 일은 주유周瑜와 상의하라 하지 아니하셨더냐. 어찌해서 주공근周公瑾을 청해서 의논하지 아니하느냐?"

"참 그렇습니다. 아주머니 말씀이 옳습니다. 깜빡했다면 큰일을 저지를 뻔했습니다."

손권은 황연히 깨달았다.

곧 사신을 파양鄱陽으로 보내서 주유를 청했다.

원래 주유는 파양호鄱陽湖에서 수군水軍을 훈련하고 있다가 조조의 대군이 한상漢上으로 쳐들어온 것을 보고 급히 말을 달려 시상柴桑으로 향했다.

주유는 손권의 사신이 당도하기 전에 벌써 회의를 하는 곳으로 당도했다.

노숙은 주유하고 가장 친한 사이였다. 노숙은 여태껏 지난 경과를 일장 설파하니 주유는 미소하며 대답했다.

"자경子敬은 과히 근심 마시오. 유瑜가 스스로 주장이 있소이다. 곧 제갈공명을 청해서 만나도록 해 주시오."

노숙은 공명을 청하러 급히 말을 달려 나가고, 주유는 잠깐 의자에 앉아 쉬고 있을 때 장소, 고옹, 장굉, 마진 네 사람의 모사들이 인사를 하러 왔다.

주유는 네 사람을 반갑게 맞아들여 인사를 마치고 나니 장소가 말을 꺼냈다.

"도독都督은 강동江東의 이해利害를 아십니까?"

"모르겠습니다."

주유는 의젓이 대답했다.

"조조는 지금 백만 대군을 호호탕탕하게 거느리고 와서 한수 위에 진을 치고 있습니다. 어제 격문檄文을 우리한테 보내서 주공과 함께 강하江夏에서 사냥을 하자고 청했습니다. 조조가 비록 우리 땅을 삼킬 의사는 가졌다 하나 겉으로 드러난 일은 없습니다. 나는 주공께 권해서 잠시 항병하는 태도를 취해서 강동의 환란을 면하는 것이 상책이라 주장했더니 뜻밖에 노숙이 유현덕의 군사軍師인 제갈공명을 데리고 와서 싸우자고 주장하면서 우리 주공을 격하게 만들고 있습니다. 저편에서는 패한 설분雪憤을 하기 위해서 서둘러 대지만 우리야 무슨 까닭에 싸웁니까? 마침 도독께서 오셨으니 한번 결정을 내려 주십시오."

주유는 장소 이외 여러 사람을 바라보고 물었다.

"공 등의 의견은 다 같습니까?"

주유의 묻는 말에 고옹이 대답했다.

"다 같습니다."

"나도 항복하는 것이 좋다고 생각하오. 그대들은 돌아가십시오. 내일 아침에 주공을 뵙고 의논하여 결정하겠습니다."

장소의 무리는 주유를 작별하고 돌아갔다.

장소가 물러간 지 얼마 아니 되어 정보程普, 황개黃蓋, 한당韓當 등 장수들이 뵙기를 청했다.

여러 사람들은 인사를 마친 후에 정보가 말을 꺼냈다.

"도독께서는 강동 땅이 원통하게도 남의 손으로 넘어가는 것을 아십니까?"

"아직 모릅니다."

주유는 태연하게 대답했다.

"우리들은 자소로 손 장군을 따라서 창업하는 기틀을 마련하여 대소 수백數百 전戰에 이겨 겨우 여섯 골 성지城池를 얻어 놓았습니다. 지금 주공께서는 모사謀士들의 말씀을 듣고 조조한테 항복하려 하시니 진정 부끄럽고 가석한 일이올시다. 우리들은 차라리 죽을지언정 욕되게 살 수는 없습니다. 바라건대 도독께서는 주공한테 권하시어 빨리 군사를 일으켜 한번 싸워 보도록 해 주십시오. 우리들은 죽기를 맹세하고 싸우겠습니다."

정보의 말을 듣고 있던 주유는 모든 장군한테 물었다.

"여러분의 의향도 정 장군의 의사와 같으시오?"

황개가 분연히 일어나 손으로 이마를 치며 대답했다.

"내 머리를 끊을지언정 맹세코 조조에게는 항복을 하지 못하겠소!"

모든 사람도 따라 말했다.

"우리들도 조조한테 항복하기를 원하지 아니합니다."

"나도 조조와 한번 결전을 할 생각입니다. 어찌 즐겨서 항복을 한단 말씀이오. 장군들은 마음을 놓으시고 돌아가십시오. 주공께 뵈옵고 의논을 정하리라."

주유가 쾌하게 싸울 것을 승낙하니 정보들은 마음을 놓고 돌아갔다.

얼마 아니 있어 제갈근諸葛瑾과 여범呂範 등 일반 문관들이 뵈러 왔다.

주유는 맞아들여 인사를 마친 후에 제갈근이 말을 꺼냈다.

"사제舍弟 양이 한토漢土에서 와서 말하기를 유 예주가 동오와 결속시켜 조조를 함께 치기를 원한다 하는데 문무백관들의 의논이 분분합니다. 그러나 나는 아우가 끼여 있으므로 말하기가 난처해서 통히 개구를 아니합니다. 모든 것을 도독께서 잘 결정하시기만 바랍니다."

제갈근의 말을 듣고 주유는 천천히 대답했다.

"공론公論으로 말씀하시면 될 것이 아닙니까?"

"항복한다면 부지하기 쉬운 일이지만 싸움을 한다면 보전하기가 어려울 것입니다."

주유는 웃으며 대답했다.

"주유도 정견定見이 있으니 내일 공청에 나가서 의논합시다."

제갈근이 물러간 후에 시자는 여몽呂蒙과 감녕甘寧이 뵈러 왔다 전했다.

주유는 두 사람을 청해 들인 후에 화제는 자연 같은 이야기로 번졌다.

싸우는 것이 좋다는 사람도 있고, 항복하는 것이 좋은 방편이라는 사람도 있어서 의논이 분분했다.

"긴말할 것 없이 내일 부중으로 가서 공의에 부치기로 합시다."

모든 사람들이 인사하고 물러가니 주유는 혼자서 차갑게 웃기를 마지아니했다.

저녁 때가 되었다. 시자가 들어와 고했다.

"노숙 선생께서 제갈공명과 함께 오셨습니다."

주유는 시자의 말을 듣자 중문까지 나가서 공명을 맞아들여 빈주賓主의 예를 마친 후에 노숙이 먼저 주유한테 물었다.

"지금 조조는 백만 대군을 몰아 남침을 하는데 의논은 화전和戰 두 갈래로 나뉘어 의사가 분분합니다. 장군께서는 빨리 결정을 지으셔야 하겠습니다. 장군의 뜻은 어떠하시오."

"조조는 천자의 이름을 빌리어 움직이고 있으니 그 군대를 가히 항거할 수 없습니다. 뿐만 아니라 그 세력이 호대해서 가히 당해 낼 수 없습니다. 싸운다면 반드시 패할 것이요, 항복하기는 편한 일이니 내 뜻은 이미 결정되었소이다. 내일 주공께 사람을 보내서 항복을 하자 하겠습니다."

주유의 항복한다는 말을 듣자 노숙이 깜짝 소스라쳐 놀랐다.

"공근의 말이 틀렸소. 강동의 기업을 정한 지 이미 삼대가 되었는데 어찌 하루아침에 타인한테 버린단 말이오. 백부伯符께서 바깥일을 장군한테 부탁하셨을 뿐 아니라 지금 장군께서도 당신을 태산 교악처럼 믿어서 국가를 보전하려 하시는 터인데 그대는 나약한 선비들의 말을 듣고 항복한다 하니 도대체 웬 말이오?"

노숙이 펄펄 뛰었다.

"상동의 여섯 고을 생령生靈은 무한한데 만약 병혁兵革의 화를 만난다면 나한테 청원이 돌아올 테니 항복하기로 결정한 것이오."

주유는 태연히 대답했다.

"그렇지 아니하오. 장군의 영걸한 솜씨와 동오의 험고한 땅을 조조는 손쉽게 제 뜻대로 차지하지 못하리다."

두 사람이 서로 다투고 있었다.

공명은 옆에 앉아 팔을 소매에 끼고 냉소하였다.

주유는 제갈양의 웃는 얼굴을 바라보며 물었다.

"와룡 선생은 어찌해서 웃으십니까?"

공명은 여전히 웃으며 대답했다.

"양은 다른 사람을 웃는 것이 아니라 노자경魯子敬의 시무時務 모르는 것을 웃습니다."

노숙이 공명의 말을 듣자 불끈했다.

"선생은 어찌해서 나보고 도리어 시무를 모른다 합니까?"

공명은 노숙의 격하게 묻는 말에 미소하여 대답했다.

"주공근周公瑾이 조조한테 항복한다는 주장이 심히 합리合理스런 까닭입니다."

노숙은 도깨비에 홀린 듯했다.

벙벙히 대답이 없었다.

주유가 말을 꺼냈다.

"제갈공명은 참으로 시무를 짐작하시는 분입니다. 반드시 나하고 뜻이 같을 것입니다."

주유가 말했다.

노숙은 분함을 참을 수 없었다. 공명한테 말했다.

"여보시오, 공명! 당신이 어찌 이런 말을 차마 할 수 있소?"

공명은 시치미 떼고 말했다.

"조조는 용병을 극히 잘하여 천하에 당해 낼 사람이 없소. 지난 일로 말하더라도 여포呂布, 원소袁紹, 원술袁術, 유표劉表 이 몇 사람이 조조의 대적이 되었던 것인데 지금은 모두 다 조조한테 결딴이 나 버려서 천하에 인물이 없소이다. 이 중에 홀로 유 예주가 시무時務를 모르고 굳이 조조와 다투다가 이제 의롭게 경하에 붙어 있으나 흥하고 망하는 것을 보장할 수 없소이다. 주 장군이 지금 조조한테 항복할 것을 결단했다 하니 과연 시무를 잘 아는 사람의 일입니다. 이로써 주 장군은 가히 처자를 보전할 것이요, 가히 한평생 부귀영화를 누릴 것이요, 삼대째 내려오는 국조國祚를 천명天命에 의하여 옮겨서 천명을 지키는 좋은 사람이 될 것입니다. 무엇이 아까울 것이 있소."

천하일색 대교 소교

노숙이 크게 노하여 공명보고 말했다.

"당신은 그래 우리 주공을 보고 무릎을 꿇어 국적國賊에게 항복하는 욕을 당하란 말씀이오?"

공명은 노숙의 말엔 대답도 아니하고 주유를 향해 말했다.

"나한테 한 계교가 있소이다. 들어 보시오. 수고로운 것도 없소. 조조한테 항복하는데 양羊을 끌고 가서 술을 바칠 것도 없고 강동 손권의 대장인뒤웅이를 받들고 가서 조조한테 바칠 것도 없습니다. 그리고 창피하게 강동의 영웅이라는 손권 장군이 몸소 가서 절하여 항복할 필요도 없습니다. 다만 한 사람의 사자한테 두 사람을 안동시켜서 일엽편주一葉片舟를 강상에 띄워 조조한테 보낸다면 조조는 반갑게 두 사람을 맞아들인 후에 백만 대병의 갑옷투구를 벗기고 천만 개의 펄럭이는 깃발을 걷어서 소리 없이 물러가리다."

제갈양의 기발한 말에 주유는 궁금하기 그지없었다.

"그거 좋은 말씀이올시다. 사자를 시켜 두 사람을 보내라 하시니 그 두 사람은 누구오니까? 어떻게 해서 능히 조조의 백만 대군을 물리치겠습니까?"

공명은 시치미 떼고 얼른 성명을 말하지 아니하고 대답했다.

"강동에서 이 두 사람을 보내는 것은 마치 하늘을 찌를 듯한 울울창창

한 큰 나뭇가지에서 잎사귀 한 잎을 날리는 듯한 작은 일이요, 만 칸들이 곡식이 쌓여 있는 태창太倉 속에서 좁쌀 한 알을 감하는 격입니다. 그러나 조조는 이 두 사람을 얻은 후에 입이 귀밑까지 벌어져서 군사를 거두어 물러갈 것입니다."

주유는 안타까웠다.

"어떠한 두 사람을 쓰면 선생의 말씀대로 조조의 백만 대군이 물러가겠습니까?"

공명이 빙긋 웃고 대답했다.

"양이 융중隆中에 있을 때 들으니 조조는 장하漳河에 새로 대를 지었는데 이름은 동작대銅雀臺라 합니다. 극히 화려하고 장려하다 합니다."

"그리했다지요."

주유가 대답했다.

"조조는 이와 같이 화려 장대한 호화스런 동작대를 지어 놓고 천하의 아름다운 여자들을 뽑아 들여서 동작대 안에 꽉 차도록 만들어 놓았다 합니다."

"그렇다지요."

주유가 다시 대답했다.

"조조는 본시 호색지도好色之徒라 오래 전부터 강동江東 교공喬公이 두 딸이 있는 것을 소문 들어 알고 차지하려 했습니다."

이때 주유의 얼굴빛이 잠깐 변하였다.

공명은 말을 계속했다.

"교공喬公의 두 딸은 참말 천하일색이라 합니다. 큰딸의 이름은 대교大喬요, 작은딸의 이름은 소교小喬라 하는데 모두 다 물고기가 꼬리 쳐서 물속으로 잠기고, 푸른 하늘로 기러기가 가로질러 떨어지는 듯한 침어낙안

沈魚落雁의 고운 자태와, 달과 숨바꼭질을 하고 꽃이 무색해서 부끄러워할 만한 폐월수화閉月羞花의 예쁜 모습을 가졌다 합디다."

주유의 얼굴빛은 더한층 짙게 변했다.

"그래 조조는 어찌했다 합디까?"

주유는 공명한테 물었다.

"허허, 공근이 그 일을 모르시오? 조조는 동작대를 짓고 맹세해 말하기를 내 한번 원을 풀어 사해四海를 소탕하고 천하를 평정하여 제업帝業을 이루게 된다면 원컨대 강동의 이교二喬를 얻어서 동작대에 두어 만년晚年의 즐거움을 취한다면 비록 죽어도 여한이 없겠다 했소이다. 조조가 지금 백만 대병을 거느리고 호랑이같이 강남江南을 바라보고 나오는 것은 기실은 이 두 여자를 노리기 때문이올시다. 장군께서는 어찌해서 교공喬公을 찾아보고 천금으로써 두 여자를 매수하여 조조한테 보내지 아니하십니까? 조조는 이 두 여자만 얻는다면 마음이 흡족하고 뜻이 흐뭇해서 반드시 군사를 이끌고 돌아갈 것입니다. 이것은 범여范蠡가 오왕吳王한테 미인 서시西施를 보내서 미인계를 쓰던 계교와 같습니다. 속히 단행하십시오."

주유는 약간 침착했다.

"조조가 꼭 이교二喬를 손 속에 집어넣겠다고 한 증거가 확실히 있습니까?"

주유는 눈을 동그랗게 떠서 제갈양을 바라보았다.

"조조는 그의 어린 아들 조식에게 명해서 동작대부銅雀臺賦를 지었습니다. 조식의 자는 자건子建인데 나이 어리지만 천하 문장이지요. 붓을 들어 글을 지었는데 그야말로 천하 명문입니다. 글 속에 천자가 되어 맹세코 이교를 취한다고 지었습니다."

"선생께서 능히 이 글을 기억하십니까?"

주유가 물었다.

"나는 그 문체가 하도 화려하고 아름다우므로 항상 기억하고 있습니다."

공명이 대답했다.

"한번 들려주셨으면 좋겠습니다."

공명은 낭랑히 동작대부를 외기 시작했다.

從明后以嬉游兮　登層臺以娛情

見太府之廣開兮　觀聖德之所營

建高門之嵯峨兮　浮雙闕乎太情

直中天之華觀兮　連飛閣乎西城

臨漳水之長流兮　望園果之滋榮

立雙臺於左右兮　有玉龍與金鳳

攬二喬於東南兮　樂朝夕之與共

俯皇都之宏麗兮　瞰雲霞之浮動

欣群才之來華兮　協飛熊之吉夢

仰春風之和穆兮　聽百鳥之悲鳴

雲天亙其旣立兮　家願得乎雙逞

揚仁化於宇宙兮　盡肅恭於上京

惟桓文之爲盛兮　豈足方乎聖明

休矣美矣　　　　惠澤遠揚

翼佐我皇家兮　　寧彼四方

同天地之規量兮　齊日月之輝光

永尊貴而無極兮　等君壽於東皇

御龍旗以傲游兮　廻鸞駕而周章

恩化及乎四海兮　嘉物阜而民康
願斯臺之永固兮　樂終古而未央

공명은 낭랑히 읽기를 다했다.

원래 조자건이 지은 동작대 원문에는 '攬二喬於東南兮'가 아니라 '連二橋於東西兮, 若長空之螮蝀'이라 한 것이었다.

제갈양은 슬쩍 두 다리 '이교二橋'를 음이 같은 아름다운 여인의 이름 이교二喬로 고쳐 읽은 것이었다. 동작대부의 원문을 모르는 주유는 발연히 얼굴빛을 고치며 크게 노했다.

주유는 자리에서 벌떡 일어나 조조가 없는 북편을 가리키며 꾸짖었다.

"늙은 역적 놈이 너무나 나를 욕뵈는구나!"

공명은 급히 손짓하여 주유의 흥분해 노하는 것을 만류하여 말했다.

"옛적에 흉노匈奴 선우單于가 자주 국경을 침범하니 한漢 천자天子께서는 공주公主까지 혼인하는 것을 허락해서 화친和親하신 일이 있습니다. 지금 민간民間의 두 계집쯤 조조한테 보내는 것을 무어 그리 아까워하실 것이 있습니까?"

공명의 말에 주유가 대답했다.

"공은 아마 모르시리라. 조조가 동작대에 글을 지었다는 대교大喬는 지금 우리 주공의 형님 되시는, 돌아간 손백부孫伯符 장군의 부인이시고 소교小喬는 바로 유瑜의 아내입니다."

공명은 거짓 깜짝 놀라는 체했다. 어찌할지를 몰라 손을 싹싹 비볐다.

"어허 그러십니까? 제갈양은 전혀 몰랐습니다. 너무나 실언을 해서 미안하기 짝이 없습니다. 이 일을 장차 어찌합니까, 죽을죄를 저질렀습니다."

주유는 공명을 위로했다.

"선생이 알 까닭이 있소? 그러나 내 이 조조 역적 놈하고는 도저히 마주 설 수 없소. 불공대천不共戴天의 원수요!"

공명은 슬며시 주유를 달래는 체했다.

"일은 신중하게 처리하셔야 합니다. 세 번 생각해서 후회가 없도록 하시오."

주유는 분연히 말했다.

"나는 손백부의 중한 부탁을 받고 지금 젊은 주인을 도와서 섬기는데, 어찌 몸을 굽혀 조조한테 항복할 까닭이 있겠소. 여태까지 말한 것은 여러 사람들의 의견을 들어 보자는 것입니다. 나는 본시 파양호를 떠날 때부터 문득 북벌할 마음이 있었습니다. 비록 도끼와 칼이 내 목에 더해진다 할지라도 내 뜻은 바꾸지 못할 것입니다. 원컨대 공명께서는 한팔 힘을 빌려서 함께 조적曹賊을 파하도록 도와주십시오."

공명이 대답했다.

"만약 버리지 아니하신다면 원컨대 견마犬馬의 힘을 다하겠습니다. 조만간 조조를 몰아낼 방책을 정하십시다."

"내일 주공을 뵙고 군사를 일으킬 일을 상의하십시다."

공명은 주유의 말을 듣자 노숙과 함께 내일 만날 것을 약속하고 헤어졌다.

다음 날이 되었다. 이른 아침이 되자 손권은 회의청에 올랐다.

좌편엔 문관 장소, 고옹 등 30여 명이 시립해 섰고 우편엔 무관 정보, 황개 등 30여 명이 의관을 정제하여 칼 차고 질서 정연하게 반을 나누어 섰다. 조금 있으려니 주유가 들어와 손권한테 예를 올려 뵈었다.

손권은 주유의 노고를 위로하니 주유가 아뢰었다.

"듣자오니 조조는 지금 한상漢上에 둔병을 하고 강하에서 사냥하자고 위협하는 격문을 보냈다 하는데 존의尊意를 어떻게 결정하셨습니까?"

주유의 묻는 말을 듣자 손권은 곧 조조의 격문을 주유한테 내줬다.

주유는 보기를 다한 후에 웃으면서 말했다.

"늙은 도적놈이 우리 강동엔 사람이 하나도 없는 줄 알고 이같이 업신여깁니다그려!"

손권이 물었다.

"그대의 뜻은 어떠하오?"

"주공께서는 일찍이 여러 문무 관원과 상의하신 일이 있습니까?"

"연일 이 일을 의논했소. 항복하자는 사람도 있고 싸우는 것이 좋다는 이도 있어서 아직 내 뜻을 결정짓지 못했소. 그래서 공근을 청하여 결정하자는 것이오."

"누가 주공께 항복하자고 권했습니까?"

"장소 등 문관들이 항복하자고 했소이다."

주유는 장소한테 물었다.

"선생의 항복하자는 주장을 들었으면 합니다."

장소가 나와서 대답했다.

"조조는 천자를 끼고 사방을 정벌하여 조정에서 정정당당한 태도를 취하는 것같이 행동을 하고 있습니다. 요사이 형주까지 얻었으니 위세는 점점 천하를 진동합니다. 지금 우리 강동이 조조를 항거하는 곳은 장강長江 하나가 있을 뿐입니다. 지금 조조는 장강에 띄워 논 전함이 수백 척 이상이올시다. 물과 뭍으로 병진竝進해 나온다면 누가 가히 당해 내겠습니까? 잠깐 항복했다가 다시 뒷일을 도모하는 것만 같지 못합니다."

주유는 장소의 말을 반박했다.

"그것은 우활한 썩은 선비의 말입니다. 강동은 개국한 이래 지금 삼대

代를 지내옵니다. 어찌 차마 하루아침에 이 땅을 버리겠습니까?"

"그렇다면 어찌하면 좋단 말이오?"

손권이 물었다.

주유가 대답했다.

"조조는 비록 한漢의 정승이라 하나 실상은 한의 역적이올시다. 장군께서는 신무神武 웅재雄才로 부형의 여업餘業을 받드시고 강동에 웅거해 계시니 군사는 강하고 양식은 족합니다. 정히 천하에 횡행橫行해서 국가를 위하여 잔악하고 횡포한 무리를 제거하서야 합니다. 어찌 역적에게 항복하실 것을 생각하십니까? 그리고 이번에 조조가 남하해서 오기는 왔습니다마는 병가兵家에서 꺼려 하는 일을 많이 범하고 있습니다. 조조는 비록 원소, 원술을 평정했다 하나 북쪽에는 아직도 마등, 한수가 있어서 후환이 될 것이니 조조가 오래 남쪽에만 있을 수 없는 것이 첫 번째 꺼리는 것이요, 북편 군사는 육지와 산골에만 익은 군사라 강과 바다에서 싸울 줄을 모를 것이올시다. 조조는 안장과 말을 버리고 배와 노를 잡아서 동오의 우리와 싸우려 하니 병가의 두 번째 꺼리는 바입니다. 이러한 중에 또 때가 융동隆冬과 성한盛寒이올시다. 말을 편히 자게 하고 먹게 할 고초藁草가 없으니 세 번째 꺼리는 바올시다. 뿐만 아니라 중원의 군사를 멀리 강호江湖에까지 몰아 왔으니 수토불복水土不服이 되어 병이 많이 날 테니 네번째 꺼리는 바입니다. 조조는 이러한 많은 병기兵忌를 범하고 있습니다. 군사의 수가 많다 하나 반드시 패할 것입니다. 장군께서 조조를 사로잡을 때는 정히 오늘이올시다. 저에게 정병 수천만 주신다면 하구로 나가서 조조를 대패시키겠습니다."

주유는 제갈양을 죽이려 하다

손권은 주유의 말을 듣자 확연히 깨달았다.

벌떡 의자에 일어나 말했다.

"조조, 늙은 도적이 한漢을 폐하고 스스로 역적 마음을 먹은 지 오래다. 이 자가 두려워하는 사람은 두 원袁 씨氏와 여포와 유표와 나뿐이었는데 이제 모든 사람들은 다 결딴이 나고 나 혼자만 남아 있게 되었다. 나와 조조는 도저히 양립해 설 수 없다. 조조를 격파하겠다는 경卿의 말이 내 뜻에 맞는다. 이것은 하늘이 경을 나에게 준 것이다. 경은 조조를 격파케 하라."

주유가 대답했다.

"신이 장군을 위하여 한번 혈전할 것은 이미 각오한 바이오니 만 번 죽어도 사양치 않겠습니다. 다만 장군께서 호의狐疑해서 결정을 못하시니 이것이 불안합니다."

손권은 허리에 찬 칼을 뽑아서 면전에 있는 책상을 찍었다.

"만약 관원 중에 다시 조조에게 항복하겠다고 주장하는 자가 있다면 이 책상을 찍듯 하리라."

말을 마치자 칼을 주유한테 넘겨주었다.

"이 칼을 받들어 이론하는 자들을 참하라!"

손권은 주유에게 칼을 준 후에 곧 그에게 대도독大都督을 봉하고 정보로

부도독副都督을 삼고 노숙으로 찬군贊軍 교위校尉를 삼아 군령을 어기는 자는 참하라 했다.

주유는 손권한테서 칼을 받은 후에 모든 문무 관원을 향하여 말했다.

"나는 오늘 주공의 명을 받들어 군사를 거느려 조조를 격파할 것이다. 모든 장수와 관리들은 내일 함께 강반江畔에 모여서 군령을 들으라. 만약 거슬러서 참례하지 않는 자가 있다면 칠금령七禁令에 의해서 오십사참五十四斬을 시행하리라!"

주유는 말을 마치자 손권한테 절하여 하직하니 손권은 몸을 일으켜 답례하여 부에서 나가고 문무백관은 아무 말도 못하고 제각기 흩어졌다.

주유는 공명을 청하여 의논하였다.

"오늘 부중에서 공의公議를 결정했으니 선생께서는 조조를 깨칠 좋은 방책을 가르쳐 주시오."

주유의 말에 공명이 대답했다.

"손 장군의 마음이 아직도 안정이 못되었으니 대책을 결정하기가 어렵습니다."

"그게 무슨 말씀이오니까? 손 장군은 이미 나에게 조조를 치라고 명령을 내리셨습니다."

"그렇지 아니합니다. 손 장군은 조조의 군사 많은 것을 아직도 마음속으로 겁내고 있습니다. 장군께서 군사 수가 많다 해도 소용이 없다는 것을 개진시켜서 의심이 확실하게 풀리도록 한 후에라야 큰일을 성공할 것입니다. 다시 한 번 다짐하십시오."

"선생의 말씀이 옳습니다."

주유는 제갈양의 말을 찬성한 후에 다시 부중으로 들어가 손권을 만났다.

"공근이 밤중에 들어오니 반드시 연고가 있구려?"

손권이 물었다.

주유는 손권한테 물었다.

"내일은 군마를 조발調撥시킬 작정이온데 혹시나 주공께서 아직도 마음에 의심하시는 일이 계십니까?"

"그저 이미 장군한테 다 맡긴 일이오마는 조조의 군사 수가 원체 많고 보니 저절로 걱정이 되는구려. 다른 일이야 의심하지 아니하오."

주유는 마음속으로 깜짝 놀랐다. 이미 결정된 일이라 손권은 단연코 의심이 없을 줄 알았는데 제갈양은 벌써 손권이 아직도 의심하는 것을 짐작하고 한번 더 다짐해 보라 했으니 제갈양은 과연 천하의 영재요, 보통 사람이 아니라고 마음속으로 경탄했다.

주유는 웃음을 머금고 손권한테 아뢰었다.

"신이 다시 온 것은 주공께서 지의하시는 마음을 풀어 드리려고 온 것입니다. 주공께서는 조조의 격문에 수륙 대군이 백만 명이나 된다는 것을 보시고 두려운 마음을 품으십니다마는 신은 그 허실虛實을 비교해서 아뢰겠습니다. 저 조조의 중원 군사는 불과 십오륙만 명밖에 안됩니다. 그러나 먼 길을 오느라고 무한히 피폐했습니다. 그리고 원袁 씨氏네들한테서 얻은 군사는 칠팔만 명밖에 아니 됩니다. 그러나 아직 심복이 된 군사가 아닙니다. 그러하니 피곤한 군사와 의심하는 군사는 아무리 그 수가 많다하나 족히 두려울 것이 없습니다. 신은 오만 명의 강동 군사만 가지면 넉넉히 저것들을 격파할 수 있습니다. 원컨대 주공께서는 과히 염려 마시기를 바랍니다."

주유의 말을 듣는 손권은 그의 등을 어루만지며 말했다.

"공근의 말은 족히 나의 의심을 풀 만하오. 장소는 생각이 너무 협해서

고孤의 희망하는 바를 잃게 했소. 경과 노숙이 다만 고孤와 더불어 마음을 함께할 뿐이니 경은 노숙과 정보와 함께 당일로 군사를 뽑아서 전진케 하오. 나는 곧 계속해서 군사와 말에 양식을 많이 실어서 뒷받침을 하리다. 뿐만 아니라 만약 경의 거느린 전군前軍 선봉先鋒이 혹여나 여의치 못해서 돌아오는 경우에 나 자신이 친히 앞을 서서 조적曹賊과 결전을 하겠소. 결코 의심치 아니할 테니 마음을 턱 놓고 한번 쾌하게 싸워 승리를 거두시오.”

주유는 손권한테 절하여 물러나면서 가만히 헤아려 보았다.

‘공명은 과연 기막힌 천재다. 미리 우리 주인의 심사를 벌써 헤아려 보았을 뿐 아니라 수단과 계획이 나보다도 한 층이 더 윗길이니 오래지 아니해서 강동의 우환거리가 될 것이 분명하다. 아주 죽여 버리는 것만 같지 못하다!’

주유는 마음으로 결정했다.

노숙을 청했다.

“제갈양은 너무나 지모가 겸전한 사람이오. 지금은 우리 오吳와 손을 잡아 조조를 무찌르려 하지만 나중에는 반드시 우리한테 큰 후환거리가 될 인물이오. 아주 이번 기회에 이 사람을 죽여 없애는 것이 좋겠소.”

노숙이 듣고 깜짝 놀랐다.

“그게 무슨 말씀입니까? 아니 됩니다. 지금 조조를 멸하지 못한 이때 어진 선비를 죽인다는 것은 스스로 그 도움을 제거시켜 버리는 일입니다.”

주유는 노숙에게 계속해 말했다.

“그 사람은 결국 유비의 사람이 아닌가. 반드시 강동의 후환거리요.”

노숙이 대답했다.

“제갈근은 바로 그의 친형입니다. 그 사람을 불러서 함께 동오에서 일을 하게 한다면 어찌 묘한 계교가 아니겠습니까?"

"그도 참 그렇군!"

주유는 노숙의 말을 듣고 빙긋 웃었다.

다음 날 평명平明 때 주유는 영문으로 나가 중군장中軍帳에 올라 높이 앉으니 좌우 옆에는 기치창검이 햇빛에 번쩍이고 도부수들은 위엄 있게 벌여 선 중에 문무백관들은 질서 정연하게 늘어서서 대도독 장군 주유의 영이 내리기를 기다렸다.

원래 정보는 나이가 주유보다 훨씬 많았으나 오늘 주유의 작위는 도리어 정보보다 위에 앉아 있게 되었다.

정보는 마음에 즐겁지 아니했다. 병을 칭탁하고 나오지 아니하면서 장자長子 정자程咨를 대신 보냈다.

주유는 대도독의 자격으로 당에 올라 삼군三軍에 훈령을 내렸다.

"왕법에는 사가 없는 법이다. 제군들은 각기 직분을 다해서 지키라. 지금 조조는 천자를 협박하여 권세를 희롱하는 수단이 그 전의 동탁보다도 십 배나 더하다. 천자를 허창에 가두었고, 난폭한 군사를 우리 땅 경계에 둔병시켰다. 나는 지금 주공의 명을 받들어 조조를 토벌하려 하니 제군들은 다 함께 노력하여 전진하게 하라. 군사는 가는 곳마다 백성들한테 폐를 끼쳐서는 아니 된다. 그리고 애쓴 사람은 상을 줄 것이요, 죄를 범한 사람은 벌을 줄 것이다. 추호도 사가 없으리라!"

주유는 영을 내린 후에 곧 한당, 황개로 전부 선봉을 삼아 본부 전선戰船을 거느려 즉일로 기행하여 삼강三江 앞에 이르러 진을 쳐서 장령將令을 기다리라 분부하고 장흠蔣欽, 주태周泰로 제2대를 삼고 능통, 반장으로 제3대를 삼고 태사자, 여몽으로 제4대를 삼고 육손, 동습으로 제5대를 삼고 여범, 주치로 사방四方 순경사巡警使를 삼아 여섯 고을의 관군을 독려하게 하여 수륙으로 병진케 하라 하니 군용은 정제하고 무보武步는 당당하여 일사불란一絲不亂의 태도를 취했다.

주유의 훈령에 따라 조발이 끝나니 모든 장수들은 병기와 군대를 거느리고 제각기 배에 올라 삼강으로 향했다.

이때 정보의 아들 정자는 집으로 돌아가 그의 아버지 정보를 뵙고, 주유의 군사를 조발시키는 방법이 법도가 있는 것을 고하니 정보는 깜짝 놀랐다.

"나는 여태 주유 보기를 나약한 선비로만 보아서 장수가 될 재목이 아니라 했더니 이제 보니 과연 명장의 재목이로구나. 나는 곧 나가서 사과를 해야 하겠다."

정보는 말을 마치자 곧 주유의 대도독 진문으로 나아가 사죄를 했다.

"어제는 몸에 병이 있어 친히 나와 장군의 군령을 듣지 못하고 자식으로 대행케 했으니 만 번 죽어 마땅하오이다. 군법 시행을 해 주시기 바라오."

정보는 강동의 중진重鎭이었다. 주유의 선배로 명성이 혁혁한 대장이었다.

주유도 공경해서 대접했다. 마음속으로 정보의 뜻을 짐작했으나 주유는 개의치 아니하는 태도를 취했다.

"연치 높으신 터에 병환이 계신데 어찌 나오시겠습니까? 더구나 자제가 대신 나왔으니 군령을 어긴 것은 아니오이다. 관심치 마시기를 바랍니다."

주유는 은근한 태도로 대답했다.

이 소문은 전군全軍에 퍼졌다. 주유의 군대는 더욱 질서가 정연하게 되었다.

다음 날 주유는 제갈양의 형님되는 제갈근을 청했다.

"영제令弟 공명은 왕좌王佐의 큰 재목이 있는 분입니다. 어찌해서 몸을 굽혀 유비를 섬깁니까? 이제 다행히 강동에 와 있으니 선생을 번거롭게 해서 공명을 우리 사람으로 만들고 싶습니다. 긴말씀 드릴 것 없이 영제께서 유비를 버리고 동오를 섬기게 된다면 주공께서 좋은 신하를 얻으시는 것이요, 선생께서는 형제가 서로 함께 계시게 되니 어찌 아름다운 일이 아니겠습니까? 선생께서는 한번 계씨한테로 가시어 달래 보십시오."

주유의 말을 듣자 제갈근은 옷깃을 여미고 공손히 대답했다.

"근瑾이 강동에 온 후에 재주가 없어 부끄럽게 한 가지 공도 세우지 못했더니 이제 도독께서 명령을 내리시니 어찌 힘써 보지 않겠습니까?"

제갈근은 말을 마치자 곧 말에 올라 역정驛亭으로 가서 공명을 보았다.

공명은 눈물을 머금어 형님을 맞아들이면서 각기 떨어져 살아서 막혔던 정회를 하소연했다.

제갈근은 눈물을 머금고 아우에게 말했다.

"아우는 백이伯夷와 숙제叔齊의 일을 알지 않는가?"

제갈양은 형이 별안간 백이숙제의 말을 꺼내는 것을 보자 벌써 이것은 주유가 시킨 일이라고 짐작했다.

"짐작하지요. 백이숙제는 옛날의 성현입니다."

제갈근이 뒤를 이어 말했다.

"백이와 숙제는 비록 굶어 죽었다 하나 수양산首陽山 아래서 형제 두 사람이 한곳에 있지 아니했던가. 지금 나와 자네는 어머니 젖을 함께 먹고 자라난 동포이건만 각각 주인을 섬기게 되어서 조석으로 상취하여 만나 보지 못하게 되니 백이숙제한테 대해서 부끄럽다고 생각이 드네그려."

"그야 그런 점도 있습니다마는 정情과 의義는 다른 것입니다. 형님은 정으로 말씀하시나 저는 의로 말씀을 드립니다. 저나 형님은 모두 한인漢人이올시다. 지금 유 황숙은 한 종실의 후손이십니다. 형님께서 동오를 버리시고 아우와 함께 유 황숙을 섬긴다면 위로 한에 부끄럽지 아니하고 형제가 또 단락할 수 있으니 이것은 정과 의가 완전하게 되는 길입니다. 그렇게 하십시다."

제갈근은 혹을 떼러 갔다가 도리어 혹을 붙이게 된 셈이 되고 말았다.

가만히 속으로 생각했다.

'나는 저를 달래러 왔더니 도리어 제가 나를 달래는구나…….'

아우 공명을 향하여 더 말할 수 없었다.

아무 말도 못하고 몸을 일으켜 동생을 작별하고 돌아갔다.

제갈근은 주유한테 돌아가 아우와 만난 일을 설파했다.

"그러면 공은 장차 어찌 처리하시럽니까? 계씨의 말을 듣고 유비한테로 가시렵니까?"

주유는 제갈근한테 물었다.

"나야 오랫동안 손 장군의 후한 은혜를 입었는데 어찌 차마 손 장군을 배반하겠소?"

"공근께서 그처럼 주공을 생각하신다면 긴말 아니해도 알겠습니다. 내가 생각한 바가 있으니 계책으로 실행하겠습니다."

주유는 이와 같이 말한 후에 제갈근을 돌려보냈다.

다음 날이 되었다. 주유는 공명을 죽일 계획을 차렸다.

군사와 장수를 점고한 후에 손권한테 들어가 작별 인사를 했다.

손권은 주유한테 당부했다.

"경이 먼저 간 후엔 내가 곧 뒤를 이어 군사를 거느리고 나가리다."

주유는 손권한테서 나와 정보와 노숙과 함께 군사를 거느려 행군하다가 문득 공명을 청하여 함께 가자 했다.

공명은 쾌하게 허락했다.

일행은 배에 올라 순풍에 돛을 달고 하구夏口로 향하여 나가니 배와 배는 10리에 뻗쳐 호탕하게 나갔다.

삼강三江 어귀 50~60리 밖에 당도하자 주유는 중앙에 본부를 두고 남은 군대는 강 언덕 서산西山에 의지하여 중앙 본부와 연결하여 둥글게 진을 쳤다.

이때 공명은 일엽편주를 타고 강상에 배를 띄우고 앉아 있었다.

주유는 모든 군대를 분발하여 정돈한 후에 사람을 보내서 공명을 청했다.

공명은 사자를 따라 중군中軍에 당도하여 주유와 혼연히 인사를 나누었다.

주유는 인사를 마친 후에 공명에게 물었다.

"옛적에 조조의 군사는 적고 원소의 군사는 많은데 조조가 도리어 승리를 거둔 것은 허유許攸의 계책을 써서 먼저 오소烏巢의 양식을 끊은 것이 원인이 된 것입니다. 지금 조조의 군사는 팔십삼만이나 되고 우리 군사는 겨우 오륙만 명밖에 아니 되니 어찌하면 좋겠습니까? 내 생각에는 역시 허유가 원소의 양식을 끊던 일을 본떠서 조조의 양식을 끊는 것이 상책일까 합니다. 지금 사람을 보내서 탐지하니 조조는 취철산聚鐵山이란 곳에 양식을 많이 저축해 두었다 합니다. 선생께서는 오랫동안 한상漢上에 계시어 지리에 밝으십니다. 감히 청합니다. 선생께서 관우, 장비, 조자룡 등과 함께 취철산으로 가시어 조조의 양도糧道를 끊어 주신다면 좋겠습니다. 저는 일천 명의 군사를 선생께 드리겠습니다. 모두 다 각기 주인을 위하는 길인가 합니다."

조조의 양식 운반하는 길을 끊어 달라는 주유의 말을 듣자 제갈공명은 가만히 마음속으로 생각해 보았다.

'이것은 주유가 꼭 나를 죽이려고 계책을 꾸미는 일이로구나. 그러나 내가 만약 제 말에 응하지 아니한다면 웃음거리가 될 테다. 별로 계교를 정할 심 잡고 응낙하는 것이 좋겠다.'

마음속으로 결정한 후에 공명은 얼굴을 화하게 하여 혼연히 응낙했다.

"거 좋은 말씀이오. 한번 해 보십시다!"

주유는 크게 기뻐했다. 공명이 나가니 노숙이 들어와서 주유한테 가만히 물었다.

"공은 공명을 시켜서 조조의 양식을 겁탈하라 하니 그 무슨 뜻입니까?"

주유는 빙긋 웃으며 노숙한테 대답했다.

"나는 공명을 죽이려 하오. 그러나 내 손으로 죽인다면 사람들의 웃음을 살 테니 조조의 손을 빌려 죽여서 후환거리를 없이할 작정이오."

노숙은 주유의 말을 듣고 마음이 불안했다.

잠자코 나와서 제갈공명의 눈치를 보러 가 보았다.

그러나 공명은 주유가 자기 자신을 해치려고 하는 것을 알고 있는지 모르고 있는지 태연하게 앉아서 군사와 말을 정돈시키는 명령을 내리면서 곧 떠날 준비를 차리고 있었다.

노숙은 차마 주유가 해치려고 한다는 말을 못하고 슬며시 공명의 뜻을 퉁겨 보았다.

"선생께서 이번에 가신다면 꼭 성공을 하시겠습니까?"

공명은 웃고 대답했다.

"나는 수전水戰에도 익숙하고 보전步戰에도 능란하고 마전馬戰에도 능숙하고 차전車戰에도 자신이 있어서 각각 묘득을 얻었소. 공적이 이루어지지 아니할 것을 근심할 까닭이 있겠소? 강동 사람인 노공이나 주유의 한 가지만 능한 데 비교할 바가 아니오."

노숙이 대답했다.

"어찌해서 나와 주공근은 한 가지 재주만 가졌다고 얕보십니까?"

공명이 대답했다.

"내 들으니 강남江南의 어린아이들이 동요를 부르기를 '복병을 가지고 관문을 잘 지키기는 노자경魯子敬이요, 강에서 물쌈 잘하기는 주유' 라 하니 당신은 육지에서 복병을 잘하고 주유는 강에서 물쌈이나 잘했지 별수가 있소."

제갈공명은 거만하게 대답했다.

노숙은 곧 공명을 하직하고 주유한테로 갔다.

"제갈양이 말하기를 주 장군은 물쌈이나 잘했지 육지 싸움은 지휘할 줄 모른다 합디다."

주유는 노숙의 말을 듣고 크게 노했다.

"무어야, 내가 육지 싸움을 못해? 별놈의 소리 다 많구나. 그 자를 보내지 말고 내가 가겠소!"

주유는 친히 1만 명의 군사를 거느리고 취철산으로 나가 조조의 양도糧道를 끊으려 했다.

노숙은 주유가 제갈양의 말을 듣고 분개해서 친히 1만 명의 군사를 거느리고 취철산으로 향하여 조조의 양식 운반하는 길을 끊으려 한다는 말을 제갈양한테 전했다.

공명은 빙긋이 웃으며 말했다.

"주유가 나를 시켜서 취철산의 양식 운반하는 길을 끊으라 한 것은 실상인즉 조조로 하여금 나를 죽이게 한 것입니다. 그런 까닭에 나는 한번 주유를 희롱해 말한 것인데 주유는 곧이듣고 노발대발 조급하게 군사를 거느려서 자신이 나갔다 하니 과연 딱한 일이외다. 주유는 어째 그리 사람을 용납하지 못하오? 지금 강동에서는 한참 사람을 받아들여야 할 때입니다. 오후吳侯와 유劉 사군使君이 동심협력을 한다면 성공을 할 수 있지만 자꾸 모해만 한다면 큰일은 다 틀린 노릇이외다. 조조는 꾀가 많은 사람이요, 전쟁만 하면 적의 양도를 끊는 것으로 상책을 삼는 사람인데 이 사람이 자기 양식을 허술하게 두었을 리가 만무하오. 취철산에는 수많은 군사들을 매복시켜 놓았을 테니 만약 주유가 가기만 하면 반드시 사로잡히고 말 것입니다. 지금 이편에서 급히 취할 길은 먼저 수전水戰을 해서 북군北軍의 예기銳氣를 꺾어 버린 다음에 별로 묘한 계교를 생각해서 조조의 대군을 격파하는 길이 가장 좋은 상책이라 생각하오. 자경子敬은 내 말을 주유한테 전해서 잘 말씀해 주시기 바라오."

노숙은 제갈양의 말을 듣고 급히 말을 달려 주유한테로 쫓아가 공명의 말을 전했다.

주유는 노숙의 전하는 말을 듣자 깜짝 놀라 머리를 흔들고 발을 동동 구르며 말했다.

"제갈양의 식견은 나보다 열 갑절이나 나으니, 그를 만약 제거하지 않는다면 반드시 우리나라의 큰 화근이 되겠소."

노숙이 급히 간하였다.

"지금 우리는 사람을 써야 할 판국에 제갈양 같은 사람을 죽인다는 것은 말이 안 되오. 우선 나랏일이 중하니 조조를 격파한 후에 다시 도모해도 늦지 않을까 하오."

주유는 노숙의 간하는 말을 그럴듯하게 생각했다. 제갈양을 취철산으로 보내려던 일과 자기가 분김에 군사를 거느려 나가던 일을 일단 중지해 버리고 삼강三江에서 수전할 준비를 차렸다.

한편 유현덕은 유표의 큰아들 유기에게 분부하여 하구를 지키라 하고 스스로 장수와 군사를 거느려 강하로 나갔다.

하루는 현덕이 멀리 강상의 언덕을 바라보니 기치창검은 하늘에 연해 있고 금부金斧 은월銀鉞은 햇빛에 조요했다.

현덕은 동오의 주유가 군사를 움직이는 것을 알았다.

현덕은 강하의 군사를 함빡 움직여 번구樊口에 주둔한 후에 모든 장수와 군사들을 불러서 훈시를 내렸다.

"공명이 한번 동오로 간 후에 묘연히 소식이 없으니 밤 안으로 사람을 보내어 소식을 탐지하는 것이 좋겠소."

(5권에서 계속)